29とJK
～業務命令で女子高生と付き合うハメになった～

裕時悠示

GA文庫

カバー・口絵　本文イラスト
Yan-Yam

プロローグ

——わたしの『はじめて』は槍羽《やりば》さんだったんです。責任、取ってくださいね？

死刑宣告だった。

俺《おれ》の名は槍羽鋭二《えいじ》。二十九歳のサラリーマン。

東京の片隅で細々と働いている社畜にとって、これは社会的な死を宣告されたに等しい。

相手は、十五歳の高校一年生女子。

いわゆるＪＫである。

子供と大人の真ん中に「ちまっ」と挟まっている、微妙な年頃《としごろ》。身体はもうほとんど大人だが、精神はまだまだ未熟で幼い。そんな、危《あや》うくて壊《こわ》れやすいイキモノ。

そんなイキモノと、俺は付き合っている。

会社からの〝業務命令〟で。

……意味がわからないだろう？

もちろん、俺にもさっぱりわからない。

こう見えて勤務態度は真面目《まじめ》そのもの、部下からもそれなりの信頼を得ている（主にパートのおばちゃんからだが）。趣味はアニメと漫画とラノベと貯金。課金兵の妹を養いつつ独身の自由を謳歌《おうか》し、はるか遠くの年金生活に思いを馳《は》せる一般市民だ。

そんな俺が、淫行《いんこう》ギリギリのところに手をかけている。

『ＪＫと付き合えるなんて最高じゃん！』

そう思うか？

本当に？

カネを払ってでもＪＫと付き合いたい、と願う男が多いことは知ってる。

だが、そいつらだって「隠れてコソコソ」するのが前提だろう。同僚や家族に「俺、今ＪＫと付き合ってます！」なんて言えるか？　バレても平気でいられるか？　答えはＮＯだ。

十八歳未満の少女と付き合うということは、それだけで、人生に爆弾を抱えることになる。


ご託《たく》はこのくらいにして、物語《ラブコメ》を始めよう。

まずは彼女とのなれそめから。

出会いだけは普通の恋と同じだった、あの梅雨《つゆ》の日のことから。

第1章

休日に休めるなんて、最高のぜいたくだ。

週休二日制とは言うけれど、土日連続で休めることはなかなかない。少なくともここ三ヶ月間は一度もなかった。

六月に入ってようやく仕事が落ち着き、ひさびさの土日連休。たっぷりと満喫しよう。

槍羽鋭二《やりばえいじ》。昭和《しょうわ》六十二年・一九八七年生まれの二十九歳会社員。

中学二年生の妹と、都下のマンションで二人暮らし。

結婚の予定なし。彼女も、ナシ。

こんな俺《おれ》のベストプレイスは、近所のネットカフェだ。土日は昼まで寝て、起きたらここに来て五時間千五百円のパックでがっつり漫画を読みながらすごす。

俺は漫画が好きだ。小説も好きだし、アニメも映画も好き。ゲームは学生時代によくやったけど、就職してからは時間がかかりすぎるのでやれてない。

ようは「物語」が好きなのだ。

仕事で忙しいのは社会人の宿命、給料もらってる以上は当然だけど、本を読む時間が削られるのだけはな……。

もっとも俺なんかまだ全然マシで、ＳＥになった田舎《いなか》の友人は「始発で帰宅キメてから『忙しい』と言って欲しい」とレッドブルの空《あ》き缶に囲まれた勇姿をＬＩＮＥにあげていた。「体壊すなよ」なんて返信した翌日、始発のホームでゲロをぶちまけて入院。退院後は会社を辞《や》めて頭を丸め、仏門に入ってしまった。どう考えても俺は恵まれている。残業だって、一番忙しい月でも八十時間くらい。平均百時間以上でようやく社畜完全体らしいので、俺はずっと成熟期でいようと思う。鳴り響くなよｂｒａｖｅ　ｈｅａｒｔ。ワープ進化ダメ絶対。

そんなことを思いながら、読み終えた漫画を閉じる。

「ふぅ……」

深い満足とともに、リクライニングシートにもたれかかった。面白《おもしろ》かった。面白かったけど、この漫画の最終回が読めるのはいつなんだろう。「大人になる頃《ころ》には完結していると思っていた漫画」がこれだけ増えると、実はまだ二十世紀なんじゃね？　みたいに思えてくる。おはようって言ってた俺が今は大地を踏みしめているなんて。オレん家にやっと辿《たど》り着いたところだなんて……。

サイレントモードにしていたスマホを見れば、メールの着信が二件。

一件目は妹。「帰りにポテチと林檎《りんご》カード３ｋ　おねがいしまりす」。こないだまとめ買いしたのにもう食ったのかよ。林檎カードは完全スルーだ。俺はあいつの射倖心《しゃこうしん》を満たすために働いてるんじゃねえ。

二件目は、珍しいことに、会社の部下から。「お休み中失礼します。近くまで来たので、ご夕飯一緒にいかがでしょうか。ご迷惑でしたら返信は不要です」。いかにもあいつらしい堅い文面だ。もうちょっと肩の力を抜けば、「冷凍美人」なんて陰口を叩《たた》かれることもないだろうに。

悪い。妹と約束があるから。

そう返信してから、大きく伸びをして立ち上がる。

リミットまであと一時間半、もう何冊か読めるだろう。

読み終えた漫画を返却して、新たな作品を物色すべく本の森を歩き回る。

そうだ、ひさしぶりにラノベいってみるか。

妹が最近見ていた、主人公が骸骨《がいこつ》の変わったアニメ。原作は確かライトノベルのはずだ。あれはすごく面白かった。過激な部下に苦労する元・社畜の主人公に共感ＭＡＸである。そんな歳《とし》になった自分が誇らしいやら、悲しいやら。

ラノベの文庫棚に行き、白や青や緑の背表紙をざっと眺《なが》めていく。……ないな。この店はラノベの品揃《しなぞろ》えも豊富なはずだが、文庫じゃなくて単行本なのか？

単行本の棚に視線を移すと、制服姿の女の子が棚を物色しているのに気がついた。

……へえ。

クオリティ激高。

透明感のある白い頰《ほお》。横顔でもわかる整った目鼻立ち。赤いチェックの膝丈《ひざたけ》スカートから伸びる脚はすらっとして滑らか。清純さを醸《かも》し出す漆黒《しっこく》のロングヘアはふんわりと艶《つや》やかで、薄暗い店内がそこだけ白く切り取られたかのように輝いている。

品の良い白のブレザーに見覚えがある。会社近くにある名門女子高の制服だ。

彼女は一番上の棚にあるラノベを取ろうとしてるようで、「ん〜っ、む〜っ」と唸《うな》りながら手を伸ばしている。そのたびに、胸元《むなもと》の校章《エンブレム》をはち切れんばかりに押し上げている豊かな横乳がむにょん、もにょん、と揺《ゆ》れているのが反則級。でかい。これはおっきい。おっぱいの二世帯住宅。制服に包まれた巨乳って、なあ……。卑怯《ひきょう》。

男なら誰《だれ》もが惹《ひ》きつけられる瑞々《みずみず》しい美少女には違いない。が、それゆえに、頭のなかでアラートが鳴り響く。

俺はＪＫが苦手だ。

こいつらは、自分たちが「ブランド」であることを知っている。市場価値が高いことを知っている。制服の魔力でみんながちやほやしてくれる、甘く見てくれることを知り尽くしていて、我が物顔で世間を渡り歩いている。

油断のならない連中だ。

みんなに好かれてるもの、みんなが褒《ほ》めるものには絶対罠《わな》が仕掛けられている。

そんなＪＫの白い指先は背表紙をかするばかりで、一向に取れる気配がない。だったら受付で台でも借りてくればいいのに。こいつがどかないと、いつまで経《た》っても本が取れない。

仕方ねえな……。

「俺が取るから、どの本か教えてくれ」

彼女はびっくりしたように俺を見上げて、澄んだ目を大きく瞬かせた。近くで見ると、本当にドキリとするほど可愛《かわい》い。「綺麗《きれい》」より「可愛い」寄りで、表情もどことなくあどけない。制服のことを知らなければ中学生に見えたかもしれない。どことなく、人に馴《な》れていない子犬みたいな雰囲気があった。

「い、いえっ。あの、大丈夫ですからっ」

おびえたように長いまつげを伏せる。めっちゃビビられてる。さすが俺。目つきの怖さには定評のある俺。伊達《だて》に入社当時「あのひと、趣味で人殺してそう……」とか言われてない。

「俺もそこの棚見たいから。どれを取るんだ？」

「ひ、ひとりでできますから」

今度はちゃんと目を合わせてきた。意外と芯《しん》はしっかりしてるようだ。たいていの女は、俺がひとにらみするだけでそそくさと逃げていくからな。

「じゃあ脚立か何か借りて来るか？」

すると色白の頬が真《ま》っ赤《か》に染まり、

「だっ、だいじょうぶだもん！　ちゃんと届くもん！」

怒りに火をつけてしまったようだ。思春期の繊細メンタル、めんどくさい。

彼女はムキになってまた手を伸ばし始めた。ぬにゃーっ、くにゃーっ、というわけのわからない掛け声とともにローファーの踵《かかと》を何度も浮かせる。そのたびに制服が体に張りつき、大ぶりの桃みたいな胸のかたちが強調されてムチリと浮かび上がる。もはや凶器だなこれ。

三回目のトライでようやく指が背表紙をつまむ。

ぷるぷると覚束《おぼつか》ない手つきで本を抜き取ろうとして、そこでバランスを崩し――

「危ない！」

とっさに彼女の腰を引き寄せ、背中を丸めて覆《おお》い被《かぶ》さる。

つむじに衝撃が来た。ひとつ、ふたつ、みっつ着弾。単行本は文庫よりダメージ大、目から火花が出た。床に落ちた黒い表紙が目に入る。あ、骸骨。こんなところにあったのか。

落として申し訳ない。後でちゃんと拾うからな。

「大丈夫か⁉」

痛みをこらえながら、彼女に呼びかける。

「どこかぶつけてないか？　ケガは？」

彼女は青ざめた顔で何度も頷《うなず》いた。どうやら無事のようだ。良かった。

「まったく、お前なあ……」

無事だとわかれば、言いたいことがある。

見知らぬ女子高生だろうと、とびきりの美少女だろうと関係ない。俺は大人だ。物わかりのいい優しい大人じゃない。他人様《よそさま》のガキでもガンガン叱《しか》りつける大人だ。

――つまらない意地を張るな、

――店に迷惑をかけるな、

――ちゃんと先のことを考えて行動しろ、
いくつか言うべきことはあったが、俺が口にしたのはたったひとつだ。

「こういう時は、大人を頼れ！」

ゲンコツをひとつ、彼女のつむじにゴツンとお見舞いした。

「これでおあいこな」

俺は三発食らったけど、一発で勘弁してやる。

「…………」

彼女は呆然《ぼうぜん》と俺を見つめ返す。

叱られてふてくされるか、あるいは泣き出すかのどちらかと思ったのに、この反応は意外だ。今起きたことが信じられないという表情が、愛らしい顔にありありと浮かんでいる。

なんだろう、この……妙な感じ。

生まれてはじめてゲンコツをもらいました、みたいな顔。

「ごめんなさい。かばっていただいて」

小さいが、はっきりとした声で彼女は謝罪した。シュンとした声でないのが、やっぱり意外だ。どこか嬉《うれ》しそうというか……いや、そんなはずはない。

自分が高校生の時を思い返せば。

大人に叱られるなんて、ただウザいだけだった。

「お前をかばったんじゃない。本をかばったんだ」

床に落ちた骸骨の本を拾い、注意深く埃《ほこり》を払った。

彼女の視線が俺の顔と表紙を行ったり来たりしている。彼女の目当てもこれだったらしい。

……ちぇっ。

「これ、きっと面白いぞ」

彼女に本を手渡し、物音を聞きつけてやってきた店員に事情を説明して、そのままブースに伝票を取りに行って会計をすませる。時間には早いがしょうがない。トラブルが起きた時はすみやかに立ち去るべし、二十九年の人生で得た経験則だ。

ちらりと店内に目をやると、彼女と目が合った。

彼女はまだ本棚のそばにいて、俺が渡した本を胸に抱きしめている。

ぼうっとした、赤い顔。

……やっぱり、どこか打ったのか？

念のため病院に連れて行くべきだったかとも思うが、これ以上はおせっかいの領域だろう。妙な真似《まね》をして下心があると思われるのもつまらない。十八歳未満との交際は「淫行《いんこう》」になるおそれ。疑いをかけられるだけでも社会的に死ぬ。

自動ドアをくぐって外に出て、深呼吸する。

「ふう……」

エアコンに冷やされた肌に、六月の生ぬるい風が心地いい。今日は梅雨《つゆ》の晴れ間、薄い雲がもやのようにかかる青空が、薄暗い店内に慣れた目に沁《し》みた。

時間と金を多少損したが……ま、いいだろう。

たまにはあんな突発イベントも良い。毎日毎日会社と家の往復だけじゃ息が詰まる。十代の頃ならラブコメのフラグとなるイベントだが、ゲンコツで自分から折りにいくのが二十九歳エディション。もう、フラグは立てるより折る方がいいと学んだ、いや、枯《か》れた。

さて、と。

家で待ってるバカ妹に、ポテチと林檎カード買って帰るか。

千円分だけな。

※　※　※

彼女とはそれきりだと、俺は思い込んでいた。

ネットカフェは駅前にもあるし、もうあの店に彼女は来ないだろう。怖い大人がいる場所に子供は近寄ったりしない。今ごろ友達と「きのう目つき超ヤバいオヤジに声かけられてぇー」なんて話してるだろうさ。

目つきの怖さには自信がある。

入社当時、俺は「趣味で人殺してそう」などと言われて社内で孤立した。めげずに一年間仕事を頑張《がんば》った結果、「仕事で人殺してそう」と言われた。さらに一年働いて、「もしかして殺してないのかも?」と言われるようになり、「大丈夫、彼は無実だ」という評判を勝ち得たのは、入社三年経ってからだった。世の中捨てたもんじゃナイナー。

人は見た目が九割。

……とまでは言わないが、見てくれが悪いと人生の難易度はＨＡＲＤモードになる。

社会人になってこそ、しみじみと感じる世の中の真理。どうして学校は、こういうことを教えないのか……。九九や漢字と同じくらい大切なことだろう。学力で学校を分けるなら、外見力でも分けろや。

そんなことを思い出しつつ――。

日曜の午後一時きっかり。

妹と家で昼飯を食った後、俺は再びネットカフェを訪れた。読み損ねたラノベを今日こそ読んでやる。待ってろよ骸骨王。今日こそ御身の前に。

受付をすませてウッキウキでラノベコーナーに出向くと、そこでは信じられない光景が繰り広げられていた。

「うにゃ～っ、ふにゃ～っ」

「…………」

昨日の女子高生が、またもや本棚の前で背伸びを繰り返している。

日曜日なので制服じゃない。白いVネックの上からピンクのカーディガンを羽織り、花柄のフレアスカートを合わせている。……特別おしゃれというわけではないが、控えめな品の良さを感じさせるコーディネイトだ。……Vネックをぱつん、と盛り上げているそこだけは、控えめじゃないが。

そんなことより。

どういうつもりなんだ、こいつ……。

「う～ん、なかなか、届きませんっ」

なんて、独り言までつぶやいてやがる。やたら棒読みだ。

「でもでも、がんばるぞぉ～。取れるまでがんばるぞっ。うにゃ～っ。ふにゃ～っ」

「……」

滅茶苦茶わざとらしい。

しかも、チラチラとこっちを見ている。俺の存在に気づいている。昨日ゲンコツを落とした俺の存在をだ。期待をこめた瞳《ひとみ》で、見てきやがる。

「おい」

近づいて声をかけると、彼女は長い髪を揺らして振り向いた。ふわりと、苺《いちご》のような甘い香りが鼻をくすぐる。私服の時は香水をつけるのだろうか。

「は、はいっ。なんでしょうっ？」

「なんでしょうじゃねえよ。何してんだ昨日の今日で」

「本を取ろうかと、昨日の本、すっごくオモシロカタので、続きを」

たどたどしく答える。どうやら彼女も骸骨王に膝を屈したらしい。さすモモ。

「……」

「……」

言葉が見つからず、お見合いになる。

なんだか彼女の頬が赤い気がするのは……いや、フラグは昨日折ったはずだ。

ともあれ、このままでは埒《らち》があかない。

一巻と二巻をまとめて本棚から取り、二巻を彼女に渡してやった。

「あ、ありがとうございましゅ！　……ございます」

噛《か》んだのをわざわざ言い直した。なかなか律儀《りちぎ》な娘さんだ。

何か声をかけてもらえるのを待ってるかのように、じっと俺のことを見上げている。もし彼女が子犬なら、しっぽがしぱしぱ振られていたことだろう。庇護欲《ひごよく》をかきたてられずにはいられない、強烈な吸引力を秘めた愛玩犬のまなざしだった。

だがアンチＪＫの俺、このイベントをスルー。

「じゃあな」

「え、ええ～……」

何か言いたげな彼女を振り切って、自分のブースへ戻った。

昨日みたいなハプニングが毎回続いたら、たまったもんじゃない。俺は静かに本が読みたくてここに来てるんだ。ネットカフェに出会いを求めるのは間違っているだろうよ。

四畳ほどのブースに入り、リクライニングに深く腰を沈めて、黒い表紙を愛《いと》おしげに撫《な》でてからページを開く。繰り広げられる骸骨王の異世界冒険譚《ぼうけんたん》に、あっという間に虜《とりこ》になった。なんていうか、あれだね、部下に振り回される御方の苦労、他人事《ひとごと》とは思えないね。

十代の頃の俺じゃ、この作品の魅力を完全には理解できなかったかもしれない。今、二十九歳でこの作品に出会えたことに感謝しよう。

二時間かけてじっくり堪能《たんのう》した後、次の巻を取りに本棚へと向かった。

そこで、またもや待ち受ける衝撃。

「うにゃ～っ。ふにゃ～～～っ」

「…………」

その掛け声、なんとかならないんスか？

しかも今度は本棚のそばに台が置いてある。店員が気をきかせて運んできたのかもしれない。

本棚に手を伸ばす彼女の目には入っていないようだが。

またスルースキルを発揮したいところだが、続きを読みたいのでそうもいかない。

「何やってんだ？」

彼女はぱっと明かりがついたみたいに表情を輝かせ、さっきと同じ子犬の目で俺を見上げた。

しぱっ、しぱっ。見えないしっぽが一生懸命に振られる。

「二巻を読んでしまったので、今度は三巻を取ろうかと」

「そこにある台を使えばいいだろうが」

「…………」

沈黙が場を支配した。

彼女は台と俺の顔を見比べた後、ションボリとうなだれた。台があることは知っていたらしい。なら使えばいいものを、何故《なぜ》か実行しない。「むむ」と頭を抱えるポーズで葛藤し、意を決したように顔を上げ、本棚に向き直るとまたもや背伸びして、

「うにゃ～～～っ！　ふにゃっ～～～っ！」

「いいかげんにしろ！」

キューティクルが作る天使の輪に、チョップを一発。

「なんのつもりか知らないが、大人をからかうんじゃねえ」

「ま、また叱られちゃった……」

ぶたれた頭をさすりながら、何故か嬉しそうな彼女。アホなのか？　それともドMなのか？

その歳でもう道を踏み外してんのか。

「もう二度としないか？」

「しません。すみません」

「絶対、しないか？」

「はい。わたしは悪い子でした。海よりも深く反省しています」

うつむいたまま答える彼女。

長い髪でカーテンされていて顔が見えない。

「……」

「……」

首をひねって下から覗《のぞ》き込むと、こみあげる喜びを押し隠すように頬をひくひくさせているのが、艶やかな髪の隙間《すきま》から見えた。

「てめえ反省してないな⁉」

「ごめんなさいっ！」

謝りながらも嬉しそう。くそ、なんて器用なやつだ。

「あの、もう一度あなたとお話がしたくって。この本棚で待っていれば、会えるかなって」

「は？　だったら普通に声かければいいじゃないか」

「最初はそのつもりだったんですけど。エ、エヘへ……」

照れくさそうに身をよじる彼女。そんな風にモジモジするだけで、カーディガンの下で育ちまくった果肉が窮屈《きゅうくつ》そうに暴れる。Vネックの襟元《えりもと》に隙間ができて、俺の位置から柔らかそうな谷間が覗けてしまう。無防備すぎんだろ、こいつ。男性の視線をまるで警戒していない。危なっかしい。

「わたし、今まで一度も叱られたことがなくて。あんな風にゲンコツしてもらったの、はじめてだったんです。だから……嬉しくて」

「嬉しい？　ゲンコツが？」

やはりドMなのかもしれない。妙な性癖《せいへき》の子と知り合ってしまった。一度も叱られたことがないというのもどうなんだろう。温室育ちのご令嬢なのか？

「あ、あの、お時間ありましゅか？　良かったら、すこしお話、し、しましぇんか……」

めっちゃ噛みまくりんぐ。噛むたびに照れてジタバタするのがちょっと面白い。

このネットカフェには共有スペースが併設されていて、そこでは普通の喫茶店のように話ができる。正直、早く本の続きを読みたかったのだが……こいつ、ほっといたら毎週本棚の前で待ち構えてそうだな。

「……じゃあ、ちょっとだけな」

「や、やったぁ♪」

ぎゅっ、と可愛らしく拳《こぶし》を握りしめる彼女。ガッツポーズかこれ。わざとやってるならあまりのあざとさに張り倒したくなるところだが、おそらく天然。だって突き上げた拳を本棚に強打して悶絶《もんぜつ》してるし。やばいこいつマジ芸人。

ドリンクバーで飲み物を取って共有スペースに移動し、窓際《まどぎわ》の席に座った。俺はコーヒー、彼女はいちごソーダだ。

移動する時、店内の視線が俺たちを追いかけるのがわかった。彼女のルックスにまず目を奪われ、それから、一緒にいるのが俺であることに首を傾《かし》げるのだ。親子には見えないし、兄妹にしては似てない。恋人？　いや、援交？　そんな風に言われてるような気がして、冷や汗が出る。大丈夫、一緒にお茶を飲むだけだから淫行にはならない。自分に言い聞かせて平静を保つ。

席につくと、まず彼女が口を開いた。

「あの、お兄さんは……」

「お兄さん？　おじさんでいいよ俺なんか」

お兄さんと呼ばれて喜ぶような男にはなりたくない。若いと思われて喜ぶのは女だけだ。

「じゃ、じゃあ、お名前を」

「槍羽鋭二。サラリーマン」

「南里花恋《みなみさとかれん》です。十五歳」

「あれ？　十五歳って、中三なんじゃ？」

するると彼女はぶんぶんっと激しくかぶりを振った。

「高一ですっ！　二〇〇一年一月の早生まれなだけで、れっきとした高校生ですからっ！」

どうやらこの子、子供扱いされることを極端に嫌がるらしい。

いや、それよりも――。

二〇〇一年だと⁉

じゃあ何か、こいつ、アギトやも〜っと！やテイマーズの頃に生まれたってのか？　発売されたばかりのGBA買ってくれえええと中二の俺がお袋にねだってた頃に？

「二十一世紀生まれが、もう高校生になってるのか……」

自分が旧世紀の人間だと突きつけられたようで、ずんと肩が重くなった。若くなくても一向に構わないが「古い」と言われるのは堪《こた》える。この違い、わかってもらえるだろうか。

「あの、どうかしましたか？」

「……なんでもない。『かれん』っていうのは、どういう字を書くんだ？」

「草花の花に、恋愛の恋です」

漢字のチョイスにも漂う二十一世紀感。

名前の漢字に敏感なのは、俺の職業のサガだ。

「槍羽さん、お仕事は何をなさってるんですか？」

なんだかお見合いみたいだな。新世紀生まれのわりに性格は古風なようだ。一周まわって、というやつかもしれない。

「自動車保険のコールセンターで働いてる。ＣＭでよく流れてるだろ、『クルマの保険、見直してみませんか？　お見積りは今すぐネットかお電話で！』って。あれ」

「あー。アルカディア保険とかですか？」

「へえ、よく知ってるな。まさにそのアルカディアだよ」

すると彼女はまんまるに目を見開いた。ただでさえ目が大きいのに、そんなことをされると盛りすぎたプリクラに見える。

「…………り、立派な会社ですね！」

笑顔がひきつっている。

ウチの会社に何かあるんだろうか。ご両親が加入してるとか？　だとしたら下手なことは言えない。心の警戒レベルを一段階引き上げよう。

「えっと、じゃあ、ご趣味は？」

彼女から話題を変えてきた。ますますお見合いである。

「ありきたりだけど、読書だな。今はもう休みの日にしか読めないけど」

「花恋も読書好きです！　漫画も小説も読みます！　たくさん！」

彼女は興奮したようにテーブルに手をつき、身を乗り出してきた。下向きになった釣り鐘型の豊かな丸みがぷるり、と揺れる。胸元に切れ込むVネックの隙間から少女らしい薄いピンクの下着が――やめろ。その無自覚な凶器をしまえ。俺を殺す気か社会的に。

「普通の小説や少女漫画も好きですけど、どちらかっていうとラノベや少年漫画ですね。異世界に行ったり異能で敵と戦ったり、そういう夢いっぱいの設定に憧《あこが》れちゃって……あ、男の子みたいだって思いました？　ひどーい、普通に少女向けだって読むんですから！　でももやっぱりファンタジー系が多いかなぁ。最近のおすすめはですね……」

組んだ両手を胸に密着させるものだから、ふくらみがむぎゅっ、と潰《つぶ》れてすさまじい形になる。服越しにくっきりと浮かんだ深い谷間に両手が挟まって埋もれる。むにゅむにゅ、むにゅん。だからその凶器を……いや、もういい。

それにしても――。

本当に好きなんだな。本。

さっきまで噛み噛みだったのが嘘《うそ》みたいによどみなく話す。話しながらも表情がくるくる変わって、まるで登場人物になりきってるかのようだ。こんな楽しそうに本の話をするなんて、はじめて彼女に親近感がわいた。

「自分では書かないのか？」

軽い気持ちで聞いてみた。すると過激な反応が起こり、

「はいっ！　書いてます！」

勢いよく手を挙げて彼女は立ち上がった。店内の注目がまたもや集まる。目立つなよ頼むから。視線で座るように促すと、彼女はエへへと笑いながら頭をかいた。……ＪＫのこういう仕草は国が規制したほうがいいな。男を惑《まど》わす元だ。

座り直すと、おずおず上目遣《うわめづか》いに俺を見る。

「あの、語ってもいいですか？」

「うん？」

「実はわたし、小説家を目指してて。ひとりで書きためてるんです。まだ誰にも見せたことないんですけど。本気なんです」

「…………へえ」

思い切った告白だ。

小説家なんて、人に知られたら恥ずかしい夢の筆頭じゃないか。こっそり書いてＰＣの奥深くのフォルダにしまいこみ、時々読み返して身もだえして……普通はそんなもんだ。今は投稿サイトが充実しているから昔よりオープンとはいえるが、それもｗｅｂだからこそだろう。

そんな一大事を初対面の俺に話していいのか心配になるが、誰にでも夢を言いふらすよう

なタイプには見えない。現に彼女、ゆでダコみたいに真っ赤だし。めっちゃ恥ずかしがってる。

それでも彼女はうつむかないし、顔を逸《そ》らしたりもしなかった。

まるで愛の告白の返事を待つみたいに、潤《うる》んだ瞳で俺の反応を窺《うかが》っている。

…………。

「俺も、学生時代は目指してた」

言葉がぽろっと口からこぼれていた。おいやめろという声が心のどこかで聞こえたが、何故か止まらない。

とっくに忘れ去ったはずの気持ちが、じわじわと染《し》み出していく。

「大学四年間、ずっと書いてばかりいた。四年間で芽が出なかったらあきらめるって、親と約束してな。一度は最終選考にまで残った。ｗｅｂに選評が載って、嬉しかった。……結局、そこまでだったけどな」

彼女の熱気にあてられでもしたのだろうか、自分で自分に驚く。こんなこと話すつもりはなかったのに。友人にも話したことがない、墓場まで持って行く黒歴史だったはずが。

これだからＪＫは嫌いなんだ。

もうとっくに枯れた果てた大人の情熱に、ほんの少し、火をつけてしまう。

「――やっぱり」

と。

彼女は微笑《ほほえ》んだ。

心の警戒網を一撃で突破され、うっかり見とれてしまう。

今日見たなかで一番可愛い表情だった。

「槍羽さんは、きっと、そうだと思いました。花恋にはわかるんです」

「なんだよ、そりゃ」

「だって槍羽さん、花恋をかばった時、落ちた本のことを申し訳なさそうに見てたでしょう？ ああ、この人は本を大切にしてるんだなぁって、感動しちゃいました。物語を愛する人に悪い人はいないって、お父さんも言ってました。花恋もそう思います」

「……別に。店の本だから気になっただけだ」

なんだか面白くなくてそっぽを向く。くすくす、彼女の笑い声が聞こえる。俺は十四も年下のガキにもてあそばれてるのか？ くそ。

お返しに、興奮すると一人称が「花恋」になることを弄《いじ》ってやろうかと思ったが、あまりにも彼女が楽しそうなので止《や》めた。子供っぽいけど、その方がしっくりくる。

「いつか槍羽さんに読んで欲しいです。花恋の小説」

「まあ、機会があったらな」

大人語で「お断りします」の意であるが、彼女には通じなかったようで「はい！」と嬉しそうに頷いた。いちいち調子が狂うなまったく。

その時、テーブルの上に置いていたスマホが震えた。メールの着信だ。相手は妹で、『なんか工事の人？　が玄関に来てるよー。あたしじゃわかんないよー。たすけて～』。そういえば、水回りの修理を頼んでいたのを忘れてた。年頃の妹ひとりの部屋に、男を上げるわけにはいかない。今すぐ戻らなくては。

「急用ができた。これで失礼する」

そう言って立ち上がると、彼女はみるみる曇《くも》って「そうなんですかぁ……」とくらーい表情でつぶやいた。おいやめろ。こっちまで曇ってくる。

「あの、あの、じゃあこれっ、どうぞ！」

と、紙の手提《てさ》げ袋を差し出す。

俺のような野暮天《やぼてん》でも知ってる、高級菓子店の紙袋だった。前にうちの女性スタッフが「高いうえに並んでもなかなか買えない」と休憩室で愚痴《ぐち》ってたやつだ。

「こんな高価な品はもらえない」

「あ。えっと、ちがくって。中身はわたしが焼いたクッキーなんです」

「…………」

それはそれで重たい。

突き返して再度フラグをへし折っておくべきかと悩んだが、昨日ほど冷酷になれなかった。彼女の夢を聞かされたことで、情が湧《わ》いてしまっている。自分が安い男だと実感するのはこういうときだ。出世できねえな、と思うのもこういうとき。

まあ、そもそも、二十一世紀生まれと聞いてしまったら。

フラグだのなんだのと警戒すること自体、自意識過剰かもしれない。

一度話しただけで「あいつ俺のこと好きなんじゃね」的な小学生理論、やめようぜ二十九歳。

「わかった。ありがたく頂戴する」

彼女はホッと顔をほころばせる。白い頬が上気して桜色の紅がさし、今まで以上に瑞々しく見えた。

「また、ここで会えますか?」

「仕事が忙しくなければな」

挨拶《あいさつ》もそこそこに俺は歩き出した。さっきからもう、周囲の視線が刺さる刺さる。ひそひそと聞こえる話し声が耳に痛い。誰かが携帯を取り出すたびに「通報?」と心臓が跳びはねる。

カネを払ってでもJKと付き合いたい、という男が多いと聞くけれど。

俺なら、カネを払ってでも逃げ出したいね。

※　※　※

俺が中学生の妹と二人暮らしであることには、多少の説明がいるだろう。

両親は父母ともに健在であり、北陸で小さな工場をやっている。親父《おやじ》は昔気質《むかしかたぎ》の職人で頑固一徹。俺とは折り合いが悪く、家に帰ればしょっちゅう喧嘩《けんか》だ。お袋に言わせれば、「あんたはお父さんそっくりよ」ということなのだが、俺はあんなハゲじゃない。近い将来、遺伝子との聖戦を繰り広げることになるだろうが、必ず勝利してやる。

しかしこの親父、妹にだけはゲロ甘。

妹の入園式の時、講堂に集まった三十人ほどの園児をジロジロと眺めた挙げ句、「よし、うちの娘が一番可愛い！」などと叫んで他《ほか》の父兄のひんしゅくを買った逸話《いつわ》があるくらいだ。歳を取ってからできた子供は可愛いというが、愛があふれるにも程がある。

そんな愛娘《まなむすめ》が、小六の春にこう言い出した。

「あたし、東京の中学に行きたいの。兄ちゃんの家から通うの」

この時の親父の落ち込みようったら、もう……。マリアナ海溝まで沈んでいきそうだった。「鋭二を殺して俺も死ぬ」などと暴れたらしい。息子を巻き込むんじゃねえ。

妹はそれこそ学校で一番二番というレベルでデキる優等生だった。塾の先生からも私立中学の受験を勧められていたらしく、それならいっそ東京の有名校へと考えるのはおかしくない。

だが、俺は知っている。

妹が東京に来たがった、真の理由。

それは——

「あ〜。極楽極楽。ふえっふぉん♪」

ソファにふんぞり返り、ペットボトルをラッパ飲みして可愛らしいげっぷをかます。

まだ夕方だというのにパジャマ姿で、愛用の毛布をかぶり、十畳のリビングでゴロゴロゴロゴロ怠惰《たいだ》の限りを尽くす女子中学生こそ、我が妹・槍羽雛菜《ひなな》(14)である。

「一日じゅうお菓子食べててもゲームしてても怒られないなんて、実家じゃこーはいかないよねぇ。兄ちゃん」

今日二箱目の「アポロ」を開ける。俺の給料がヤツの胃袋に消えていく。

なんのことはない。親の目を逃れてゴロゴロぬくぬくしたかっただけなのである。

成績が抜群に良かったのも、東京に行きたい一心で必死に勉強した結果なのだという。

夢が叶《かな》った今、雛菜の成績は下落の一途である。

親父に甘やかされたぶん、兄である俺が厳しくしなくては。

「ね、兄ちゃん。ポテチ食べていーい?」

「コンソメとうす塩とのり塩、どれかひとつだけな」

「え〜。ガーリック味は?」

「ない。我慢しろ。また今度安売りの時に買ってやるから」

「わーい、だから兄ちゃんすきっ！」

よしよし。厳しくしないとな。

我慢したご褒美《ほうび》に、今朝《けさ》ネット通販で届いたばかりのやわらかクッションを渡してやった。

さっそくクッションに抱きついて、雛菜は気持ちよさげなため息をつく。

「はー。やっぱ東京はいいよね～。漫画の発売日も早いし、深夜アニメもいっぱいやってるし、ネットで買い物しても来るの早いしさ。ずっとこんないいところに住んでたなんて、ずるいよ兄ちゃん！」

「知るか」

ぐーたら妹はほっといて、修理してもらった蛇口の具合を確かめる。よし、水漏《みずも》れなし。

完璧《かんぺき》な仕事だな業者のおっちゃん。物腰も丁寧だったし、ああいう人を見ると同じ社会人として嬉しくなる。

「ねー、兄ちゃんもこっちきてさ、一緒にゲームしようよ～」

タブレットを握ったちっちゃな手がおいでおいでする。

「いっつもいっつも仕事仕事でさー。たまのお休みかと思ったらネットカフェ行っちゃうし」

「俺の疲れはあそこじゃなきゃ癒《い》やせないんだよ」

「そんなことないよーあたしが癒やしてあげるよー。ね？　ね？」

ぽんぽん、と隣のソファを叩く。

しょうがないので座ってやると、ぶつかるようにして腕に抱きついてきた。シュシュで束《たば》ねた髪からシャンプーのいい匂《にお》いがする……っても、俺と同じシャンプーだけど。ぐりぐり、削岩機みたいな頬ずりをかましてくる。やめろ痛いだろパンツ脱がすぞてめえ。

「ほらほら、一緒にガチャまわそ？　兄ちゃんが買ってくれた林檎カードのおかげで、無料で十連イケちゃうんだぜっ」

それは無料って言わねえ。

「ほれ兄ちゃん。ここタッチしてみ？　兄ちゃんならSSR出るかもよ？　それ、ターッチ♪……なんだよ～クズレアじゃん。兄ちゃんの指つかえねー。こうしてやるっ。ぱくんちょ」

俺の指を食うな、バカ妹。しゃぶるな。ふやける。

…………。

にしても、今日はずいぶんはしゃいでるな。

ひさしぶりに俺が家にいるから？　などと考えるのは、兄バカってものか。あの親父の真似をするつもりは毛頭ないので、口には出さない。

「ねー兄ちゃん、晩ごはんどうする？　何たべる？」

いつのまにか俺の膝上に乗っかって、足をぱたぱたさせている。小さなお尻《しり》が腿《もも》の上で擦《こす》れてくすぐったい。

「そうだな、出かけるのも面倒だし何か取るか」

俺たち兄妹の食事はもっぱら外食、冷食、デリバリー、もしくは近所に住む幼なじみの差し入れで成り立っている。妹はご覧の有様なので料理なんてできないし、俺だってたいしたものは作れない。料理上手な主人公が妹に毎日食事を作ってやる——なんてのは漫画やラノベだけの話だ。ていうか、無理。仕事で疲れて帰ってきて料理とか絶対無理。ガキの頃「テンプレ主人公～」とかバカにしてごめん。あいつらマジ偉大。

「たべる、って言えばさ。兄ちゃん」

雛菜はリビングと対面式キッチンをつなぐカウンターを指さした。南里花恋からもらった紙袋が置いてある。

「なに？　なに？　あたしにお土産《みやげ》？　でもうちの近くにあんなお店ないよね？」

ネットカフェで知り合った女子高生のことを話すと、妹は目を丸くした。

「まさか兄ちゃん、そのＪＫに惚《ほ》れられたん⁉」

「そんなわけねえだろ」

同じ趣味ということで親近感は持たれたようだが、恋に発展するとは思えない。

「ホントに？　なんかあやし～」

「お前と学年二つしか違わないんだぜ。男として見られるわけがない。お前だって十四も歳が離れたリーマンと付き合おうなんて思わないだろ？」

すると、雛菜は「んー」と十五も歳が離れた兄貴の顔をまじまじ見つめて、

「それは、相手によりけり。かな」

「……マジで？」

「マジでジマ」

意外な答えだった。

自分が男子高校生だったら、二十九歳のＯＬと付き合おうなんて考えないけどな。そんなやつ、中・高・大通したってひとりもいなかった。

男と女じゃ、恋愛観が違うのかね。

「てゆーかさ。そもそも兄ちゃん、いまカノジョ欲しいの？」

「あ？」

その方向からの質問は予想外だった。

想像してみる。

カノジョのいる生活。

ＬＩＮＥでたわいない会話をしたり。ことあるごとに動画やら画像やら送ったり。電話で互いの抱えてる仕事の話なんかしたり。ここまではいい。まあ楽しそうだ。

しかし、休みの日はどうする？

俺の仕事は土日必ず休める仕事じゃない。休日に電話で呼び出されることも多々ある。デート中だったら目も当てられない。機嫌を悪くしたカノジョのために何か贈り物をして……ああ、金が出て行くな。貯金が減る。ただでさえ課金兵の妹を抱えているのに。

よって、結論。

「面倒くさいな」

恋でドキドキしたくない。

ドキドキするのは、クレーム対応やスタッフ同士のいさかいを仲裁する時だけで充分。

恋はもう、遠い日の花火だ。

「いいのっ。兄ちゃんはカノジョなんか作らなくてもいーのっ」

ぎゅー、と雛菜が首に抱きついてきた。苦しい。

「結婚もしなくていいからね。あたしが一生めんどーみてあげっから！」

「俺が面倒みる、の間違いだろ……」

少なくとも、こいつが成人するまでは結婚しないだろうな、俺。


その後、南里花恋の手作りクッキーは二人でありがたくいただいた。

これがもう、信じられないくらいの美味。

誇張抜きで、今まで食べたクッキーのなかで一番うまかったと思う。しっとり、さくさく。

「焼き菓子はあんま好きじゃないんだよね～」なんて言ってた雛菜がひとくちかじるなり無言

になってしまった。甘さ控えめ、ジンジャーがぴりっときいてて、一つ食べたら後をひく。二人して平らげ、「今日の晩ごはん、これでおしまい」と頷きあったものである。

ほっぺが落っこちる、ってのはこのことか。

……なんて。

こんな古くさい言い回しも、彼女には通じないだろう。

※　※　※

人から何かもらったら、きちんとお返しをしなくてはならない。社会人ですから。

幸い次の土曜も休みが取れたので、近所の果物屋で妹に選ばせたフルーツゼリーを持ってネットカフェに向かった。時刻は午後一時過ぎ。今年は空梅雨《からつゆ》のようで今日も快晴。家族連れで行楽や買い物に出かける車列を横目に歩道を行く。俺より若い「お父さん」が軽のハンドルを握ってるのを見かけて申し訳ない気持ちになる。独身ですまん。少子化日本はあんたに任せた。

受付でチェックインをすませてから、はたと気がついた。

今日も彼女が来るなんて、そんな保証はどこにもないじゃないか。

私立だから土曜日も授業あるだろうし、そもそも彼女がこの店の常連とは限らない。俺はまぎれもなく常連だが、あの子と出くわしたのは先週がはじめて。「また会えますか？」とは言っていたが、二週連続で来るとは限らない。

しかしその考えは杞憂《きゆう》に終わった。

ブースに行こうと歩き出したその時、制服姿の彼女が本棚の陰から現れたのだ。

「こんにちはっ槍羽さん！　偶然ですね！」

「………………」

本当に偶然か？

店に来ているのはいいとして、何故タイミングぴったりで飛び出して来れるのか。まさか受付を見張ってたわけじゃないだろう。もしそうだとしたら、ずっと本棚の陰に立ってなきゃいけない。花も恥じらう美少女とはいえ、その絵ヅラはかなり怖いぞ。

「今日もいい天気ですね。晴れて嬉しいです」

「……うん、まあ、そうだな」

薄暗いネットカフェでかわす会話で、天気ほど無意味な話題があるだろうか。

「そ、それから……ええと、今日はなんの本を読むんですか？　わたしはひさびさに少女漫画を読もうかと思ってて、槍羽さんのおすすめとかあれば……あ、でも少女漫画なんて読みませんよね？　やだ、花恋ったら、男のひとに何聞いてるんでしょうか……」

頬を赤くしながら、清楚《せいそ》なブレザーに収まりきらないお餅《もち》の前で両手の指を絡《から》ませあう。どうも無理に話題をつないでいる気配。会話が途切れて「それじゃあ」と言われるのを怖がっているかのようだ。

こんなところで話し込むわけにはいかないので、喫茶スペースに彼女を誘った。その瞬間、笑顔の花が咲き誇る。ぴょんと五センチくらい飛び上がって「ゆきましょう！」と行進を始めた。手と足が一緒に出ている。ネットカフェでこんなテンションのやつも珍しい。恥ずかしいからやめような。

先週の日曜と同じ席に座った。

またもや店内の注目を独り占め。視線が棘《とげ》のように突き刺さる。針のムシロ。

周りを意識しないようにしつつ、

「クッキーうまかったよ。あんなうまい菓子ははじめて食った。妹と一緒にありがたくいただいた。ありがとう」

軽く頭を下げて、それから目線を戻すと、彼女が恐縮しながら両手を振っていた。

「いえいえいえいえいえいえいえいえいえいえいえ！　そんなっ、あんなものでっ、あんな花恋が作ったクッキーなんかで、そんなお言葉っ、もったいないです！　死んじゃいます！」

「そんな大げさな」

「いいえ死にます！　しっ死にますから！」

「………」

死ぬなよ頼むから。

保険も下りねえぞ、そんな死因。

「これ、お礼と言っちゃあれだけど」

持ってきた菓子袋を差し出すと、彼女はいっそう恐縮したように小さくなった。

「あの、本当にこんなお礼なんてしていただかなくても。わたしが勝手にやったことなんですから、えっと、その……」

「気にするなって。単なる気持ちだから」

「いえ、本当に困るんです。だ、だってあの、今日も作ってきちゃってますし」

「は？」

「今日はクッキーじゃなくて、マドレーヌなんですけどっ」

と、またもや差し出される高級菓子店の紙袋。

……マジかよＪＫ。

「いや、それはいくらなんでも悪いよ。受け取れない」

「そんなこと言わずに！　早起きして作ったんです！　おいしく食べてもらえますように、受け取ってもらえますようにって呪《のろ》……いえ、祈りながら作ったんです」

「いま呪いって言ったか⁉　呪いって言った！」

「とにかくもらってください！　死にますよ!?　死にますから！」

……。

………………あれっ？

もしかして俺、脅《おど》されてる？

「……まあ、それじゃあ、せっかくだから」

「ありがとうございましゅううう〜！」

机に平伏せんばかりに頭を下げる彼女。

ぱっと顔を上げると、残念そうに言う。

「すみません。今日はこれで失礼しなきゃいけなくって」

「帰るのか？」

少女漫画がどうのと言っていたのは、やはり呼び止める口実だったのか。ちなみに俺はそっちもイケる。

「おじいちゃんとランチをする約束があるんです。……いけない、もうこんな時間！」

ぺこりとお辞儀《じぎ》して、彼女は早足で去って行った。おじいちゃん。なんだかしっくり来る。イメージ的におじいちゃん子・おばあちゃん子ぽいというか。仕草や言葉遣いが上品なのは、礼儀に厳しい戦前・戦中世代の影響かもしれない。

ん？　待てよ。

二〇〇一年生まれの孫がいるとなると、祖父母は戦後世代か。六十半《なか》ばくらいとして、一九五〇年代生まれ？　俺のじいさんより、親父の方に近い歳じゃないか。

「……若いな」

こんなところでも感じる世代格差。

やっぱり守備範囲外だよな。

俺だけじゃなくて、彼女の方も。

菓子をもらったからって、俺に気があると思ったらひどい目に遭いそうだ。相手が未成年なだけに手を出したら即通報、即警察。「そんな風に受け取られるなんて、思ってもみなくて。だって、十四も歳が離れてるんですよ？　ありえなくないですか？」。彼女が困惑しながら証言する様が、脳内再生余裕だった。

こう見えて保険会社に勤める身、社会的信用が重んじられる職業だ。

ゆめゆめ、勘違いしないようにしないとな。

※　※　※

タイミングが良いのか悪いのか。

翌日の日曜も、次の土日も、次の次の土日も、連続して休みを取ることができた。

休みとなれば、俺はネットカフェに行く。これはもう既定の事実である。雨が降ろうと槍が降ろうと、俺はあそこで余暇《よか》をすごすと決めているのだ。

行けば、必ず彼女にエンカウントした。

南里花恋。


「こ、こんにちはっ槍羽さん。またお会いしましたね！」

「槍羽さんこんにちは！　今日はどの本を読むんですか？」

「えへへ、また会えちゃった♪　花恋はラッキーです。山羊座《やぎざ》の運勢、最高です！」

「おはようございます。早いですね槍羽さん！　わたしも今朝は早起きでした！」

「こんばんは〜。えへへ、本当によく会いますね。ぐ、偶然デスネー」


……いやあ。

偶然で三週連続ヒットってこたぁないだろ。猛打賞かよ。

しかも毎回お菓子作ってきてくれるし。バウムクーヘン、シフォンケーキ、マカロン、おはぎ、チョコレートケーキ。毎週毎週、家で食戟《しょくげき》でもしてんのか？

いやそれより、どの時間帯に来てもすぐに現れるのが不自然だ。午前に来ても午後に来ても、夕方に来ても、すぐに本棚のあいだから飛び出してくる。瞳を潤ませ、息も弾《はず》ませて、主人の足にじゃれつく子犬みたいに駆け寄ってくるのだ。

まさか、朝一番に来て俺を待ってる……？

そして疑惑はもうひとつある。

会うたびに、制服のスカートが短くなるのだ。

初めて会った時はせいぜい膝がちょこんと出る程度だったのが、今はもう白くて柔らかそうな太ももが拝《おが》めてしまう。このまま短くなっていくと、もう、はかなくてよくなるんじゃないですかねえ……。

短くするのは俺と会う時だけのようで、先にチェックアウトして店を出たとき、ふとガラス張りの店内を振り返ると、女子トイレから出てきた彼女のスカート丈は元に戻っていた。

「嫌な予感」は、このとき疑惑から確信に変わったといっていい。

……いや、しかし、俺だぞ？

二十九歳、平々凡々なリーマンの俺を？　顔だって特別かっこいいわけじゃない、目つきヤバめなアラサー男を？　あんなとろけそうなくらい可愛い巨乳女子高生が？　世界に名だたるＪＫブランドが社畜に惚れるとか、ありえなさすぎんだろ。

ありえない。

ありえない、はずなのだが……。

「兄ちゃん、これ、あかんやつだわ」

今日も今日とて、彼女からもらったお菓子（ホールサイズのアップルパイ。もう匂いだけで絶対うまそう。超手間かかってそう）を持って帰ったところ、妹はもう喜ばなかった。

「こんなん、もうガチ中のガチガチじゃん！　めっちゃ惚れられてんじゃん！　それ以外ありえないよ！」

先々週まで「こんなおいしいお菓子が食べれるんなら、そのカノジョと付き合ってもいーよ兄ちゃん♪」なんて言ってた口がひきつっている。

「俺が二十一世紀生まれに惚れられるって、ありえるのか？」

「あたしだって二十一世紀生まれだけど、好きになったら歳とかカンケーないんじゃない？なんでこんなに好かれちゃったのかはしんないけど」

「………………」

信じられん。

あの本棚で助けた一件で惚れられたんだとしたら、チョロインってレベルじゃねえぞ。これじゃあトラックに轢《ひ》かれそうなところを助けたり海でおぼれそうなところを助けたらどうなるんだ。乙女《おとめ》回路が熱暴走して死ぬんじゃないのか？

「兄ちゃん、その花恋ってコと付き合う気あるの？」

「ねえよ、ねえ」

すごくいい子、だとは思う。アンチＪＫの俺でも話しやすい。漫画やアニメの話を思う存分できるのもポイント高い。入社して以来、オタク趣味を語り合える友達なんて皆無だったからな。時々机に置いてあるジュースのおまけフィギュアを見られて「こういうの好きなんですね」と部下に不思議そうな顔をされる程度。そういう意味でも、彼女はいい子だ。

だが、いくらいい子でも、女子高生とは付き合えない。

社畜だなんだと言われようが、会社に知られたらクビが飛ぶような恋愛はできない。「君が高校卒業したら付き合おう」なんて、キープするような真似もしない。社会人として当然だ。

「傷口を広げる前に、振るしかないな」

「だね」

問題は、どう振るかだ。

もうあのネカフェに行かないようにする？　いや、あの調子だと、俺が来るまでいつまでもいつまでも待ち続けていそうだ。去り際に手紙を渡す？　……駄目だ。自分の口からちゃんと振るのが誠実さというものだろう。

普通に付き合うより、振る方が難しい。

しかも相手は多感なＪＫ。傷つきやすい年頃だ。思い詰めたら何をするかわからない。

「に、兄ちゃんっ！」

キッチンを振り向くと、アップルパイを切ろうとしていた雛菜の顔が青ざめていた。ていうかお前、しっかり食うんだな。

「なんかもう、手遅れだったみたい……」

「ん?」

ナイフとは逆の手に、一枚の便せんが握られていた。花柄の、薄いピンクの便せん。アップルパイの包みの下に入っていたらしい。

「あっ……」

背筋に冷たい汗が滴《したた》る。

雛菜から受け取って便せんを開くと——いかにも彼女らしい丁寧な、しかし少し震えた字でこう綴《つづ》られていた。

好きです　あなたの彼女にしてください

雛菜におまかせ♪「欠勤理由」ベストナイン

1 (二) 紫外線対策

2 (遊) 右肘に違和感

3 (一) 人生で二度来るチャンスの一回目が来た

4 (左) 声優が結婚した

5 (三) ママが御社とは遊んじゃダメだって

6 (右) 多田李衣菜のニックネームを言ってみろ

7 (中) 会社が俺に来てもらえるよう頑張るべき

8 (捕) 休みたいという気持ちに理由がいるかね？

9 (投) さあて……俺抜きでどこまでやれる？

	TEAM	1	2	3	4	5	6	7	8	9	10	R	H	E
○	休日	1	0	1	2							4	7	2
●	会社	1	0	1	0	1	0	3×				33	44	1

『外資系の保険会社に勤めてます！』

そんな風に言えば、いちおうの聞こえはいい。

同僚のなかには合コンの自己紹介でそう吹聴《ふいちょう》するやつもいるという。まあ嘘《うそ》ではない。アルカディア保険の本社はニューヨークにあり、ＣＥＯも米国人。世界中に数十の支社を持つ多国籍企業だ。待遇もそれなりで、上級管理職ともなれば年収一千万を超《こ》えることもある。

だが、それはあくまで、六本木《ろっぽんぎ》の日本法人本部にいる連中の話。

東京のはずれにある八王子《はちおうじ》センター勤務の俺《おれ》たちは特別高い給料をもらってるわけじゃない。他人の懐《ふところ》はよく知らないが、おそらく同年代並みだろう。

それでも出世コースに乗れれば六本木からお呼びがかかり、輝かしい未来が拓《ひら》けているはずだが――それは新卒採用者だけに用意されたルート。パートからどうにか正社員になった俺には関係のない話だ。

マンションから会社までは徒歩十分。

満員電車で通わなくていいのが、給料の差よりありがたい。

月曜の朝八時過ぎ。

週はじめの出勤が憂鬱《ゆううつ》なのは社会人共通の病だろうけれど、今日は特別に気が重い。南里《みなみさと》花恋《かれん》の告白をどう断ったものか、考えるだけで気が滅入《めい》る。

あの手紙に連絡先らしきものは記《しる》されていなかった。

返事は週末のネットカフェで直接、というわけだ。

「土曜日、来て欲しくねえな」

社畜にあるまじき台詞《せりふ》である。

俺の青春ラブコメは学生の時で終わったものだと思っていたが、コクられるなんて、いったいどの選択肢で正解してしまったのか。フラグは折ったはずだったのにな……。

駅前の通りに差しかかると、急に人が増えてくる。男性、女性、若者、おっさん、お嬢さんおばさんおばあさん、老若男女が混然として歩道にあふれかえり、立ち並ぶビルに次々と吸い込まれていく。こいつらが全員無職になったら日本はどうなるだろう。経済は崩壊するだろうが、昼間でも街に人があふれて楽しいかもしれない。そうなったら俺は宙づりでギターかき鳴らしながら捕鯨砲&火炎放射器つきの車で街を疾走するとしよう。ヒャッハー、早く崩壊しねえかな日本。

「槍羽《やりば》コーチ、おはようございます！」

デスロードな妄想を、はきはきとした声が終わらせてくれた。

スーツ姿の若い女性が駆け寄ってくる。すらりとした細身、ナチュラルメイクを施《ほどこ》した理知的な顔は人混みのなかでも目を引く。ビルに吸い込まれかけていた男の一人がおっ、と足を止める。そのくらい、彼女の容姿は魅力的だった。

渡良瀬綾《わたらせあや》。

この四月に入ってきたばかりの新卒社員で、俺の部下。

一流の女子大を出た才媛《さいえん》であり、いずれは出世コースに乗るであろう我がセンターの逸材《いつざい》だ。本来は六本木にいるべき人材なのだが、現場の経験を積ませるということで八王子に来ている。

「おはよう。早いな渡良瀬。今日は遅番じゃなかったか？」

「はい。でも、早く仕事に慣れたいですし」

「ほとんどの電話はもう一人で取れるじゃないか。飲み込み早くて驚くよ」

「わ、私なんてまだまだです。たくさん教えていただかないと」

白いシュシュでまとめた黒髪を撫《な》でる。照れた時の彼女のくせであると、この三ヶ月ほど一緒に働いてわかっている。

かっちりしたジャケットにタイトスカートという服装は、新人ＯＬというより教育実習に来た女教師の卵みたいに見える。コールセンターは普段着で出勤ＯＫだし皆そうしてるのだが、「この方が引き締まりますから」と言ってきかない。

南里花恋が子犬なら、渡良瀬は猫だ。ややツリ目で、クールな表情からそんな印象を受ける。毛並みの良い綺麗《きれい》な黒猫。名前をつけるなら「ルナ」というところか。ただ、この猫は多少テンパったりすることがあり、その時だけサイボーグクロちゃんになる。

「なあ渡良瀬、お前何年生まれ?」

「平成《へいせい》五年です」

「てことは、九三年生まれか」

和暦からぱっと西暦を出せるのは、保険屋特有の異能である。名付けて「時暦変換《リ・ジェネレイション》」。効果:初対面の人にちょっと驚かれる。それだけ。

うちのチームで一番若いこいつにしても、二十世紀生まれなんだよな。

しかし、俺よりはずっと年下に違いない。

それとなく相談してみるか……。

「渡良瀬よ」

「はい。なんでしょうか」

「お前、今付き合ってる男はいるか?」

聞いてから、「しまった、これってセクハラか?」と思い当たる。今日び、この手のことは社内監査がうるさいからな。

すまん忘れてくれ——と言いかけたとき、彼女はすっ転んでゴミ捨て場に頭から突っ込んでいた。オフィスビルなので生ゴミがないのが不幸中の幸い、隣の居酒屋だったら大惨事だ。

「いっ、いいいいい、いませんですけどっ、そそそれがなななななにかかかか⁉」

「……別に深い意味はなかったんだが……」

「わっ、私、ぜんぜんフリーです！　もう自由すぎて、クロールでもバタフライでもなんでもいけちゃうくらいで、いえ、そ、そういう意味ではないとわかっているのですがっ、ともかくフリーです！　それだけは覚えておいてください！」

頭にシュレッダーの紙くずをのせながら、真っ赤《まっか》な顔で力説するクロちゃん。この姿をみんなが見れば、「近寄りづらい」「冷たそう」なんて言われることもなくなるだろうに。

助け起こして、髪についてるゴミを取ってやりながら尋《たず》ねる。

「たとえばの話だ、男子高校生に告白されたらお前どうする？」

「な、なんですかその質問は。ありえません！」

「たとえばって言ったろ。付き合える？　付き合えない？」

スーツの埃《ほこり》を払いながら渡良瀬は答える。

「……まあ、無理ですね。一人前の男性として見ることができないと思います。仮に付き合ったとしても感性や価値観が違いすぎて、すれ違うばかりじゃないでしょうか」

「だよな」

そう考えるのが、まともな大人だろう。

「まさかコーチ、男子高校生に告白されたんですか？」

「されねえよ！」

妙な勘違いをされてしまった。

「ところでな渡良瀬。その『コーチ』って呼び方、やめないか？」

「えっ。いけませんか？」

「肩書きで呼ばれるの、好きじゃないんだよ」

コーチとは、スタッフを管理して指示を出す「現場監督」みたいな役職である。一般的な企業でいえば係長か主任くらいの地位だろうか。

「では、なんてお呼びすれば？」

「名前でいいんじゃないか」

他《ほか》はだいたい「槍羽さん」とか「槍さん」とか呼んでくる。約一名、「ヤリちん」というあだ名で呼ぶ不届き者もいるが。

渡良瀬はしばらく悩んでから、おずおずと言った。

「で、では……槍羽……せんぱい？」

「はは、先輩か」

いいかもな。

学生時代を思い出して、悪い気はしない。

「ですが、あの、馴《な》れ馴《な》れしくないでしょうか……？」

「おカタくないところが、八王子センターの良いところだ」

渡良瀬はもごもごと「せんぱい、センパイ、先輩」とつぶやいてから、

「……ふふっ。わかりました先輩！」

と、声を弾《はず》ませて頷《うなず》いた。

「気に入ったみたいだな」

「はい先輩！　さあ、早く行きましょう先輩！」

会社につくまでの数分間、渡良瀬は二十回くらい「先輩」と繰り返した。

どうやらこうやら、部下との絆《きずな》が深まったようである。

※　※　※

コンビニ横にある六階建ての古いオフィスビル。その最上階が俺の職場である。

止まるときガタンと揺《ゆ》れるおんぼろエレベーターから降り、セキュリティカードを通してフロアに入ると、見渡す限りＰＣと電話機と加湿空気清浄機、そして電光掲示板が並んでいる異様な光景が目に入る。

異様とは言ったが、あくまで一般人の感覚からすればである。日本全国どこのコールセンターも似たようなもんだろう。

部屋には八席がひとかたまりになっている「島」が六つ、合計四十八席。まだ誰《だれ》も出社していないため、がらんとしている。今日も一番乗りだった。

出社して最初にすることは、自分のＰＣを起《た》ち上《あ》げてログインすることだ。

コーチの席は入り口側に近い島の窓際《まどぎわ》にあり、俺は密かに「司令官席」と呼んでいる。その方がカッコイイからだ。実際、整然と並んだオペレーターがインカムをつけてＰＣに向かってる様はロボットアニメに出てくる司令基地のように見えなくもない。隣に座る渡良瀬は、さしずめ副官というところか。

あれも起ち上げ、これも起ち上げしてると、なんだかんだで十分くらいはかかる。ＰＣが古くて処理が遅いのだ。そろそろ新型をと六本木には打診しているのだが、右から左にスルーされるので「旧型の量産機で戦う俺カッコイイ」と脳内変換してる。司令官みずから旧型機で出撃。……あれっ、この基地やばくね？

スマホでニュースを読みながら起ち上げを待ってると、小柄な中年男性がせかせかと歩み寄ってきた。手足をちょこちょこ動かしている様はある種の小動物を思い起こさせる。

俺の直属の上司、権田公太郎《ごんだこうたろう》営業チーム課長（48）。

ロボットアニメで例《たと》えれば「部下が必死に戦ってるところに横やりを入れてくる小うるさ

い上官」のポジションか。

「槍羽くん、ちょっと課長室まで来てくれ。大至急ッ」

思わず渡良瀬と顔を見合わせた。

悪い予感がする。

課長が「大至急ッ」とか言う時はロクなことがない。営業成績が振るわないときか、上から何か言われた時と相場は決まっている。

「な、なんだね。そんなに睨《にら》みつけて。上司に逆らうつもりかっ⁉」

「普通に見てただけですよ」

もうパート時代から数えて七年の付き合いなのに、いいかげん俺の目つきにも慣れて欲しいもんだ。

うちの課長は気が小さい。気が小さいから、それを隠そうとして居丈高《いたけだか》になる。やたらと怒鳴る。声を荒らげる。順境にあれば普通の上司なのだが、逆境となると途端にテンパッて無茶なことを言い出すくせがある。今日もそんな匂《にお》いがするな……。

やれやれと課長室まで出向き、二人きりになった。

正面に立つ課長の目を見るふりをして後退した生《は》え際を見つめながら、我が敬愛せざる上司のお言葉を待つ。

「さっき六本木から連絡があって、今日、抜き打ちで査察が入るらしい」

「査察？　金融庁のですか？」

聞き捨てならない。金融庁の査察は、保険会社の命運を左右する一大事だ。

しかし、金融庁の査察が抜き打ちで入ることはほとんどないはずだが……。

「違う。査察に来るのはうちの社長だよ」

「なんだ、六本木のお偉いさんですか」

社長――つまり、アルカディア保険日本法人におけるトップである。ロボットアニメに例えると……なんだろう？　大佐？　総帥《そうすい》？　偉すぎてよくわからん。

「なんだと言うけどね槍羽くん、高屋敷《たかやしき》社長は極東マネージャーも兼ねているアルカディアのナンバー3。次期CEOという噂《うわさ》もあるくらいだ」

「そんなお人が、なんで東京のはずれに？　しかもこんな突然？」

「私は知らんよ！　何もやってない！」

課長の広いおでこが真っ赤になっている。うちのセンターが悪さをしたから査察に来るのだと思い込んでるらしい。

「高屋敷社長って、確か昨年日本に来たばかりでしたよね」

「ずっと海外畑を歩いてきた人だからな。コールセンターの現場なんかろくに知らないだろう」

課長の口調には毒があった。その文句は社長に直接どうぞと言いたいところだが、たいていそれは下の者へ向かう。

「じゃあ、やっぱりただの視察なんじゃないですか。授業参観みたいなもんでしょう。うちのセンターは先月も先々月もノルマ達成してるんだし、たいした意味はありませんよ」

社長とかそういう人種は、やたらと現場を見に来たがるものだ。暇《ひま》さえあれば監査だの視察だの。課長や部長クラスの管理職は泥臭《どろくさ》い現場を嫌って離れたがるが、さらに上の役員クラスになると逆に「現場を見張っておかなければ」という病気にかかるものらしい。

嫌われても、疑われても、それでも働かなくてはならない。

それが現場《俺たち》。

まさに社畜。

「本当に何もないかな？」

「ないです」

少なくとも俺の目の届く範囲ではない。むろん他のチームや課長個人のことは知らん。

「そうかなぁ。そうかなぁ～」

小動物のようにおろおろと室内を歩き回る課長。子供の頃《ころ》飼ってたハムスターを思い出して、ちょっと和《なご》んだ。今度ひまわりの種あげてみよう。

「と、ともかくボロを出さないようにしないと。スタッフをしっかり監督してくれたまえよ。なにせ、私や君のクビくらい簡単に飛ばせるお方だからな。くれぐれも失礼のないように！」

「いつも通りやれば、問題ありませんって」

「頼むよ槍羽！　君が上手《うま》くやってくれないと私の出世が！　家のローンがあと十二年も残っているんだ！　来年は下の娘も高校に上がる。最近口をきいてくれないから、ここらで一発『パパすごい！』って言われたいんだ！」

「…………」

ここまでハッキリ我欲を出す人も珍しい。もうちょっとオブラートに包めよ。

「勘違いするなよ、部下のためとか会社のためとかじゃないんだからねっ！　全部私のためなんだからねっ！」

斬新なツンデレだ。いやデレてはいない。

はあ……。

ＪＫの件だけでも気が重いのに、またやっかいごとかよ。

※　※　※

午前九時。コールセンターの一日が始まる。

早番のパートで席が半分ほど埋まり、お客さんから見積り希望の電話が鳴り始める。まぁ、この時間はたいした受電数じゃない。本格的な戦争に突入するのは昼からだ。

俺は渡良瀬を含む営業チームの社員三名を会議室に集めて、課長から聞いた査察の話をした。

出勤中の正社員はここにいる四名だけで、他のスタッフはすべてパートタイマーと契約社員である。非正規雇用が増加する日本の縮図みたいな職場。

「マジっすか、槍羽さん。それ結構やばいやつなんじゃ？」

青ざめた声で言ったのは胡桃《くるみ》アツシ。

俺と同じくパートから正社員採用になった叩《たた》き上げで、歳《とし》は俺の三つ下の二十六歳。童顔で背が低いため高校生くらいに見えてしまうが、これでも一児のパパである。

「だって、今いるパートって五分の一はまだ新人っすよ。ＯＪＴ期間中の人だっているのに、そんなところ社長に見せるんすか」

ＯＪＴというのは「実践研修」のことで、新人にベテランがついて実際に電話を取らせながら仕事を覚えさせるというものだ。またまたロボットアニメでいえば、新兵を古参兵と組ませて実戦で鍛《きた》えるような感じか。

「高屋敷社長っていえば、厳しいことで有名ですよね」

そう言う渡良瀬の顔も曇《くも》っている。

「大阪《おおさか》センターにいる同期から聞いた話なのですが、会食に五分遅刻した大阪センター長がその場で降格させられたそうです。社長の一存で」

「はあん。うちの課長がビビるわけだ」

次の八王子センター長の椅子《いす》を狙《ねら》ってるらしいからな、あのハム太郎。

課長の出世はどうでもいいとして、現場に横やりを入れられるのは面白《おもしろ》くない。

ふーむ……。

「だいじょうぶだよヤリちん♥　このボクがついてるんだからさ♠」

軽い、とてつもなく軽い、ヘリウムより軽いんじゃないかという声が会議室に響いた。

「大船に乗ったつもりでおいでよ♣　ボクのこの真っ白な前歯に社長の視線は釘づけさ◆」

こいつの名は新横浜太郎《しんよこはまたろう》(29)。

新幹線の停車駅みたいな名前だが、なんと本名である。

真っ白なジャケットとパンツ、ワインレッドのシャツに金のネックレスというホストみたいな出で立《いた》ちの優男で、俺はこいつが電話取ってるところをほとんど見かけない。マインスイーパやってるところはしょっちゅう見かける。ぶっちゃけ新人よりこいつを社長に見せたくない。なんでリーマンやってるんだ？　メンズナックルの誌上を飾る方が絶対似合ってる。

「新横浜。今日はお前も電話取れよな」

「アハハ♠　ボクの声にマダムたちが惚《ほ》れちゃわないか心配だな♣」

サラサラの茶色い前髪をぶわっ、とかきあげる。くぅ～。切りてえ～。

ともかく今は目の前の仕事だ。

「社長は昼頃のお出ましらしい。新横浜以外はいつも通りやれば大丈夫だから。今日も一日よろしく頼むわ」

かくして朝イチ会議はお開きとなり、それぞれが持ち場に散っていった。

※　※　※

コーチの仕事は電話の状況に応じてスタッフに指示を出すことが主だが、それがすべてではない。時と場合に応じてなんでもやる。質問が来れば答えるし、コーチ許可が必要な案件が持ち込まれたらその場で判断する。電話が入りすぎて人手が足りない時は、自ら電話を取って見積りを取ることもある。「上司を出せ！」というクレームの電話も回ってくる。その合間に、入電状況を見つつ休憩を取らせたり、他部署から持ち込まれる仕事を処理したりする。目が回るような忙しさだ。

「テレビＣＭ、入ります！　10秒前！」

渡良瀬の声が響き渡り、センターに緊張が走る。

お昼のワイドショーにワンスポットだけ流れる、アルカディア保険のＣＭ。「自動車保険、見直してみませんか？　お見積りはいますぐネットかお電話で！　番号は××××-×××-×××」。女性タレントの声が朗《ほが》らかに全国ネットで流れた瞬間、戦争は始まる。

「5、4、3、2、1……ゼロ！」

一斉に鳴り響く電話。

電光掲示板に表示された「入電数」の数値が見る間に加算されていく。

電話に出るスタッフの声が重なり合う。「お電話ありがとうございます。自動車保険のアルカディア、お見積り担当の××でございます」。研修で何度も叩き込まれたトーク・スクリプトが火を噴いた。

いつ見ても壮観だ。

コールセンターの日常である。

「……おい、さっそく新横浜がいねえぞ。どこ行った？」

「さっき腹が痛いとかでトイレに行ったっすけど……あっ、ツイッターでなんかつぶやいてます。『おサボりなう♥』」

「誰か行って呼んでこい！」

これも日常である。

あの野郎、ただじゃおかねえ。

「すみません先輩、質問よろしいでしょうか」

「なんだ渡良瀬」

「イタリアのスポーツカーの見積り希望で受電したのですが、こちらはテクニカル案件でしょうか？」

「車両保険が不要なら審査なしでＯＫ。必要なら審査だな。車名とグレード、初度登録年月と型式を確認して、テクニカルチームに連絡しておけ」
うちの会社では保険を引き受けていない車種がある。珍しい海外のスポーツカーや、家が建つレベルの高級車などが該当する。判断が微妙な車種は専門の部署で審査してもらうことになっている。
「あの、コーチ」
入社二ヶ月めの新人女性スタッフが控えめに手を挙げる。まだ俺の目つきに慣れていない
のか、おそるおそるといった感じである。円滑な人間関係を育《はぐく》むため素敵な微笑《ほほえ》みでも浮か
べたいところだが、それで「ひぃっ！」と当時好きだった女子に悲鳴をあげられた中学時代
のトラウマが疼《うず》くので「なんだ」とフツーに返事した。愛想笑いを拒絶されるのってマジ悲惨。
「おすすめの保障は何かって聞かれてるんですが、なんと答えたものでしょう？」
「年齢や家族状況にもよるが、ともかく対人対物は無制限、人身傷害は必ずつける、車両
保険はお好みでだな。ありなしで、二種類の見積りを案内してあげるといい」
お客さんの抽象的な質問は、勧める方も迷うものである。まずはズバリ答えてあげて、
後は郵便で送る見積り書にプランをいくつか載せておくのがベターだ。
次から次へと質問の嵐《あらし》、今度はＯＪＴが終わったばかりの新人が手を挙げた。
「せ、せんせぇ！」
「俺は先生じゃないけど、どうした？」

「おすすめのクラフトは何かって聞かれてるんですけど、なんて答えましょうか？」

「弊社はピザ屋じゃありませんつって切れ」

間違い電話も、コールセンターにはつきものである。

矢継《やつぎ》ぎ早に、別の新人が手を挙げる。

「パパぁ！」

「パパじゃねえぞ。どうした？」

「『どんな色のぱんつはいてんの？　ハァハァ……』って聞かれてるんですが、なんて答えたらいいですかあ？」

「今度かけてきたら通報するっつって切れ！」

いたずら電話もつきものである。

昼間っからまったく、日本人はヒマなのか？

「槍羽さん！　大変っす！」

「今度はなんだよ？」

「新横浜さんのブログが更新されてます！　うわあパンケーキ超うまそう！」

「だから呼んでこいっつってんだろうが！」

ほどなくして、召し捕られた下手人《げしゅにん》よろしく新横浜が連れられてきた。口の周りにパンケーキの粉がついてる。食ってたの？　ねえねえ食ってたの？

「ボクの力が必要なんだね♠　ヤリちん◆」

「今朝《けさ》からそう言ってんだろ」

小指をぴんと突き立てて、リクライニングの椅子に足を組んで座る。

「ついにボクの本気を見せる時が来たようだな♠」

指をポキポキ、首をコキコキ鳴らして、インカムを颯爽《さっそう》と装着する新横浜。なんだすげえこの自信、最初っからやれや。

「こちらアルカディア保険♥　お見積り担当、あなたの、あ・な・た・の新横浜でございます♥　ハハハ、奥様、声がお若いですねえ◆　電話ではなく直接お会いしたかった♠　えっ？　ミニワゴンのお見積り？　喜んでぇ～～♥　ミニワゴン一本キープはいりまーす♠　ありがとうございま～～～す♥」

「…………」

うちはホストクラブじゃねえんだぞ。

あれでお客さんのウケと契約率は悪くないんだから、世の中わからんものだ。

「槍羽さん、あの、いいですか？」

次に手を挙げたのは、入社三年目の女性パートだった。女手ひとつで中学生の男の子を育てている三十五歳のお母さん。最近息子が反抗期らしく、髪には白いものが増え始めている。

「女性のお客様なのですが、お見積りの金額をお伝えしたところクレームになってしまって……『ちっとも安くならないじゃない！』って」

「あー」

クレームで一番多いパターンである。

「じゃあ俺に回してください」

「いつもすみません、本当に」

「社員ってのは、こういう時のためにいるんですよ」

まあ、中にはパートに仕事を押しつけてトンズラする社員もいるけどな。新大阪とか京都《きょうと》とか名古屋《なごや》とか新横浜とか。

インカムをつけて転送されてきた電話を取ると、年配女性のエキサイトした声が聞こえてきた。わお。最初からクライマックスだぜ。

『あんたが上司？　上司なのね？』

「左様ですお客様。コーチの槍羽と申します」

『なかなかいい声してるじゃない。最初からあんたが出ればいいのよ』

「それは失礼しました。ご用件、私で良ければお伺《うかが》いします」

『おたくの会社ねえ、ＣＭではお安くなりますなんて言っておいて、全然安くならないじゃないの！　詐欺《さぎ》よ！　詐欺だわ！　消費者センターに訴えてやるんだから！』

「ご期待に添えず、大変申し訳ありません」

まずは平身低頭、謝る。電話だけど頭も下げる。

謝りながら、このお客さんの「怒りポイント」はどこにあるのだろうと考える。

保険料が高いというクレームであっても、怒りの理由は別なことは往々にしてあるものだ。

「具体的に、どのくらいご予算との開きがありましたでしょうか？」

『住吉《すみよし》海上から来た見積りは五万円だけど、あんたんとこは五万二千円もしたのよ！　どういうこと？　CMと違いすぎるじゃない！』

はい私も同感です。広報部の連中はとりあえず「安くなる安くなる」ばかり強調しておけばいいと思ってるんです。なんなら私も一緒に訴えたいくらいですいやマジで。

……とは言えないのが、最前線に立つ兵士のつらいところである。

「インターネットはご利用でいらっしゃいますか？　弊社ではネット割引を適用しておりますので、そちらでお見積りとご契約をしていただければ、五千円の割引がされます」

『スマホで試してみたけど、全然ダメね。なんかごちゃっとしてて！』

ごちゃっとしてて、の言い方にお客さんの激しい苛立《いらだ》ちが感じられた。

ここかな？　と当たりをつける。

「ご家族でネットにお詳しい方はいらっしゃいませんか？」

「息子が詳しいけど、全然帰ってこないのよ。大学生になってから急に冷たくなって。友達の家を泊まり歩いてるのよ！　そうそう、こないだなんかねえ――』

以降、十分ほど息子さんに関する愚痴《ぐち》が続いた。どうやらこのお客さんの真の怒りポイントは「ネットのわかりづらさ（と、息子さんが冷たい）」にあるようだ。

「私がお付き合いしますので、もう一度お見積り試してみませんか？」

『だめよ、オバサンだからわからないもの』

「最近の機種は音声入力もできますから」

『なに？　ハドソンって三回叫ぶの？』

お客様はファミコン世代だった。なら、ネットだって大丈夫だろう。イケるイケる。Bダッシュ Bダッシュ。

それから三十分かけて、スマホでの見積りをすべて口頭で説明し、最後の契約ボタンを押すところまでお付き合いした。俺も自分のスマホを操作しながらの案内であり、傍《はた》から見れば仕事中にスマホ弄《いじ》ってるダメ社員そのものだが、これが一番有効なのだからしかたない。ちなみに今、新横浜も電話しながらスマホを弄っている。体を左右に揺らしながら素早くフリック、タップ、ガッツポーズ。絶対音ゲーやってるだろこいつ。

『あんた、名前なんて言うんだっけ？』

「槍羽と申します、お客様」

『来年の更新も槍羽さんを指名するからね。クビになったりするんじゃないわよ。いいわね？』

「ありがとうございます。お待ちしております」

対応終了。

様子を窺《うかが》っていた周囲のスタッフに頷くと、全員から笑顔がこぼれた。

契約一件ゲットである。

話は長いが、いいお客さんだったな。息子さんちゃんと家に帰ってくるといいけど。

ＰＣの顧客データに今回の申し送りを打ち込んでいると、背後から低い声がした。

「――なかなか、堂に入ったものだな」

椅子を回転させて振り向くと、スーツ姿の老紳士が立っていた。

背がすごく高い。見上げていると首が痛くなりそうだ。

白髪まじりの髪をオールバックにした、苦み走ったハンサム。「ロマンスグレー」とはこういう人を言うのだろう。白い口髭《くちひげ》に威厳を漂わせ、鋭い眼光を俺に投げ下ろしている。まるで人の価値を見定める鑑定士のような、容赦のない目つきだった。

この人こそ、我が社のトップ。

アルカディア保険日本法人社長・高屋敷貴道《たかみち》。

社内報の写真で見るばかりで、実際に会うのはこれがお初だ。

「槍羽コーチ。今の対応、素晴らしかった」

「はあ……恐縮です」

立ち上がるのも面倒なので、座ったまま頭を下げる。

　まさか一人で来るとは思わなかった。えらい人の視察といえば、大名行列のようにぞろぞろ部下を引き連れて、授業参観よろしく現場を遠巻きに眺《なが》めるのが通例だというのに。

　ソロで、しかもこんな接近戦を仕掛けてくるとは。

　二刀流のユニークスキルとか持ってるのかもしれない。

「しかし、効率という意味では褒《ほ》められたものではないな。コーチともあろうものが一人のお客様に三十分も費やしては、全体のパフォーマンスが落ちる」

　しっかり駄目出ししてくるあたり、社長でハンサムなだけでなく切れ者でもあるようだ。もうチートやチーターやろそんなん。

　八王子のキバオウとしては、言い返したくもなる。

「通話時間の長いお客様ほど、継続率が高いというデータがあります。短期的な契約数だけを見れば社長のおっしゃる通りかもしれませんが、長い目で見れば、決してウチの損にはならないと思いますよ。だいいち……」

「だいいち？」

「楽しくおしゃべりできた方が、私もお客様も幸せじゃないですか」

　いつのまにか来ていた課長が、社長の背後で俺にサインを送っている。激しい身振りと手振りで「余計なことを言うな！」。なんでや。

「君はずいぶん、口が上手いようだな」

社長は俺の肩に手を置いた。すごく大きな手だ。

「その様子だと、さぞ女性にもモテるのだろうな」

「は、はぁ？」

何言ってんだ、この爺《じい》さん。

どんがらがっしゃーん、と音がして、渡良瀬が椅子ごと仰向《あおむ》けにひっくり返っている。

お前も何やってんだ。

言うだけのことを言って、社長は去って行った。すりすり両手をもみ合わせる課長が後に続く。あの様子じゃあ、明日には指紋全部なくなってるな。

「ふう……」

何か社長に目をつけられるようなことしたかな？　俺。

……。

まぁいいか。

まさか、いきなりクビになったりはしないだろうさ。

※　※　※

この目つきのせいというわけでもないだろうが、俺の恋愛経験は貧しい。

一番長く続いた高校時代の恋愛ですら、彼女から「あたしとロゼッタ・パッセルちゃんとどっちが大切なの?」と真剣に問われた挙げ句に自然消滅という体《てい》たらく。他にも入社当時思い出したくもない大失恋をやらかしたりして、色恋沙汰からは距離を置いてしまう俺だった。なんか「今さら?」って感じだよな、恋愛って。

中学生くらいまではこの世の一大事だったんだが、歳を取るごとにだんだん優先順位が下がってしまって。合コンに呼ばれることはたまにあるけど、フラれた後に男だけでやる「反省会」の方が盛り上がる。負け惜しみに聞こえるかもしれないが、これがもう滅茶苦茶楽しい。あの一体感は何物にも代えがたい。反省会のために合コンに出ていると言っても過言ではないくらいだ(フラれるのは確定事項である)。

こんな男が十四歳年下の女子高生を振ろうというのだから、ハードル高すぎ。上手に振る方法を妹とこの一週間検討し続けたが、「下手な小細工や言い訳はせず、はっきりきっぱり断るしかない」という結論しか出てこなかった。てかげんを使えるのはエースパイロットだけ。俺のようなコバヤシは必中ひらめきなしで特攻するしか道はないのだった。

だいいち——。

断る俺より、断られる彼女の方がダメージ大きいに決まってるのだ。

俺が被害者ヅラするのは、どう考えても間違っている。

運命の土曜日がやって来て、俺はいつものようにネットカフェを訪れた。

午前十一時、まだ彼女の姿は見えない。月の半分は土曜日も午前中授業があると言っていたから、まだ学校だろう。来ていれば必ずラノベコーナーに来るはずだ。これまではそうだった。

自分のブースで本を読みながら、彼女を待つ。

いくら字面《じづら》を追っていても、今日はまったく頭に入らなかった。本はあきらめてＰＣで動画サイトを流し、無音で眺める。適当にランキング上位の動画を見て回る。コメントは画面を埋め尽くさんばかりに盛り上がっているのに、何が面白いのか一ミリもわからない。音が聞こえないのだから当たり前だが、イヤホンをつける気にはなれなかった。

動画サイトにも飽きて、次は検索サイトを開く。

傷つけずに振る　台詞　方法
そんなキーワードをカチャカチャ入力し、ッターーン！　しようとして、やめた。なんだかすごくカッコ悪い。それだけはやっちゃダメだろ。くだらないプライドとわかっちゃいるが、そこにしがみつくことでどうにか立っていられるのが大人ってやつだ。

「ふう……」

こういう時、煙草《たばこ》でも吸えればいいのかな。

入社したての頃、少しでも社内でコミュニケーションを取るために吸ってた時期はあるが、金はかかるしメシはまずくなるしですぐに止《や》めてしまった。妹と暮らしてる今、もう喫煙者に戻ることはないだろう。だが今日だけは吸いたい気分だった。

そうこうしているうちに、午後二時を過ぎた。

何度か店内を歩き回ってみたが、まだ現れる様子はない。

もしかしたら、今日は来ないのか。

彼女は彼女で、俺と顔を合わせづらいに違いない。どうしても勇気が出なくて、足が向かなくて、今日は家に帰ってしまったということも考えられる。

……なんて。

「それはないな」

彼女の多くを知ってるわけじゃない。しかしそういう「逃げ」は打たない子のように思える。数回話しただけなのに、彼女のまっすぐさに圧倒されることが何度もあった。怖くて泣きそうでも、膝《ひざ》の震えが止まらなくても、答えを聞きにやって来る。そういう子だ。

俺は再びブースを出てラノベコーナーに向かった。前に見に行ったのは何十分前だったか、それとも何分前だったか。傍から見れば店内を徘徊《はいかい》する怪しい人にしか見えないだろうが、挙動不審なのは事実だからしかたがない。

……だめか。まだ来てない。

ブースに戻ろうとした時、背中をつん、とつつかれた。

振り向くより先に声がする。

「だーれだ？」

………。

「それは普通、目隠ししてやるもんじゃないか？」

「だって槍羽さん背が高いんだもん、花恋じゃ届きません」

「……自分で名前言ってるぞ」

彼女は「あ」と小さく声をあげた。素でやってたのかよ。

「槍羽さんズルいです。まんまとひっかかっちゃいました」

「お前が自爆しただけだ」

振り返ると、制服姿の南里花恋が立っていた。今日も名前の通り可憐な微笑みを咲かせて、薄暗いネットカフェに潤《うるお》いを添えている。紙独特の匂いが充満する本棚のなかで、彼女の近くだけ甘い香りがふんわり漂っていた。

普段よりちょっと……いや、かなりおしゃれしている？

綺麗にセットされた髪はいつにも増して光沢があり、肌もつやつやとしている。頰《ほお》にはほんのかすかに朱色のチークがひかれていて、唇も鮮やかなピンクで彩《いろど》られている。普段化粧っけのない彼女にしては手際が良すぎる。学校にメイクの上手な友達がいて、その子に頼み込んでやってもらった——なんとなく、そんなストーリーを想像してしまう。

だが残念なことに、そのメイクされた頬はこわばっていた。

微笑みの下に緊張の糸がはりめぐらされ、どことなく痛々しい印象を受けてしまう。

「遅くなって、ごめんなさい」

「いや。おかげで本を二冊も読めた」

いつも通り彼女を喫茶スペースに誘う。無言で頷き、彼女はついてくる。

幸いにも今日は客の数が少なかった。いつもの窓際ではなく、他の客から離れた隅っこに座る。彼女もその意味を悟《さと》っているのか、何も言わなかった。

しばらく、互いに口を開かなかった。

俺はコーヒー、彼女はいちごソーダにちびちび口をつけながら、視線をテーブルと互いの顔のあいだで行き来させる。別れ話をする直前のカップル、そういう雰囲気がびしびし醸《かも》し出される。もっともこれは俺の感想で、彼女はまた別の感想を持っているかもしれないが。

「南里……さん」

名前で呼ぶのは気が引けて、しかし呼び捨てもどうかと思い、無難な呼び方になった。

彼女は「はい」と小さく返事をした。視線をテーブルの上に固定したまま、身じろぎもしない。長いまつげだけが微《かす》かに震えている。

「あー……」

唇が凍りつき、動かなくなる。

自分がとんでもない悪行を犯そうとしている錯覚に囚《とら》われ、恐ろしくなった。多感な少女のガラス細工のような心にハンマーを振り下ろす蛮行、許されることなのか？　やっちゃいけないことじゃないのか？　もっとスマートで、男前な、彼女を傷つけない模範解答があるんじゃないのか？

……いいや。

そんな魔法などどこにもありはしない。少なくとも俺にはない。

踏み出せ。ケリをつけろ。

「俺はもう、この店には来ないと思う」

彼女は弾《はじ》かれたように顔を上げて、俺を見つめた。

桜色だった頰から血の気が失われ、冷たい大理石のように変わっていく。

「来週から仕事が忙しくなる。今までみたいに土日揃って休めなくなるんだ。だから……もう来ない」

彼女の目を見て俺は話す。言葉とは別の理由を視線にこめた。

愛らしい大きな瞳《ひとみ》に涙があふれていく。せっかく施したメイクの上を滑り落ち、ブレザーの胸元《むなもと》にぽたぽたシミを作った。

「花恋のきもち、めいわくですか？」

涙でかすれた鼻声に、歳不相応《としふそうおう》の色気を感じた。少女ではなく「女」なんだと強く意識させられる。

「気持ちは嬉しいよ。俺のことをそんな風に想ってくれるなんて、純粋に嬉しかった。可愛《かわい》くてまっすぐで、とてもいい子だと思ってる。……だけど、やっぱり君は高校生だ」

彼女は充血した目を大きく開いた。

「歳なんて関係ありませんっ！」

あるんだ。

君にはなくても、俺にはあるんだ。

未成年の女子高生と付き合うということが、社会人にとっていかにリスキーか、職や収入を失う爆弾となるか、君にはわからないだろう。

それだけじゃない。世代格差、感性の違い、経験の違い。「バブル」ってわかる？　ゆとり教育は？　郵便番号が五桁《けた》だったり、自販機のジュースが百円で買えた時代を知ってるか？

ゲームボーイって知ってるか。乾電池で動く３ＤＳのおじいちゃん。古くなると液晶に線が入って、画面が超見づらくなる。ケーブルでつながないと対戦や交換ができなくて、持ってるやつはそれだけでヒーローだった。

セガサターンって知ってるか。あのプレイステーションを脅《おびや》かしたでっかい弁当箱。当時、うちのクラスではプレステ派とサターン派に分かれて激しい争いが起きた。何故《なぜ》争うかわからないだろう？　今はマルチプラットフォームが当たり前だから。

ビデオ、ＭＤ、ポケベル、ＰＨＳ、テレホーダイ、Ｗｉｎｄｏｗｓ95。君が本や教科書でしか知らないことを俺はリアルで体験してきた。そして、俺が「いま、高校生のあいだで大流行！」なんてネットニュースでしか知らないことを、君はリアルに体験してる。

愛さえあれば、って思うか。

愛さえあれば、年の差なんて、って思うか。

だとしたら、もうその時点で、俺たちはすれ違っている。

「だって好きだもん。槍羽さんのこと、好きなんだもん。どうしようもないんだもんっ！」

後から後からあふれる涙を拭《ぬぐ》いもせず、彼女は繰り返す。

「俺は君が思ってるような人間じゃない。会社ではお客さんに頭を下げ、上司には無理難題を押しつけられて東奔西走、部下の面倒も見てテンパってばかり。あくせく働くだけの男だよ」

「本があるじゃないですか！」

彼女は大声を出した。

まばらな店内の客が、一斉にこちらを見る気配がする。

「槍羽さんには、漫画やラノベやアニメがあるじゃないですか。花恋も同じです。大好きです。そこでつながることが、できるじゃないですか。楽しくお話できるじゃないですか。それじゃだめですか？　花恋にもっともっとお話聞かせてください。槍羽さんの好きな作品の話を聞かせてください。それだけで幸せなんです。花恋は、それだけで……」

あふれだす感情がそのまま声になって口から出ている。駄々っ子のそれとなんら変わりない言葉、しかし、どこか聞く者の胸を打つ真摯《しんし》さがあった。

「でも、君は、書く側に行きたいんだろう？」

なるべく感情をこめないよう注意しながら、淡々と答えた。

大人はこうやって、いくらでも鈍感になれる。

「俺は読む側さ。書くことはもうずいぶん前にあきらめた。この溝はきっとこの先どんどん大きくなる。……まぶしすぎるんだ、君は」

夢をあきらめた大人にとって。

夢を目指し続ける少女の情熱は、あまりにも――。

「お菓子、今までありがとう」

半分以上残ってるコーヒーのカップを持ち、席を立った。

彼女はうつむいたまま泣き続けている。えっ、えっ、と泣きじゃくる声が俺の鼓膜を苛《さいな》む。

制服の細い肩を小刻みに震わせるその姿は、雨のなか打ち捨てられた子犬を連想させた。

手を差し伸べたくなる。

抱き上げて、家に連れ帰って、温かいご飯をあげたくなる。

育てられもしないのに、一時の情に流されて、助けたくなる。

ふざけるな、槍羽鋭二《えいじ》。

そんな優しさがなんになる。悪役になるのが嫌か。その程度の厳しさも発揮できないか。

お前がかつて憧《あこが》れた物語の主人公たちは、そんなお前を許すのか？

「さよなら」

歩き出す。

テーブルの隙間《すきま》を縫《ぬ》って、咎《とが》めるような客の視線をあびながら、受付を目指して歩いて行く。

彼女から遠ざかっているはずなのに、泣き声がさっきより大きく聞こえる気がする。耳にこびりついて離れない。声がからみついて足取りを重くする。まるで土砂降り雨で冠水した道路を歩いているかのようだった。

今日は眠るのに酒が要《い》りそうだ。

それでも、彼女のつらさに比べたら何倍もマシだ。高校生は酒を飲むことすら許されない。悲しみをアルコールでまぎらわすこともできず、正面から向かい合うしかない。

ずるいよな大人は。

そして、俺は大人だ。


自己嫌悪すら、もう飽きてる。

※　※　※

店を出て十分も歩かないうちに天気は崩れた。

雨粒がアスファルトにまだらを作り、やがてザァという音とともに本降りとなる。あわてて走り、近場のコンビニの軒下に避難した。

ハンカチで額を拭いながらふと隣を見ると、同じく雨宿り中の女子高生が口をへの字に曲げて空をにらんでいた。肩まで伸びた茶髪が雨に濡《ぬ》れて、髪先から雫《しずく》が滴《したた》り落ちている。

ドキリとして、その横顔を見つめた。

色黒で細長い顔、盛りまくったまつげに派手なピアス。まさに「ギャル」という感じで、彼女とはまるで似ていない。そもそもさっき別れたばかり。なのに、重ねてしまったのだ。

「……なんだかな……」

居たたまれず、また走り出すハメになった。

この近くで雨宿りできそうなところといえば、あいつの店しかない。

いずれにせよどこかで飲んでいくつもりではいた。開店時間には少し早いが、お邪魔させてもらうとしよう。

駅とは反対方向に走り、銀行とスーパーを挟む大きな交差点を右手に折れると、古びた商店街に出る。再開発の進んだ駅東と違って、西側のこちらは昭和《しょうわ》の匂いがする店がいくつも並んでいる。もう何年も前に放送が終わったアニメのパッケージが並ぶおもちゃ屋。聞いたことのない名前の牛丼チェーン店。曇りガラスで店内が見えない怪しげな蕎麦《そば》屋。「とんかつ」と看板が出ているのに入り口の暖簾《のれん》には「ラーメン」と書かれてる……何屋だ？　この町に住んでもう長いが、これらの店には入ったことがない。飯屋選びで冒険しないのが俺である。孤独だけどグルメではない。

他ではほとんど見かけないマイナーなコンビニの向かいに、その店はあった。一見しただけでは古い木造民家にしか見えないが、窓に貼《は》られた水着姉ちゃんの「真夏はビール！」というポスターでかろうじて居酒屋だとわかる。三年前から同じポスター、冬でも梅雨《つゆ》でも真夏はビールだ。営業時間前なので、暖簾は出ていない。

引き戸を開けると、Tシャツにデニム生地《きじ》のホットパンツ、その上からエプロンというラフな格好をした女がこちらに尻《しり》を突き出していた。

「……」

開店前の掃除中らしく、身を乗り出してテーブルを拭《ふ》いている。あいかわらず大きな尻だ。背丈は中学の頃から変わらないくせに、女らしい部分だけはやたらとボリューミー。そんな体を精一杯伸ばしてテーブルの奥を拭こうとするものだから腰がずり下がり、下着の紐《ひも》が剝《む》き出しになる。野暮《やぼ》ったい服装からは想像もつかない、過激な赤。そんな下着がデニムの下でむにり、と尻に食い込む。T字のラインがピチッと浮かび上がる。

フェティシズムを刺激されずにはいられない光景だが、相手がこいつじゃありがたみがないな。……無論、見ないとは言ってない。

「ごめんなさーい、まだ準備ちゅ……あてっ！」

体を起こそうとして、天井《てんじょう》からぶら下がった電灯に頭をぶつけた。そそっかしいのもあいかわらずだ。本人はしっかり者を自認しているし周りもそう言うが、俺は本性を知っている。

栗色のポニーテールがぴょこんと跳ねて、くりくりとした目が俺を見上げた。

「なぁんだ槍羽クンか。頭ぶつけてソンした」

「なんだはないだろ。いちおう客だぞ」

「ビール一杯でひっくり返るやつを客とは言いませーん。うちはちゃんとした居酒屋ですのでー。おこちゃまは駅東のチェーン店でカルピスサワーでも飲んでればぁ」

べー、と舌を出すこの生意気女の名は岬《みさき》沙樹《さき》。

俺とは小・中・高と十二年間同じ学校に通ったいわゆる幼なじみだ。神保町の大手出版社で編集者をやっていたのだが、紆余曲折《うよきょくせつ》あってここの看板娘となっている。アラサーを「娘」と呼んでいいかどうかはともかく、だ。

もっとも沙樹は童顔で背が低いため、今でも大学生くらいにしか見えない。高校生と言ってもギリギリ通用すると思う。常連客から歳を聞かれても「うふふ、いくつに見えゆ？」と笑ってかわすため、本当の歳を知ってるのは俺と大将くらい。本人も「あたしって魔性の女よね」などとうそぶくのだからタチが悪い。性悪《しょうわる》の間違いなんだよなぁ……。

「てかなに？　外、雨降ってんの？」

「ああ、いま降ってきた」

「マジで？　あーあ、お客さん減っちゃうなー」

ぐちぐち言いながらカウンターの裏へ回ると、タオルと温かいおしぼりを胸元に投げ込んできた。見事なストライク。ソフトボール部のエースだった過去は伊達《だて》じゃない。

「ちゃんと濡れた髪拭きなさいよ。風邪《かぜ》なんかひいて雛ちゃんにうつしたりしたら承知しないんだから」

へいへいと返事をしつつカウンターの右端に座る。俺の定位置だ。

「大将は？」

「釣りよ。つーりー。今日は相模湾《さがみわん》だったかな。酔っ払って落っこちなきゃいいけど」

カウンターの他には四人がけのテーブル席が二つ、奥にお座敷席が一つ、それで全部だ。切り盛りするのは七十近い白髪の大将と、沙樹と、あとはたまに学生バイトが入るくらい。こぢんまりとした店だが、酒の品揃《しなぞろ》えが豊富なのと魚料理が美味《うま》いのとでそこそこ繁盛している。二年前に沙樹が勤め始めてからはさらに客が増えた。

とはいえ、今日はまだ開店前だし外は雨。店内には俺と沙樹しかいない。

「日本酒くれ。うまいやつ」

「うちのは全部うまいわよ。おつまみは？」

「うまいやつ」

「うちのは全部うまいわよ」

小学生みたいな会話だった。こいつと絡《から》めば必ずこうなる。子供に戻ってしまうのだ。

小さなグラスになみなみ注《そそ》がれた日本酒が運ばれてきた。普通は徳利《とっくり》で出てくるのだが、俺がたいして飲めないのを知ってるのでいつもこのサイズだ。今日の突出しは高野豆腐。自家製の練《ね》り胡麻《ごま》で和《あ》えてあって、ぷんとした香りが食欲をそそる。ひとくちつまむと口のなかでじゅわっと出汁《だし》が染み出した。

「あいかわらずいいウデしてんなあ、大将」

「それ、あたしが作ったんだけど？」

沙樹はふふん、と胸を反《そ》らした。空色のエプロンからはみだしそうな巨乳が生意気に揺れる。やや垂れ気味だが、それだけに十代の胸にはないたっぷりとした量感がある。

「魚関係はまだ触らせてもらえないけど、その他はもうほとんどイケるよ」

「料理だけは得意だもんなお前」

大将が安心して店を空《あ》けられるわけだ。奥さんに先立たれて子供はなく、沙樹を娘か孫のように可愛がっている。そんな大将がにらみをきかせているおかげで、常連の誰ひとりとして沙樹を口説《くど》けてないのだけど。

胡麻の風味が口のなかに残ってるうちに、日本酒をちびり。お米のやわらかな甘みが舌の上でとろけた後、粉雪のようにスッと溶けてなくなる。あまりの旨《うま》さにため息をつくと、爽《さわ》やかな酸味が鼻から抜けていった。

「やべえ……。これ、なんて酒？」

「純米大吟醸・隠し剣」

レアアイテムみたいな名前に恥じぬ味だった。酒蔵さんの中二病はデキる中二病だ。ちなみにデキない中二病は、職場でＥｘｃｅｌのシフト表をにらみながら「召喚《サモン》！　土日も入れる悪魔よ来たれ！」とか叫んで渡良瀬を狼狽《ろうばい》させたりする。

ことん、と湯気の立つ一皿がカウンターに置かれた。卵の黄色とゴーヤの緑が目に嬉しいチャンプルー。沙樹が手《て》ずから削っている鰹節《かつおぶし》が皿の上で踊っている。

「槍羽クン。野菜ちゃんと取ってる？」

「ん？　それなりにな」

じろりとにらむ沙樹から視線を逸《そ》らし、ゴーヤを口に放り込む。うん、苦くてうまい。別に嫌いなわけじゃないのだ、野菜。ただ切ったり炒《いた》めたり煮たりするのが面倒なだけで。

沙樹は俺の隣に腰を下ろし、手酌《てじゃく》で日本酒をお猪口《ちょこ》に注いだ。

「で？　どうしたのよ今日は」

「どうしたとは？」

「元気ないじゃん」

肩がこつん、と俺の肩にあたる。

「なんでわかった？」

「顔見ればわかるって。元カノをナメんなよっ」

沙樹が笑うと、可愛らしいえくぼができる。だが目は笑っていない。俺を真剣に案じてくれている目だった。

俺と沙樹は高校時代付き合っていたことがある。

幼なじみからそうなるまで、長い長い道のりがあった。小学校の時は集団登校の班が同じで毎日顔を合わせ、互いの家にもよく遊びに行く仲だったが、中学に上がる頃には「思春期特有のアレ」というやつで話さなくなり、道ですれ違っても目を合わせなくなった。

そのまま疎遠になるかと思いきや、同じ高校に進学してクラスも同じになったのをきっかけに、またしゃべるようになり。「鋭二、部活どこ入るの？」「鋭二、数Ａの宿題やってきた？」「鋭二、雛ちゃん元気？　もうハイハイした？」。何かにつけて下の名前で呼んできて、何度かそれで喧嘩《けんか》になった。多分、俺は恥ずかしかったのだろう。「思春期のアレ」を長く引きずるのは、たいてい男の方なのだ。

明るくて姐御肌《あねごはだ》の沙樹はいつだってクラスの中心にいた。沙樹より綺麗な女子は一人だけいたけど、その子より沙樹の方がモテた。オタクにもイケメンにも体育会系にも文化系にも、沙樹は分け隔てなく接した。誰かが面白そうなことをやってると、興味津々《しんしん》に目を輝かせて「ね、ね、それなに？　教えて？」なんて小さな体を乗り出してくるのだ。可愛い女子にそんなことをされたら、男子高校生はたまったもんじゃない。「ったく、しょーがねえなぁ」なんて面倒くさそうなポーズを取りながら、めっちゃ親切に説明してしまうのだった。

そんな沙樹だから、俺に構ってくるのも特別なことじゃないと思っていた。当時の俺はやはり目つきの怖さからクラスでは浮いていて、「美術文芸部」なるオタクな部に所属して上手くもない小説を書いていたのだが、ソフト部の沙樹とは帰り道でよく一緒になった。これだって、家が近所なだけだと思っていた。しかし、ソフト部の女子から「沙樹はね、槍羽くんと一緒に帰りたくて駅で待ってるんだよ」とからかい口調で言われた頃から雲行きがおかしくなる。沙樹を異性として意識するようになってしまったのだ。

今にして思えば、あれはただの冗談だったのかもしれない。沙樹がそれらしいことを言ったことは一度もなかったし、俺も直接確かめなかった。そんなことくらいで態度を変えてたまるか、という妙な意地もあった。

高校二年の春ごろには、あれだけ多かった沙樹への男子からのアプローチはほとんどなくなっていた。

槍羽と岬は付き合ってる――。

その噂を耳にしたとき、俺は驚いたが沙樹はけろりとしていた。「そう見えちゃうのもムリ

だった。
みがつかない。半《なか》ば噂に促される形で、俺たちは恋人同士がすることをひと通りこなしたの
ないか」なんて言いながら一緒に帰るのをやめようとしなかった。こうなったらもう引っ込

始まりがこんなだから、終わりも淡泊だった。

進学先は同じ東京だったのだが、沙樹は都心の御茶ノ水。俺は端っこ八王子。田舎《いなか》にいた時は「東京なんだからいつでも会えるだろ」なんて言ってたのに、住んでみて「あれ？八王子ってほとんど神奈川じゃね？　てかひょっとして山梨じゃね？」という地方出身者のハマる罠《わな》に俺もハマったのだ。だって東京って書いてあるじゃん。東京って書いてあったら都会だって思うじゃん。まさかタヌキいるとか思わないじゃん……。

タヌキがいない方の東京にある沙樹の下宿までは、京王《けいおう》線と中央線を乗り継いで約一時間。片道の交通費は五百円以上。互いの大学生活が忙しくなるにつれてどんどこ疎遠になり……やがて、ろくな言葉もかわさないまま自然消滅したのだった。

友達付《づ》き合《あ》いが復活したのは二年前、沙樹が会社を辞《や》めて居酒屋で働き始めたというメールをよこしてきてからだ。店がうちから近いので、主に食事面でお世話になっている。雛菜《ひなな》のことも可愛がってくれるし、正直すごく助かってる。持つべきものは彼女より幼なじみだ。

「沙樹。ひとつ聞きたいんだが――」

つまみと酒を交互に味わいながら、隣の幼なじみを呼ぶ。

「お前と付き合ってた時さ、どっちがどっちにコクッたんだっけ？」

「は？　覚えてないの？」

俺の倍のペースで呑《の》んでるくせに、まるっきり顔に出ない沙樹。

「だって、もう十年以上前のことだぜ」

「ふつー忘れたりしないわよ。なにそれ最低。ホントあんたってやつはさぁ、昔からあたしよりオタク趣味の方が大事でさぁ〜。クリスマスの時だって――」

十年以上放置されていた地雷を踏み抜いてしまったようだ。

「ロゼッタ・パッセルちゃんとあたし、どっちが大切なの？　ん？」

「もちろん岬沙樹さんです」

ロゼッタちゃんに決まってるんだよなあ……ロゼッタちゃんは人の背中をすごい勢いでバシバシ叩かないもんなあ……。こいつ　すごい　ゴリラ。

「それで、どっちなんだよ。教えてくれよ」

「しょうがないわねえ、あれは確か、ええと……」

人差し指を額にあて、視線を目の前の醬油差《しょうゆさ》しに固定したまま、沙樹は言いよどむ。

「――――どっちだっけ？」

「…………」

……この女だけは……。

「ていうかさ、あたしたちそういう付き合う前の儀式ってやった？」

「ん？　いや、どうだったかな……」

愛してるとか好きだとか、言ったことないし聞いた覚えもないような。

結局そんな感じだよな俺たち。

「今さらそんなこと聞くなんて、どうしたのよ」

「実は俺、女子高生にコクられたんだ」

沙樹の目つきが腐りかけの刺身を見る目に変わった。

「そのお酒、そんなに強くないはずだけどなあ」

「まだ酔ってねーよ！」

とか言いながら、頬はもうすっかり熱い。小グラス二杯も呑めばこれだ。日本酒の味は好きなんだが、アルコールに耐性がないのはどうしようもない。

「だから、マジなんだって。ネットカフェで説教かましたら、何故か惚れられて、手作りのお菓子とかもらっちゃって」

「槍羽クン。あなた疲れてるのよ……」

うわあ。声がめっちゃ優しい。めっちゃ笑顔。気を遣われている。肩に手なんか置かれてるぞオイ。俺が風邪ひいて学校来た時でも「鋭二、ポカリ飲みたい？　買いに行くの？　あたしのぶんもおねがい♪」とか言ってた女が。

……まぁ。

これが当たり前の反応かもな。

二十九のリーマンが女子高生にコクられるなんて。普通は誰も信じない。

「それで、その妄想ＪＫにコクられてどうしたの？」

「断ったよ」

「なんで。もったいない。付き合っちゃえばいいのに」

妄想だと思って好き勝手言いやがる。

「付き合えるわけないだろう。淫行《いんこう》だぞ淫行」

「無理やりだったりお金渡したりしたらアウトなだけでしょ？　普通の交際ならセーフじゃなかった？」

「いや、保護者の許可が必要じゃなかったかな？」

詳しくは知らない。交通裁判の判例には詳しくても、自分の仕事や生活と関係ない法律・条例には無知なものだ。今度ちゃんと調べて……いや、必要ないか。もう終わったんだから。

あのネットカフェにはもう行かない。

彼女に会うことは二度とないだろう。

…………。

会話が途切れたとき、引き戸が開いて客が入ってきた。子供を含めた三人の家族連れ。

傘を差してないところを見ると、雨はもう止んだようだ。看板娘モードに切り替わった沙樹が「いらっしゃーい」と席を立つ。

「俺はそろそろお暇《いとま》するよ」

「もう？　ゆっくりしていけばいいのに」

「雛が待ってるから」

空腹の妹を部屋に放置したら、また林檎《りんご》をかじられてしまう。

勘定をすませて店を出ようとすると、沙樹にスーパーの袋を手渡された。大きなタッパーが二つ入っていて、ずっしり重い。

「肉じゃが。それからロールキャベツね。この容器のままレンチンできるから。余っても明日の夜まではもつと思う」

「悪いな、いつも」

「雛ちゃんのためよ。おばさんからもよろしくって頼まれてるんだからね！」

カバンとスーパーの袋で両手がふさがった俺のために、引き戸を開けてくれる。

すれ違う時、ささやくような小さな声がした。

「……あたしからよ」

「えっ？」

「あたしが作ったんだから、ちゃんと味わって食べてよって！」

ばしっ、と背中を思い切り叩かれた。俺は前につんのめり、アスファルトにたたらを踏む。

「痛てえよホント手加減しろよ大人になれよ!?」

「よろしい。それだけ元気があれば心配ないないっ」

笑いながら手を振ると、沙樹はぴしゃりと引き戸を閉めた。くそ、なんなんだあの野郎。

確かに元気は出たけどさ。

少しふらつく足で歩き出す。スニーカーで水たまりをぱしゃぱしゃ蹴散《けち》らして、雨上がりの冷えた空気を火照《ほて》った頰に受ける。すれ違う人々がみんな笑顔に見えて、俺も無理やり笑顔を作ってみた。なんか、やっぱり酔ってるか。

明日の日曜は、妹のだらーっとした顔でも見ながら家でどろーっとしてよう。

月曜からはまた会社だ。繁忙期《はんぼうき》が終わったとはいえ、月ごとの営業ノルマがなくなるわけじゃない。新人のＯＪＴもまだ残っている。営業会議も毎日のように入ってる。つうか、月曜は月イチの本社会議か。六本木まで行って、意識高いたかーい系の役員様のお言葉を意識低いひくーい系の俺たちがありがたく拝聴する日。うわ、一気に酔いが覚めた。

「社畜は、つれーなぁ……」

一瞬、高校生に戻りたくなった。

しかしすぐに思い直す。

高校生には高校生のつらさがあるに決まっているのだ。

Date　.　.　No　.

沙樹は見た!

槍羽メモリアル vol.1

「ロゼッタ・パッセル」(2003年・当時16歳高一)

アニメ「カレイドスター」に登場する13歳の女の子。
ディアボロの世界王者。
最初はツンツンとしてたけど、主人公の苗木野そらに
べた惚れしてゆりんゆりんしちゃう。

槍羽クンは子供の頃からたっくさんアニメ見てたけど、
本格的なオタクの道に入ったのは「カレイド」と
ロゼッタちゃんにハマッてから。

目の前にこ～んないい女がいるのに!

いつもは私服で出勤する俺《おれ》だが、月に一度だけ、ネクタイを締めて六本木《ろっぽんぎ》まで出向かなくてはならない日がある。「営業戦略決定会議」なる大仰《おおぎょう》な名前のイベントに参加するためだ。

会議と名前がついてはいるが、なんのことはない、「俺らが超すごい作戦を考えてやったのでお前ら実行するように！　大丈夫心配ない、作戦はカンペキだから。失敗したらお前らのせいいな！」という有り難《あがた》い詔《みことのり》を賜《たまわ》るだけの場である。六本木の手柄は六本木のもの、六本木の失敗は八王子《はちおうじ》のもの。こんな理不尽まかり通っていいのか？　六と八ならこっちの方が強いんだぞ大貧民で勝負すっかオォン？

京王《けいおう》線名物・朝の殺人ラッシュ&トロトロ運転でHPをすり減らしながら新宿《しんじゅく》へ行き、地下鉄大江戸《おおえど》線に乗り換えて六本木へ向かう。この大江戸線がまた難所で、ホームがびっくりするくらい地下にある。長い長いエスカレーターを何度も何度も乗り継いで乗り継いで、まったく何ザリックだよ。大墳墓《だいふんぼ》線って改名しやがれ。

などと愚痴《ぐち》りつつやってきました。

アルカディア・インシュアランス・カンパニー日本法人本社。

エントランス前の銅プレートに刻まれたクソ長い社名を一瞥《いちべつ》し、受付をすませて三十八階まで上がる。ガラス張りのエレベーターから都心のビル群が一望できる。こんな風景を毎日見ていたら、俺たちと意識の違いが芽生《めば》えても不思議はない。まあ、高尾山《たかおさん》の眺《なが》めの方が良いけどな。ムササビとかミソサザイとか見られるんだぞう。

きょう八王子の営業チームから来ているのは、課長と俺、そして渡良瀬《わたらせ》の三人。

序列から言えば渡良瀬ではなくアツシが出席すべきなのだが、今日は有給を取って休んでいる。お子さんの運動会らしい。えっ？　新横浜《しんよこはま》？　会議潰《つぶ》す気なら呼ぶけど？

アツシは最初、会議の日と重なってることを知り有給を取り消そうとした。課長に知れたらイヤミを言われるからだ。そこを俺がごまかした。「胡桃《くるみ》は渡良瀬を育成するために譲ったんですよ。後輩思いなやつです」とかなんとか。会議なんざ毎月あるけど、子供の運動会は年に一度。どっちを優先すべきかなんてわかりきったことだ。

「今日の議題はなんなのかなあ。八王子へのいちゃもんじゃなければいいんだが」

エレベーターのなかで、課長が胃のあたりをさすりながら言った。

「まだ言ってるんですか課長。社長の視察の時もそんな話は出なかったじゃないですか」

「わからないぞ。グローバル社が新たにコールセンターを作るって噂《うわさ》があるんだ。それも、わざわざうちの近くに」

グローバル社は保険業界におけるうちのライバルだ。規模も業績も同程度で、熾烈《しれつ》なシェア争いを繰り広げている。今まで自前のコールセンターは持っていなかったはずだが、ここでテコ入れしてくるか。

「だったら、むしろ良い話があるんじゃないですか？　お前ら全員給料上げてやるから、負けずに頑張《がんば》れとか。アメとムチですよ」

自分で言いながら、「絶対ないな」と思いました。六本木のアメとムチとは雨と鞭のこと。土砂降りで濡《ぬ》れている俺たちを鞭でビシバシ……あっ、何かに目覚めそう。

大会議室に入ると、百人は余裕で収容できる部屋にスーツ姿の男女がひしめいていた。六本木の連中は当然として、大阪《おおさか》や名古屋《なごや》、仙台《せんだい》という地方センターの面々も見える。朝イチの新幹線で駆けつけたのだろう、ボストンバッグやスーツケースが椅子《いす》の後ろに置かれている。彼らまで呼ばれるなんて異例のことだ。

正面にはいつもより大きめのプロジェクターが用意されていて、準備に駆け回る社員の数も多い。どうも普段の会議とは様子が違うようだ。

「なんだか、物々しいですね」

渡良瀬も首をひねっている。

確かに嫌な予感がする。

机は向かい合って二列に並べられており、正面向かって右手が役員を含む六本木の人間、左手が俺たち現場の人間という配置になっている。

俺はなるべく後ろの隅っこに座りたかったのだが、課長がはりきって一番前に座りたがったので従わざるを得ない。この会議で少しでも得点を稼ぐつもりなのかもしれない。まぁ課長はともかく、渡良瀬の顔を六本木で売っておくのは悪いことじゃないな。

隣に座ったその渡良瀬が小声で言う。

「先輩、ネクタイ曲がってますよ」

「いいよ別に。曲げといてくれ」

「そういうわけにはいきません。六本木で先輩の顔を売るチャンスなんですから」

綺麗《きれい》な顔をすぐそばまで近づけて、慣れない手つきで一生懸命締め直してくれる。

それはいいのだが、

「……渡良瀬」

「まだです。じっとしててください」

おそらく気づいていないのだろう。前屈《まえかが》みになってるため、ブラウスのボタンとボタンの隙間《すきま》が大きく開き、そこから白いフリルがささやかに覗《のぞ》いている。大人がつけるにしてはやや子供っぽい……いや、渡良瀬らしい慎ましやかな下着だと思う。しかし柔らかなふくらみが描くカーブは慎ましいとは言いがたく、服の上から見た印象を大きく裏切っている。こんなにあるとは思ってもみなかった。

お堅いスーツ姿とのギャップに、悪いと思いつつ喉《のど》がごくりと鳴る。

我がセンターきっての才媛《さいえん》のあられもない谷間を拝《おが》めて、眼福は眼福だが……。

「わ、渡良瀬。締めすぎ」

「ああっ⁉　すみませんすみません！」

今度は緩《ゆる》めようと悪戦苦闘するが、俺の首はますます絞まるばかり。

窒息する前に自分で直すことにした。

「も、申し訳ありません！」

「いいよ。気にするなって」

「人のネクタイを締めるのって、難しいんですね……。勉強になりました」

両手の人差し指をツンツンくっつけて、しおしおとうつむく渡良瀬。

「男のネクタイ、締めたことないのか？」

「？　はい。自分のしかありませんけれど……？」

その時ドアが開いて、私語でざわついていた会議室が一瞬にして静かになった。一座の視線が一斉にそこへと向かう。

物音を立てるのも躊躇《ためら》わせる空気のなか、唯一神・高屋敷貴道《たかやしきたかみち》が堂々たる姿を現した。

部下に椅子をひかせて、六本木席の前から二番目に腰を下ろす。先頭に座らないということは、今日はお目付役としての出席か。

二番目は、ちょうど俺の正面だ。

……なんか、機嫌悪くないか？

眉間《みけん》に深い皺《しわ》が寄っている。頬《ほお》の肉なんかぴくぴく痙攣《けいれん》して、せっかくのダンディが台なしだ。虫歯の痛みでもこらえているかのような顔で俺をにらみつけている。

課長が怯《おび》えた声で言う。

「この前の視察で何か不手際《ふてぎわ》が？　槍羽《やりば》、キミ何かしたのか？」

「心当たりは何もないですがね……」

渡良瀬も顔を真っ赤《まか》にして言う。

「さ、さ、さっきの質問、そういう意味ですかっ。う、う、あ、ありませんようっ！　彼氏いませんって言ったじゃないですかぁ！」

うん。ごめんな渡良瀬。その話は後にしよう。

再びドアが開き、くすんだ金髪の男が入室してきた。穏やかな心を持ちながら激しい怒りによって目覚めたわけではなく、日米ハーフゆえの髪色である。

やたらツヤツヤテカテカしたネイビーブルーのスーツを端整に着こなし、彫りの深い顔にバタ臭《くさ》い笑みを湛《たた》えるこの色男を知らぬ者は、この場所にいない。

その名も、村田《むらた》・ミッシェル・大五郎《だいごろう》。

四十四歳にして、グループ最年少の常務取締役。

六本木の実質的なナンバー2である。

彼に好意的な者は「若さに似合わぬ自信で周囲を信頼させる」と言い、否定的な者は「若さゆえの自信過剰で周囲を混乱させる」と言う。いずれにせよ自信に満ちあふれているのは間違いなく、全身から「オッス！　オラ上級国民！」と言わんばかりのオーラが迸《ほとばし》っていた。

社長が入ってきた時とはまた別種の、尊敬やら不安やらが入り混じった空気のなか、常務は席の先頭に悠然と座った。どうやらヤツが会議の「主役」のようだ。

年上の部下に持ってこさせたマイクを受け取り、薄い唇を開く。

「実はこのミッシェル――ゆうべは二時間しか寝ていないッ！」

……………。

……会議、そこから？

お前の睡眠時間なんかどうでもよくね？　と思ったのだが、六本木組は感嘆のため息に包まれている。「さすがはミッシェル常務」「たった二時間であの声の張り……」「短時間睡眠法、まさか実践されているとは……」。この会社やばいよ。

「我がチームは昼夜を問わず飲まず食わず、結果にフルコミットすべく本プロジェクトを進めてきた。ステークホルダーからリスペクトされる企業となることをマストにして、他社との差別化をはかり新たなスキームをロジカルに組み立てて現マーケットにおけるオポチュニティをキャッチアップしてイノベーションする。マーケットをゼロベースへと導くために！」

……何言ってるのか全然わかんねえ。

だが向かいの連中は口々に「いいね」「まさにな」「やっぱイノベでしょ！」とか頷《うなず》いている。課長ですら腕組みして「ホワイトベースは大切だな」とつぶやいていた。弾幕薄いの？

「具体的にはどういうことかな、常務」

社長が聞いてくれて助かった。視線はやっぱり俺にロックオン中だけど。

「ご説明しましょう」

常務が片手を挙げると、前方のスクリーンに企画概要が映し出された。

ビッグバン・プロジェクト。

そう銘打たれたこの企画は、つまるところ「バンバンＣＭを流してバンバン見積りの電話を受けてバンバン契約を取ろう」という単純なものだった。

ＴＶＣＭはいつも流しているが、今回は規模が違う。昼や深夜だけでなく、夜七時から九時のゴールデンタイムを中心に流すようだ。出演者も豪華絢爛《ごうかけんらん》、アニメとニュースしか見ない俺でも知ってる大物芸能人が名を連ねている。このクラスだと出演料は億じゃないのか？

「これだけの予算とスケジュールを確保するのは並大抵の苦労ではありませんでした」

瞑目《めいもく》して胸に右手を当てながら、常務は万感をこめた声で言う。

「大々的なCM攻勢によってマーケットにインフルエンサーを獲得し、コンシューマー・インサイトに対する適切なソリューションを提示するのです。そう、もっと先へ——ビジネスを『加速』するためにね」

やっぱり何言ってるかわからんのだが、最後だけかろうじて理解した。こいつ頭にオバマが到来してる。

前例のない巨大計画に他《ほか》の社員も驚きを隠せないようで、会議室はざわめきに包まれている。ざわめきは二種類だ。六本木の役員連中からは賞賛のつぶやきが、俺たち現場の人間からは戸惑《とまど》いのつぶやきが漏《も》れていた。

当たり前だ。

そのCM攻勢とやらでじゃんじゃか鳴りまくる電話を受けるのは、現場なのだ。

さっきまで露骨に追従してウンウン頷いていた課長ですら、青ざめた顔でスクリーンを見つめている。他のセンターの連中も似たようなもので、ハンカチで額の汗を拭《ぬぐ》ったり、ペットボトルの水を飲み干す光景が見られた。渡良瀬も顔を両手で覆《おお》ったまま……ごめん。まだ立ち直ってなかったか。

「さて現場の諸君。このビッグバンについて、クエスチョンｏｒサジェスチョン？」

何か文句があるなら言ってみたまえ——。

つまりはそういう意味らしいが、次期社長の呼び声も高い常務に逆らえるやつなんていない。

せいぜい隣の同僚と困惑した表情を見せ合うのが精一杯。課長なんかもう、ハムスターのように震えて小さく縮こまっている。やっぱりひまわりの種あげたい。

そして社長はといえば、やはり不機嫌な顔で俺をにらみつけたまま無言を貫いている。この人が止めてくれればどうにかなるだろうに、こんな計画が本当に上手《うま》くいくと思ってるのか？

……しゃあねえな……。

「常務、よろしいでしょうか？」

「んん。チミは誰《だれ》だい？」

「八王子センターの槍羽と申します」

常務は「ほう」とつぶやき、

「そうかチミが槍羽くんか。パートからコーチにまで出世したという八王子のエース。その若さでたいしたものだ。尊敬に値するよ」

いきなり褒《ほ》め殺されて鳥肌がたった。役員である常務がセンターの一社員にすぎない俺ごときを知っているとは、驚きより不気味さを感じる。

「この計画、実施は一ヶ月後の八月初旬からとありますが」

「イエス。何か問題でも？」

「急すぎて準備が間に合いません。それだけのＣＭを打てば電話の本数は飛躍的に上がるでしょう。しかし、現場にはそれを受けるだけの体制がないのです。電話が鳴っても取れないのでは、意味がないと思いますが」

そう発言した途端、六本木組の頬が一斉に強張《こわば》るのがわかった。俺を見つめる目にうっすらとした敵意が浮かんでいる。

「そのためにチミのような優秀なコーチがいるんじゃないか。『ヤリちん』と呼ばれた男の手腕、今こそ見せてもらいたいな」

プークスクス、と笑いが座のあちこちで漏れる。俺のあだ名、六本木にまで広がってんのかよ。くそてめえあの新横浜の野郎ぶっ殺す二度とのぞみが停まれないようにしてやる！

私怨《しえん》はひとまず置いといて、

「現状での電話放棄率は三％台となっています。常務の企画書通りに受電が増えれば十％を超《こ》えるでしょう。つまりＣＭを見て百人電話を掛けてきても、そのうち十人は出る前に切ってしまうのです。これではせっかくの宣伝費が水の泡。再考をお願いします」

六本木組から今度は舌打ちが漏れた。

反論するでもなく否定するでもなく、ただ「気に入らない」という態度を暗に示す。「現場のくせになまいきだ！」と言わないだけ、ガキ大将よりマシというべきか。あるいはそれ以下というべきか。

味方であるはずの現場組からの援護もない。口をつぐんだまま青白い顔をうつむかせている。

そうやって、じっと嵐《あらし》が通り過ぎるのを待ってるのだ。それがサラリーマンの自己防衛だとわかってはいる。わかっちゃいるが……そんな風にひとつ、またひとつ譲歩していって、気がついたら後ろは崖だったってことになるんじゃないのか。彼らはその時、何にすがりつくつもりなんだ……。

「うむ、槍羽コーチの懸念はもっともだ」

常務の静かな声が、不満げな空気を押しとどめた。

さっきまでの熱っぽさとは打って変わり、穏やかに言い含めるような声。妙な鎮静効果、脱力効果がある声色《こわいろ》だ。不満や反感を受け止めているように見せて、実はそのまま受け流しているような気がする。

「しかし、このミッシェルにも考えがある。ひとつ現場の不安を払ってあげるとしよう」

常務はパチン、と指を鳴らした。

スクリーンに新たな資料が映し出される。

「本プロジェクトにおけるオペレーター増員計画表だ。大阪名古屋仙台にそれぞれ十名。八王子には三十名のパートを新たに雇用する！　これならすべての電話を受けきれるだろう」

会議室全体から歓声があがった。

常務の秘められた必殺技が炸裂《さくれつ》し、武闘会を見に来ていた観客はびっくり仰天《ぎょうてん》。「な、なんだあの技は！」『あんな奥義を隠していたとは！』『やはり天才……』そんな雰囲気である。

技を食らった俺も、驚愕《きょうがく》を禁じ得ない。

ただし、他の連中とは違う意味でだ。

「三十名を、一度にですか？」

「そんな大量採用できるわけないって言いたいのかい？　心配には及ばない。すでに人事部と話はつけてある。現場は両手を広げて新人を受け入れてくれるだけでいいのだ」

違う。俺が言いたいのはそんなことじゃない。

「それだけの新人を一気に受け入れれば、現場がパンクします。新人教育のためにベテランがつきっきりになるため、いつも通りの仕事ができなくなるのです。わかりますか？　状況は今よりもっと悪くなる。そんな状態でＣＭを流しまくればどうなるか！」

いつぞやのロボットアニメの例《たと》えを使うならば。

迫り来る敵の大軍に少数のベテランがなんとか対抗しようとしているところに、「そら、援軍だぞ」と大量の新人パイロットたちを押しつけられるようなものだ。

新人は実戦経験がないから、足手まといになり様々なミスをしでかす。

戦況が落ち着いている時であれば、そんな彼らを育成する余裕もあるだろう。

しかし、イチかバチかの大作戦の時にそんなことをすれば、ベテランも共倒れになる。

「現場の人間として申し上げます。もう一度プロジェクトの再考を」

「いいかげんにしたらどうかね」

うんざりした声でそう言ったのは、常務ではなく広報部長だった。うちの課長と同期入社で元々は八王子にいたらしい。今や常務の片腕と言われている人物だ。課長の彼を見る顔は、少しもの悲しい。

「常務はできると仰《おっしゃ》っているんだ。そのための体制も整えてくださってる。ならば現場は、与えられた環境でベストを尽くすべきではないのか？」

「間違った作戦でいくらベストを尽くそうと、結果は無残なものにしかなりません」

「言葉がすぎるぞ、槍羽！」

この声は隣の課長から。うーん、やっぱ俺の味方はしてくれないか。ひまわりの種あげない。

六本木組からは容赦ない言葉のつぶてが飛んでくる。「経営判断に口を挟むなんて、たかがコーチが」「だいたいなんだその目つきは」「パート上がりのくせに」「身の程をわきまえろ」「ヤリちんこ～デカちんこ～」。……おい待てコラ、ひとり小学生いるだろそこに。

「彼への中傷はやめたまえ！」

連中を怒鳴りつけて黙らせたのは、なんとミッシェル常務だった。

「やめたまえ。悪いのは彼を納得させられない僕だ。やめたまえ」

そう言いながら俺のそばまで歩み寄ると、両肩をつかんで体を揺《ゆ》さぶってくる。

「トラストミー。トラストミーだよ、槍羽くん！　僕をアサインして欲しい。信じて欲しいんだ！　新規雇用する人材は僕が直々《じきじき》に面接して、この目で厳選する。決して現場に迷惑はかけない。だからビートゥギャーザー！　トゥギャザーしようぜ！」

誰なんだ、このルー大柴《おおしば》。

トゥギャザーが必要なのは俺じゃなくて課長のおでこなのですが……。

そんな俺の感想とは裏腹に、常務の表情は哀愁たっぷり。目には涙まで浮かべて、バタ臭いイケメンを俺の鼻先にまで近づけてくる。もし「嫌だ」と言ったら、この場で号泣しそうな迫力があった。脅《おど》しでダメなら泣き落とし、どんな手を使っても計画をゴリ押すつもりか。

俺は全身でため息をついた。

徒労感と疲労とが、重く両肩にのしかかっている。

「……そこまで仰るのでしたら、私からは何もありません。微力を尽くします」

「ありがとうヤリちん！　これで百人力だ！」

俺の右手を取って、半《なか》ば無理やりに握手をかわす。

六本木組から拍手が起きる。拍手はすぐに会議室全体へと広がっていった。同調圧力によって「賛成」の合意が形成されていく。拍手してないのは可愛《かわい》い後輩と、あとは社長だけだ。

拍手が一段落すると、広報部長が立ち上がりプロジェクトの細かな内容を話しはじめた。

馬鹿馬鹿《ばかばか》しい話だ。大本の作戦が間違ってるのに、そんな話をしてなんになる？　Tシャツにショートパンツという軽装で「エベレストを登るにはどのルートが良いか？」を真剣に討議してるような滑稽《こっけい》さ。

まぁ、登るしかないんだけどな。

命令に従うのがサラリーマン、社畜というわけだ。

「…………」

疲れを感じて目を閉じる。

まぶたに浮かんだのは、何故《なぜ》かあの少女、南里花恋《みなみさとかれん》の笑顔だった。

あの子が今の俺を見たら、きっと幻滅するだろうな。


会議がハネた後、別の会議室に移動して昼食会が催《もよお》された。

人数は半分に減っている。六本木組は迎えのハイヤーに乗り込み、赤坂にある料亭へ行ってしまった。彼らは豪華な懐石《かいせき》料理、俺たち現場組はデリバリーのホカホカ弁当である。好きだからいいけどな、ホカ弁。

「考えようによっちゃあ、これは八王子の株を上げるチャンスかもしれんな」

幕の内弁当の梅干しをかじりながら、課長が独り言のように言った。「当然オレの出世だって……でゅふふ」本心が漏れてますよ課長。ひまわりの種どうぞ。

なんとなく食欲がわかず、弁当についてきた魚型の醤油《しょうゆ》差しをペコペコいわせてると、大阪や名古屋、仙台センターの顔なじみが入れ替わり立ち替わり現れて、俺の会議での蛮勇をお国言葉でねぎらってくれた。

「槍羽はんがガツンと言ってくれて、胸がスッとしましたわ！」

「あの常務にたてつくなんて勇気あるがや〜」

「ダーリン、かっこよかったりゅんっ！」

……ちょっと待て。最後の仙台弁じゃねーだろ。どこのウルトラｅｓｐ？

「みなさん、褒めてくれてますね！」

隣でシャケ弁当を食べている渡良瀬が笑顔で言った。ようやく立ち直ってくれたようだ。

ごめんな、さっきのセクハラだった。

「先輩の行動にはちゃんと意味があったんですよ。誰かが言わなきゃいけなかったんです」

「……そうかな」

褒めるのはタダだからな。そして、言うのもタダだ。

間違ってることを間違ってると声をあげる、そこまではいい。

しかし、それを正すことができないのなら、結局は何もしてないのと同じじゃないのか？

ただの自己満足。「俺にはわかってたよ、こうなることはね」としたり顔で言う卑怯《ひきょう》な傍観《ぼうかん》者《しゃ》と同じじゃないのか？　それで「仕事をした」と胸を張れるのだろうか？

別に仕事熱心を気取ってるわけじゃない。「金さえもらえりゃいい、俺は趣味に生きる」というのが我が人生の基本方針。しかし、それでも割り切れないことはある。

つい先日見せられた、夢を目指して輝く純粋な瞳《ひとみ》を思い出すと……。

「なあ渡良瀬」

「はい先輩！」

「お前、会社辞《や》めたいって思ったことあるか？」

渡良瀬の笑顔が凍りついた。

「そ、そんなこと……ないです。ありません」

「まだ入社して四ヶ月目だもんな。だけど、そのうち何度も思うようになるよ。俺は今日で十六回目かな」

パート時代も含めて七年間でこれは多いのか少ないのか。俺にはわからない。

「もちろん、そこで本当に辞めるか、留まるかは人それぞれだけどな」

それで実際に辞めたやつをひとり知ってる。

年収は半分以下に下がったはずだが、あいつは今の方が楽しそうだ。好きな酒と料理に囲まれて、活き活きとしている。

「………私は、辞めて欲しくないです」

渡良瀬は深刻な顔でうつむいてしまった。まだまだ新人の彼女に、ちょっと酷《こく》なことを言ってしまったかもしれない。

「心配するな。十六回思って十六回とも辞めてないんだから。そう簡単には辞めないよ」

「そ、そうですよね！」

自分ばかりか妹の生活までかかってる以上、無茶はできない。あいつも来年は受験生、学費はさすがに親が送ってくるけど、いろいろと物入りになるぶんは助けてやりたい。好きなポテチも買ってやりたい。林檎《りんご》もかじらせてやりたい。いつも千円の林檎ばかりだから、たまには三千円くらい……甘やかしすぎかな？　いや普通だろ、むしろ五千円分とかじゃないだけ厳しめじゃないのかな……。

妹のしつけについて後輩の意見を求めようとした時、会議室のドアが開いた。

飲み物を買いに行ったり煙草《たばこ》を吸いに出たりで人の出入りが激しい会議室、誰が入って来ようと気にもとめない――はずなのに、その人物が入ってきた途端、にぎやかな空気が急速冷凍されて固まった。

入ってきたのは、高屋敷社長その人だ。

あごにたくわえた白いヒゲを触りながら、自分の鞄《かばん》を盗ったひったくりでも探すかのような目つきで会議室を見回している。料亭で会食中のはずなのに、何故ここに？

誰もが呼吸を忘れて注視する中、社長は俺の姿を認めると、苦い薬でも吐《は》き出すような口調で言い放った。

「槍羽コーチ。社長室まで来るように」

冷凍された空気に、ぴしっとひびが入る音を聞いた気がした。

室内の視線が束《たば》となって俺に集中する。

この社長の態度で、昇給や昇進の吉報だと思うやつはいないだろう。明らかに凶報、悲報のたぐいである。

社長は俺が返事をするよりも早く会議室を出て行った。お前に拒否権などない、そう態度で示されているかのようだ。

「先輩……」

後輩の声は青ざめていた。俺のスーツの袖《そで》を「行かないで」とでも言うようにきゅっと指でつまんでいる。

「さあて、六本木土産《みやげ》でもくれるのかな?」

軽く笑って後輩の不安を受け流し、そっと袖を振りほどいて歩き出す。

こっちだってずっと気になってたのだ。

常務とやり合ったことは関係あるまい。その前から社長の態度は意味ありげだった。何か含むところがあるのは間違いない。

いったい俺が何をやらかしたっていうのか。

はっきりさせてやろうじゃないか。

※　※　※

初めて入った社長室はとてつもなく広かった。

なんのためにこの余白が？　と言いたくなるほど無駄な、いや贅沢《ぜいたく》なスペースが確保されている。うちの２ＬＤＫ全部を合わせたより広い。六本木にこんな部屋を借りたら、月に一万円分の林檎カードが五十枚は必要だろう。ガチャ回し放題じゃん！　とか考えてる自分が怖い。脳がだいぶソシャゲってる。妹のせいで。

正面向かって左手の棚には無数の賞状やトロフィーが置かれている。文字が英語なためなんの表彰かわからないが、社長が成し遂げた業績を称《たた》えられてのものだろう。

それより俺の気をそそったのは右の棚だった。そこに並んでいたのはプラモデルやミニカー、ジオラマ、釣りのルアー、カメラ。海外のＴＣＧやボードゲームなんかもある。仕事一筋な人かと勝手に思い込んでいたが、意外な一面もあったものだ。

ビジネスパーソンとしての優秀さを物語る左の棚。

趣味人としての多彩さを主張する右の棚。

そんな二面性を持つ部屋に俺と社長の二人きり。社内一の美女と名高い専属秘書の姿は見えない。何か別の用事を言いつけられているのか、あるいは人払いがされているのか。

防音も完璧《かんぺき》のようで、室内は全き静けさに満ち満ちていた。

「…………」

「…………」

高屋敷社長は黒い革張りの椅子に腰掛けて、俺を正面に立たせている。人を呼びつけておいて用件すら口にしない。ただただ、会議の時と同じように、じっと俺を険しい目で見つめている。怒っているようにも、あるいは何か考え込んでいるようにも見える。心中を量りにくい態度だった。

もう五分……いや、十分はこうしているだろうか。

生きた心地がしない。

いっそ怒鳴りつけられた方がマシである。

しかし下っ端には下っ端なりの意地がある。俺の方から「ボク、なにかやらかしましたでしょうか?」とは絶対聞かないと決意して、社長の眼光を真っ向受け止める。オラ、さっさとかかってこいや。受けて立つ。でも海外転勤だけは勘弁な!

目を逸《そ》らせば殺《や》られる。瞬きもできないため目が乾く。ああそういえば目薬を家に忘れてきた——なんて思った時、ついに社長が口を開いた。

「君にひとつ、仕事を頼みたい」

苦い青汁を飲《の》み下《くだ》した直後のような声が、白い口髭《くちひげ》を震わせる。

「現在抱えているあらゆる職務に優先して当たって欲しい。君の全身全霊を注《そそ》ぎこめ。失敗など許さん。社長直々の『業務命令』だ」

「それは、常務のビックバン・プロジェクトよりも重要な案件ということでしょうか？」

「当たり前だ！」

すさまじい怒声が迸る。

「あんな小賢《こざか》しい企みと一緒にするな。常務と社長、偉いのはどっちだ？　この日本で、いやアジア全体で一番偉いのは誰だ？　言ってみたまえ！」

「それは無論、高屋敷社長ですが……」

困惑はいっそう深まる。

現場の一コーチにすぎない俺にわざわざ社長が頼みたいことってなんだ？

社長は引き出しから白い封筒を取り出し、机の上を滑らせた。

辞令。達筆な毛筆文字でそう書かれている。社長の直筆だろう。

「お借りします」

そう断ってから机の上にあるペーパーナイフで封を切る。

中から出てきたＡ４の紙片には、社内で普段用いている見慣れた書式でこう書かれていた。

辞令

所属　八王子カスタマーセンター　営業チーム
役職　オペレーティング・コーチ
氏名　槍羽鋭二

本日付をもって、南里花恋との交際を命ずる

アルカディア・インシュアランス・カンパニー
極東マネージャー
日本法人社長
高屋敷　貴道

「…………………？！？？！？」

内容の意味が理解できず、何度もその文章を読み返した。

南里花恋って、あの南里花恋か？

ネットカフェで知り合った女子高生。俺に告白したあのＪＫ？

何故こんなところで彼女の名前が出てくるんだ？

しかも「交際しろ」だと⁉

「いったいどういうことだ、という顔だな。だが、それはこちらも同じだよ。君はいったい、どうやって儂《わし》の孫娘をたぶらかしたのだ？」

「お孫さん？」

「注意深く見れば気づけたはずだ。ほら、目元とか耳の形とか。そっくりだろう？」

自慢げに語る社長の顔を、あらためて見つめる。……いや、似てない。似ても似つかないぞ。そもそも祖父と孫娘がそんな似るはずないと思うのだが。

「彼女はそんなこと、ひとことも言ってませんでした」

「君に気を遣わせるのが嫌だったんだろう。そういう子だ。だから今回の話もすべて儂の独断。そのつもりで聞いて欲しい」

社長は立ち上がって背中を向けると、ブラインドの隙間を指で広げて窓の外を眺めた。

独り言のように語り出す。

「あれは不憫《ふびん》な子でな。小さい頃《ころ》に両親を事故で亡くして以来、うちで引き取っている。儂にしてみれば亡くなった娘の忘れ形見だからな。身内のひいき目を抜きにしても、本当に良い子に育ってくれた。儂も家内もあの子を叱《しか》ったことは一度もない」

「……ははあ」

叱られたことが一度もないという彼女の言葉を俺は思い出した。なるほど、つまりは「叱る必要がないほど、できた子供だった」というのが真相か。

それは、良いこととは言えない。

大人の声なき要求に従って育てば、できあがるのはおとなしくて従順な良い子だ。俺みたいなデキが悪いのと違って、賢い子はそれができてしまう。大人の顔色を察して、自分を殺してしまう。

子供が子供らしく振る舞えない環境は、いびつだ。

そんな彼女にしてみれば、俺のゲンコツはとんでもない衝撃だったのかもしれない。

「一ヶ月ほど前、花恋から貴様の話が出た。ネットカフェでおじいちゃんの会社の人と知り合いになったと。趣味が合うから話してて楽しいと言っていた。あの子のあんな嬉《うれ》しそうな顔を見るのはひさしぶりだった。その晩、貴様を布団《ふとん》のなかで一億回ぶん殴ったのは言うまでもない。羽毛枕《うもうまくら》が三つ、ダメになった」

「…………」

「花恋は土日になると、朝四時に起きてせっせとお菓子を作って出かけて行った。念入りに身だしなみを整え、いつもはつけない香水をつけてうきうきと……ウオオオオオオオオオオオ槍羽アアアアアアアアアア！　儂は貴様を殺すクソァァァァァァァア！」

血の滲《にじ》むような声をあげ、社長はブラインドを握りつぶした。薄いアルミが耳障りな音とともにひしゃげる。

「儂は貴様を殺すつもりでッ！　八王子まで視察に行った。孫を骨抜きにしたのはどんな間男か見定めてやろうとな。無能者ならその場で頭をかち割ってやるつもりだったが……まあまあ、立派な仕事ぶりだったよ。命拾いしたな」

褒められているのだろうが、喜ぶ気にはとてもなれない。

「そして二日前の土曜日だ。泣きはらした目で帰ってきたかと思ったら、ずっと部屋に閉じこもっとるんだ！　理由を聞いても何も言わない！　家内が食事を持っていっても食べたくないと言う！　日曜も、そして今日も学校を休んでる！　儂とは顔も合わせてくれない！何があったんだ？　何があったんだ？　儂の宝に何があったんだッッ！」

がしゃん！　がしゃがしゃん！

引きちぎらんばかりの勢いで揺さぶられ、ブラインドが悲鳴をあげる。

投げ捨てるようにブラインドを解放し、社長は俺に向き直る。

「言え槍羽鋭二《えいじ》！　貴様は孫に何をしたのだ？」

「交際を申し込まれましたので、断りました」

彼女を傷つけた報《むく》いがこんな形で下るとは思っていなかったが、元より言い逃れするつもりはない。

社長は「やはりか」と忌々《いまいま》しげにつぶやき、

「あれほど美しい娘のどこが不満だ？　儂の目を見て言ってみろ！」

「不満などありません。たった一ヶ月の付き合いですが、素晴らしいお嬢さんだと思います」

「当たり前だ！　だったら何故振った⁉」

「年齢が違いすぎます。また、社会人としての立場もあります。十八歳未満の未成年と付き合うわけにはいきません。お断りする以外ありませんでした」

社長は俺をにらみつけたまま大きく息を吐いた。猛獣の唸《うな》り声のようなため息。

「……ふん。そうかね。社会人として」

再び椅子に腰を落ち着ける。二度、三度、大きく肩を上下させて深呼吸する。長いあご髭を右手で撫《な》でる。それらは気持ちを鎮めるための儀式《ルーチン》なのか、あるいは言いたいことを言ってすっきりしたせいか、表情に落ち着きが戻ってきた。

「社会人ならば、業務命令も遵守するはずだな？　槍羽コーチ」

「…………」

手に持った辞令書をもう一度読む。

上意下達の模範のような文章。完璧なるビジネス書式。冗談が入り込む隙《すき》など一片もない。しかもこれを下した本人は大真面目《おおまじめ》であり、かつ最高権力者の地位にあるのだ。

「しかし、これでは公私混同もいいところじゃないですか！」

「槍羽コーチ」

社長の目がサーベルのように細められた。声の温度も低くなったように感じられる。

「サラリーマンに『私』なんてものはない」

「………い、」

言い切ったぞこの野郎！

リーマンに人権はないと言い切りやがった！

社長が絶対言っちゃいけない言葉だろそれ!!

「なんというのだったか？　最近の言葉で……そう、『社畜』。若い世代のサラリーマンは、自分たちのことをそう呼ぶらしいじゃないか。つまり君ら自身、会社には隷属せねばならないことを認めている証《あかし》ではないのか？」

冷たい刃《やいば》を首筋に押し当てられたような、寒気が走った。

社畜。

SNSではよく飛び交っている二文字だ。「おれ社畜だからしかたない」。「わたし社畜だから無理」。俺も自虐するときによく使う。だから麻痺《まひ》していた。

上の立場の人間が自覚的に使うと、こんな恐ろしい響きを放つのか。

「社畜呼ばわりは不満かね？　しかし、君にとっても悪い話ではないはずだ。花恋と交際し、さらに仲を深めるようであれば、いずれは婚約という形を整えても良い。社長の孫婿《まごむこ》ということになれば、社内でも何かとやりやすくなる。——そう、たとえば、意に添わぬプロジェクトを背負わされることもなくなるだろう」

ムチを振るった次は、アメをちらつかせて誘ってくる。脅迫誘惑利益誘導《きょうはくゆうわくりえきゆうどう》、なんでもござれ。アルカディア序列三位は伊達《だて》じゃない。交渉相手として極めて手強い相手だ。

事実、悪い話ではない。

美少女ＪＫと保護者公認で付き合えて、しかも社長家の婿になれるかもしれないなんて。

パート上がりで出世の目など望めない俺にとって、まさしく天恵。人生大逆転するチャンスと言っても過言ではない。魅力を感じないかと言えば嘘《うそ》になる。

だが——。

「自分の好きな女くらい、自分で決めたいですよ俺は。たとえ社畜でも、そのくらいの自由はあっていいんじゃないですか」

「だったら儂より偉くなってみせることだな。自由とは力あってのもの。違うかね？」

理屈はわかるが、納得はしたくない。

「これはれっきとしたパワハラですよ。権力の濫用《らんよう》じゃないですか！」

社長はとぼけたように肩を竦《すく》め、

「パワハラとは心外も心外。儂は君に『縁談』を持ちかけているにすぎんよ。少々ユニークな形ではあるがね。なんなら監査委員会に訴え出てみるか？」

一瞬、本気でそうしてやろうかと思ったが……ダメだな。力関係からいって握りつぶされる可能性が高い。最高に上手くいったとしても、その時は俺もどこかに島流しだろう。喧嘩《けんか》両成敗。組織ってそういうもの。「死なばもろとも」では意味がない。俺には生活がある。妹がいる。生活、給料、ボーナス、家賃、食費、光熱費、学費、林檎カード……。

それがわかったうえで話しているのだ、このジジイは。

「…………っ」

打つ手なし、か。

ああ、この会社、もうちょっとまともだと思ってたんだけどなあ！　社長がこんなイカれた孫コン野郎だったとは予想外、トップの素性なんて知らない方が良かったとつくづく思う。社内では知的なダンディで通ってる人なのに。まあ、人間なんて一皮剝《む》けばシスコンブラコン娘コン孫コン、そんなものかもしれないが……。

……かすかな、違和感を抱く。

これほど狡猾《こうかつ》な男が、本当に孫のためだけにこんな命令を出すのだろうか？

「そろそろ返事を聞かせてもらおうか。槍羽コーチ」

これは問い掛けではない。ただの「確認」だ。

天井《てんじょう》をにらみつけ、口からあふれそうになる不満を飲み干した。腹の底からため息をつく。

これみよがしに、大げさに。それが俺にできる最後の抵抗だった。

「……承知しました」

さあビジネスマナーの出番だ。

腕はぴったり体につけて、上体を腰から四十五度前へ傾《かたむ》ける。

視線は一メートル先に。

その体勢を維持したまま、大きな声で、社長の言葉を諾《うべな》う。

「業務命令、謹《つつし》んで承《うけたまわ》ります」

※　※　※

「先輩！」

エレベーターを降りると、ラウンジにいた渡良瀬がソファから立ち上がった。ＰＣと書類の束を抱えて駆け寄ってくる。ここで仕事をしながら待っていてくれたらしい。忠犬ハチ公もかくや、という姿に涙を禁じ得ない。もっとも八王子でハチコウといえば八高線のことなのだが。

「悪いな渡良瀬。課長と戻っても良かったのに」

「いいんです！　それより社長のお話はなんだったんですか？」

それがね、なんかね、ＪＫと付き合えってさＨＡＨＡＨＡ！

……一瞬何もかもぶちまけてやりたい衝動に駆られたが、ぐっとこらえる。

俺ひとりに下された業務命令である以上、内容には守秘義務が課せられる。部下にも軽々しく話すわけにはいかない。

何より「ＪＫと交際します」なんて、他人に言えるはずもなかった。真面目な渡良瀬のこと、せっかく勝ち取った上司としての信用が崩壊しかねない。これ以上事態をややこしくするのは御免被《ごめんこうむ》る。仮に社内で噂にでもなったら「ＪＫと付き合ってるヤリちん」ということになる。そうなったらもう本当に辞める。辞めてひとり高尾山に籠《こ》もって、天狗とここなちゃんさんと共に暮らすんだ……。

「……十七回目だ」

「えっ？」

「十七回目だよ。会社辞めたくなったのは」

一日二回は新記録である。更新したところでクソほども嬉しくない記録。

「ど、どういうことです？　ねえ先輩、いったい何があったんですか？」

「帰ろう渡良瀬。多摩川《たまがわ》の向こう側へ」

おろおろする後輩を伴って歩き出す。ああ、腹減った。考えてみれば弁当もろくに食べてないじゃないか。ラーメン食いたいな、ラーメン。六本木の行列ができる有名店なんかじゃなくて、醬油味にタマネギたっぷりの八王子ラーメン。最近マスコミに「名物」とか言われて持ち上げられてるけど、そんな大層な代物じゃない。どこまでもどこまでも普通の味。だからこそ、食べるとホッとするんだよなあ……。

自動ドアをくぐって外に出ると熱風が吹きつけてきた。都心特有のビル風だ。ギラリとした七月の太陽に視界を白く焼かれ、目が慣れるまで数秒を要した。

右手でひさしを作りながら、ビルを見上げる。

本当に大きな建物だ。さっきまでいた社長室がどの辺あたりにあるかもよくわからない。外見は立派だけど、内実は誰も知らない。高屋敷社長やミッシェル常務のような魑魅魍魎《ちみもうりょう》が跋扈《ばっこ》する伏魔殿《ふくまでん》。

そんな会社に、俺は勤めている。

※　※　※

様々なイレギュラーがあった本日だが、日常の仕事だって待ってはくれない。

今日はこのくらいで勘弁してやらぁ、と帰ってくれるのは今や漫画のなかにしか存在しない昭和《しょうわ》ヤンキーくらいのもので、八王子に戻った俺を待っていたのはクレーム処理七件、コーチの承認を待つ書類が十六件、新横浜へのお仕置きが一件。それらをこなしてやれやれ帰ろうとした午後九時過ぎ、女性スタッフの一人が倒れるというラスボスが待ち構えていた。

倒れたのは五十三歳のベテラン。声が某国民的アニメに出てくるキャラクターにそっくりなので、みんなから「フネさん」と呼ばれている。その穏やかに包み込むような声はまさに癒《い》やしの風。お客さんだけでなく周りのオペレーターのささくれ立った心も癒やしてしまう。いわば我が職場《パーティー》の回復職《ヒーラー》である。

センターのすぐ裏手が個人病院なので、俺はフネさんをおんぶして直接向かった。「本日の診療は終了しました」という札がかかってるのを無視して自動ドアを叩《たた》き、「このような夜ふけにわが病院をおとずれるとは」と言いたげな迷惑顔の医者を一喝《いっかつ》、「残業代は俺が出すから！」。もし本当に請求されたら会社に回してやる。

「ただの貧血ですな」

ひと通りの診察を終えた医師の言葉に、ホッと胸をなでおろした。

点滴を受けてベッドで休んでいるフネさんの顔色もだいぶ良くなっている。

「すみません槍羽さん、ご迷惑をおかけしてしまって」

「こんなのどうってことないですよ。それより、体は大事にしてくださいね。健康診断は受けてますか？」

「いえ、今年はまだ」

「受けたほうがいいですよ。本当」

お節介と知りつつ言わずにいられない。

フネさんは、俺のお袋と同い年だ。

「俺からご家族に連絡を入れて、迎えに来ていただくように伝えましょうか」

「すみません、何から何まで」

恐縮するフネさんから電話番号を聞いて自宅に連絡を入れた。すぐに車で駆けつけたご主人に後を託《たく》して、ようやく家路につく。時刻は夜十時になろうとしていた。さて。

ようやく、例の「業務命令」について考える余裕ができたわけだが……。

「兄ちゃん、おかえりっ」

玄関のドアを開けるなり、制服姿の妹がドッシーンと抱きついてきた。最近スキンシップ激しいなこいつ。ここ一ヶ月くらい、やたらベタベタしてきやがって。

「おなかすいたよー、早くごはんたべようぜっ」

「待っててくれたのか？　先に食ってて良かったのに」

「兄ちゃんと食べないとおいしくないんだもんっ」

泣かせることを言ってくれるが、俺にはわかっている。夕方にポテチ食ったせいで今ごろ腹が減っただけであると……。

今日のメニューは冷凍チャーハンにもやし炒《いた》めにインスタント味噌汁《みそしる》。すべてほんの五分でできあがる逸品《いっぴん》である。最近の冷凍チャーハンのうまさは異常、下手な店で食うよりパラリとしてる。もやしは、沙樹《さき》からビンごともらったお手製ソースで和《あ》えて炒めるだけ。「これで少しは野菜食べなさいよ」と、まるで東京のかーちゃんである。ありがたや。

そんな沙樹にも、業務命令の件はさすがに話せない。

話せるのは唯一、ほっぺに飯粒くっつけてチャーハン頬張ってる家族だけである。

「…………。そんな命令、ＯＫしたの？　兄ちゃん」

話を聞き終えた雛菜《ひなな》は目をぱちくりさせて言った。表情の選択に困っているようで、いつも感情をストレートに出す妹にしては珍しい。

「ああ。ひとまずはな」

「ひとまず？」

「社長といくら話しても埒《らち》があかない。彼女と直接話すしかないだろう」

あの業務命令は社長の独断だと言っていた。それを知った彼女がどういうアクションを取るか、そこに期待するしかないだろう。

彼女の性格からいって、こんな形の交際を望んでいるはずはないのだから。

「……兄ちゃん、そのJKのことやっぱ気に入ってるんだね」

「？　なんで」

「だって、なんか信じちゃってるじゃん」

……。

言われてみれば、そうなのか？

ほんの一ヶ月、それも週末に言葉をかわすだけの人間を信じられるっていうのは、俺が彼女を気に入っているからなのだろうか。

雛菜はそれが面白《おもしろ》くないのか、ぶーぶー言いながらクッションで殴ってくる。

「だめだよ兄ちゃん、浮気《うわき》はだめだよっ。アタシというものがありながらっ」

「痛い痛い！　なんだよ浮気って」

「今日だって制服着替えないで待ってたんだよ？　そのほうが兄ちゃん喜ぶと思って！」

「お前のなかで俺はどんな性癖《せいへき》なんだよ。つうか着替えるの面倒くさかっただけだろどうせ！」

まぁ、雛菜のセーラー服姿は至高の逸品ではある。白を基調としてスカイブルーのリボンでまとめた可愛らしいデザインは、黙ってればフランス人形みたいな妹の容姿によく似合っている。あまりに似合いすぎてて、この制服を他の女に着せたくないくらい。まあ、冗談だけどな。ハハハハ。冗談冗談。

反撃しようとしたその時、食卓の上でスマホがブルッた。

登録されていない、見知らぬ携帯番号が表示されている。

なんとなくピンとくるものがあった。予感……いや、確信と言っていい。このタイミングでかかってくるとすれば、一人しかいない。

「もしもし」

『あの、夜分に失礼します。槍羽鋭二さんのご携帯でしょうか』

やはり。聞き覚えのある声。

『南里花恋です。実はさっき、祖父から今日の話を聞いて……』

彼女はすさまじく恐縮していた。これでも何千何万の電話を受けてきたプロだ、そういうのは手に取るようにわかる。

「かかってくると思った。君が社長にあんなことを頼むはずはないからな」

すると彼女は黙り込んだ。

不安になるほど長い沈黙が流れる。

「……もしもし？　どうした？」

呼びかけた声と交差する形で、ダムが決壊したような勢いで彼女は泣き出した。

『うわぁぁぁぁぁぁあああん！　ごめんなさい！　ほんとうにごめんなさいっ！　かれんのせいで、かれんのせいでぇぇぇぇぇぇぇぇぇ!!』

「落ち着け。頼むから泣くな」

『だって、だって槍羽ざんにどんでもないごめいばぐをっ！　おじいぢゃんがどんでもないじづれいををを!!　花恋のせいで、花恋が槍羽さんのことをしゃべっちゃったせいでええ！』

「だから泣くなって。君の責任じゃない」

あれは不用意な発言だった。会社の名前を言っちまったのは俺だ。この点において彼女にまったく非はない。

彼女が泣き止むまで、じっと待つ。

雛菜は不安そうな目つきで俺を見た後、バスタオルを持って風呂場《ふろば》へ引っ込んだ。フリーダムに見えて、肝心《かんじん》なところではちゃんと気をきかせるやつだ。

そうこうするうちに泣き声は収まり、鼻をすする音が代わりに聞こえてきた。そんな音すら可愛らしいのだからズルい。

『槍羽さん、本当に怒ってないんですか？』

「怒ってるよ、社長にな。君もそうだろう？　家で喧嘩になったんじゃないのか？」

『はい。大げんかになっちゃって……大好きなおじいちゃんに「ばか！」って言っちゃいました。おじいちゃんに口答えしたの、初めてかも』

「それはそれは。いい薬になっただろう」

『ええ、効きすぎちゃって、さっきからずっとお風呂で泣いてますけど……』

自業自得である。これを機に悔《く》い改めて、孫に注ぐ愛情の十万分の一でもこちらに注いでもらいたいものだ。社員への鞭がビンタに変わる程度の効果はあるだろう。

「じゃあ君自身、社長の業務命令に納得してないってことでいいんだな？」

『…………』

彼女は即答しなかった。

沈黙から迷いが伝わってくる。彼女のかすかな息づかいがそれを表していた。

『……はい』

迷いをふりはらうように、きっぱりと彼女は言った。

『わたし、本当はずるい子です。今この時だって、もう一人の自分が心のなかで暴れてます。「ズルでもいいじゃん、彼女にしてもらっちゃえば？」って。だけどそんなことをして、槍羽さんに嫌われるほうがずっとずっと怖いんです。それだけは絶対にイヤ。初めて好きになった人に嫌われるなんて、悲しすぎるから』

「…………」

今度は俺が沈黙する番だった。

初恋だったんだ……。

なんて重い球を投げてきやがる。しかもど真ん中ストライクじゃねえか。

「ずいぶん好かれちまったんだな、槍羽鋭二ってやつは」

他人事《ひとごと》のように言う。まともに打ち返すのではなく、カットしてファールにした感じ。

ずるい大人のかわし方だ。

『うん。大好き』

「…………」

それすら、彼女には通用しなかった。

『槍羽さんと知り合ってから、わたしの周りには「初めて」がいっぱい。どんなお菓子なら喜んでもらえるだろうとか、どんな服なら気に入ってもらえるかなとか、何を話したら笑ってもらえるかなとか……。自分が知らない自分になっていくみたいで、ちょっぴり怖いです。でも、その何倍も幸せ。変ですよね。フラレちゃったのに。だけど、本当なんです。……好き』

恋する少女のド直球ストレートは、大の大人をまたもや沈黙させる。

本当に彼女、あまりに怖いもの知らずというか、無手というか考えなしというか……。丸腰無防備のままで全力疾走、懐《ふところ》に飛び込んでくる。「常識」という透明な壁をいくら張り巡らせてもドシン、ドシン、ドシン、と体当たりでぶつかってきて、壁のこちら側にいる俺をハラハラさせる。

振ったことで、逆に想《おも》いを募らせてしまったままである。

無理に消そうとすればするほどこの炎は燃え上がるのか……。

『わたし、槍羽さんの言う通りにします。業務命令のこと本当にご迷惑なら、おじいちゃんを説得しますから。たとえ家出してでも』

「馬鹿。絶対にすんじゃねえぞ」

　彼女なら本当にやりかねない。こんな無防備な子を狼《おおかみ》がウヨウヨする世間に解き放ったら大変なことになる。女子高生、しかも匂《にお》い立つような美少女だ。「神」になりたがる下級悪魔どもが大勢いるだろう。

　どうしたものか……。

　大人として、どうすれば彼女の気持ちに対して責任を取ったことになるのか。

　好きでもないのに付き合う？　そんな選択肢はない。

　恋人ではなくお友達から？　いや、この場合のお友達は「永遠の保留」という意味でしかない。そんな中途半端《ちゅうとはんぱ》な関係を彼女は望まないだろう。

　無理やり押しつけられた業務命令だが、いったん引き受けた以上なんらかの決着はつける。少なくともこのまま電話を切って「ハイさよなら」はない。

　社会人として、大人の男として、最低限の責任は果たす。

　………。

「……今度の日曜、空《あ》いてるか？」

　電話の向こうで彼女が息を呑《の》むのがわかった。

『は、はいっ、空けま……空いてます！　ぜんぜん空いてます！』

「デートしよう」

ひゃあ！　という黄色い悲鳴がして、途中で切れた。

無音。

おそらく受話口を手で押さえたのだろう。

しばらくして音が戻り、おそるおそる、また声がする。

『……デート、してくれるんですか？』

「ああ」

『…………』

彼女は無言だ。

ずどんばたんと、ベッドの上で飛びはねてるような音だけが受話器から聞こえてくる。

中の綿が飛び出るんじゃないかと心配になる勢い。

「……お前、今、めっちゃ喜んでるだろ？」

『よっ喜んでません！　槍羽さんに申し訳ないなあって気持ちでいっぱいです！』

「そうか」

『ハイ。トウゼンデス』

「…………」

『…………』

「……………」

『………………あ、羽毛が』

「てめえやっぱり喜んでるな⁉」

『よ、喜んでませんってばよ⁉』

コールセンター勤務をなめんなよＪＫェ！　俺は電話の向こうで鍋が噴きこぼれる音すら察知してお客さんちの晩ごはんを幾度も救った男だってばよ！

『それで、あの、槍羽さん？』

「場所か？　それはお前の行きたいところでいい」

『そうじゃなくて、お弁当のおかずは何がいいですか？』

「えっ」

まずそこなんだ……。

順序がおかしいな。それとも今のデートってこんなん？

「じゃあ、とんこつラーメン」

意地悪してやった。

『麺の固さはどうします？』

「…………」

またもや通用しなかった。

このガキ、俺よりも上手《うわて》だと言うのか……。それとも本当に茹《ゆ》でる気か。デート先で湯切りとかするつもりか？　頭にタオル巻いて黒Tシャツで腕組みして来たらどうしよう。

「冗談だ。卵焼きにしてくれ」

『いいですね！　甘くしますか？』

「そうだな。うんと甘くしてくれ」

『槍羽さんは甘めが好きっと。いんぷっと♪　いんぷっと♪』

なんだか妙なノリになっていた。

さっきまで泣いてたくせに、アップダウンの激しいやつだ。その辺はなんか今ドキの子っぽい。今ドキの子がどんなのか知らないのに、そう思った。

「それで、場所はどうするんだ？」

『多摩中央公園がいいです！』

こちらの語尾にかぶせるように彼女は答えた。ずっとずっと前から決めていたかのような前のめりっぷり。どうりで弁当のおかずなんか聞いてきたはずだ。行き先は彼女のなかで不動であり、最初に口にする必要がなかったのだろう。

多摩中央公園は自宅最寄《もよ》り駅から二駅の距離にある。小さな池と芝生《しばふ》と並木道があって――というよりそれしかなくて、デート先としては地味めである。近場で金がかからないのははありがたいが、高校生が行って楽しいのか？

「別に映画や遊園地でもいいんだぞ」

『だいじょうぶです。わたし、あそこがいいんです』

そこまで言うなら構わないだろう。

「じゃあ、日曜午前十一時に多摩センター駅で」

『はい！　一生の思い出にします！』

これが一度きりのデートだから——。

そんなことはわざわざ言う必要がないことだった。彼女はちゃんとわかっていると思う。

ある意味、俺と社長はその「いい子さ」に甘えてるわけだ。この子の察しの良さと聞き分けの良さに甘え、「付き合え」「いや付き合えない」と大人の理屈を押しつけあってる。

……。

やっぱ、大人ってクソだな。

電話を切った後、はかったようなタイミングで妹が戻ってきた。ピンクのパジャマに着替えて、バスタオルで濡れ髪を拭《ふ》いている。髪おろしても似合うよな。たまにはこっちで登校すればいいのに。……いや、いい。妙な虫がついても困る。

「兄ちゃん、ＪＫとデートすんの？」

「なんだ聞いてたのか」

「最後のほうだけねー。ふーん。そうなんだー。デートかー。……兄ちゃんのアホッ！」

「んだよいきなり⁉」

俺の顔にバスタオルを投げつけると、妹は自分の部屋に引っ込んでいった。バタン！　とドアが閉まって鍵《かぎ》までかかる音がする。

まさか妬《や》いてるのか？　難しい年頃ではある。彼女に兄を取られてしまう、みたいな心配をしているのかもしれない。

「はあ……」

デートなんて、何年ぶりだろうか。

前にしたのがいつだったか思い出せない。思えば寂《さび》しい二十代だった。というより、寂しいと思う余裕も暇《ひま》もなかった。あー、つうか何着てこう。そういうときの服なんかもう何年も買ってない。髪も切らなきゃ。鼻毛も抜かなきゃ。あー。あー……。

デートの高揚感をうっすらと包み込む、面倒くささの薄い膜。

素直にドキドキできないのが、二十九歳の恋愛《ラブコメ》だ。

高まれ俺の意識！
ビジネスワード集

ステークホルダー

RPGで最初の大陸を出るあたりで手に入る武器

スキーム

スキー、スノボに続く新たな雪遊び

オポチュニティ

エロゲのチュパ音

イノベーション

スタイリッシュな小便

ソリューション

CV. 佐倉綾音

アサイン

朝にインしたお!

トゥギャザーしようぜ！

お前もハゲろ!

絶対信じないように!

22&JK 第4章

七月最初の日曜日は、夏の開幕にふさわしい晴天と気温とを兼ね備えていた。

関東直撃が予想されていた大型台風は一昨日東へ逸《そ》れて温帯低気圧に変わった。はてさて俺《おれ》は晴れ男だったのか。小四の時、楽しみにしていたスキー遠足が雨で中止になった苦い記憶しかない。きっと晴れ女は彼女の方だろう。あの恋する少女特有のしゅきしゅきオーラが台風をも退《しりぞ》けたのだ。下手すりゃ地震もパンチで止めるかもしれないッチェリアアアァッ。

服は結局あり合わせですますことにした。夏用の綿ジャケットをタンスから引っ張り出し、Tシャツの上から羽織る。ボトムはグレーウォッシュのデニム。靴は履《は》き慣れたスニーカー。格好はほぼいつもと同じだが、いちおう昨日は美容院に行った。「おひさしぶりですね～どうされたんですか?」と訊《き》く美容師さんに「女子高生とデートなんすよ」とはまさか言えず、「あ、ハイ、法事あるんで」とつく必要のない嘘《うそ》をついた。美容院とか緊張するんだよ……。本当は駅前の千円カットに行こうとしたのに、妹が「兄ちゃんそれマジありえんし……」とか言うのでムシャクシャしてやった。

天気と違って、妹の機嫌はあまり良くならなかった。

林檎《りんご》をかじれば良くなるかなと思い三千円分差し入れたのだが、ガチャった結果すべてダブリだったらしく、「兄ちゃんなんかキライ！」。俺のせいじゃねえよ。

しかたないことではある。

もし雛菜《ひなな》が男とデートするなんて言い出したら、俺も機嫌が悪くなるだろう。別にシスコンなわけじゃないが、小さい頃《ころ》から成長を見守ってきた妹がどこかの馬の骨にかっさらわれるところを想像すると、握りしめた手のひらに爪《つめ》が食い込むのを禁じ得ない。あ、血がにじんできた。痛いな。

それを思えば、孫想《まごおも》いな「業務命令」にも一定の理解を示すことができる。うちの社長じゃなければ、という但《ただ》し書きはつくのだが。

そんなこんなで午前十時五十分、待ち合わせの多摩《たま》センター駅にやってきた。

多摩センター。通称「多摩セン」。

渋谷《しぶや》のセンター街からイケてる若者の街を連想してしまいがちだが、実態はごくごくありふれたニュータウンの団地。ひどい詐欺《さぎ》だと、上京当時は思ったものである。サンリオピューロランドやベネッセのビルじゃイケてる若者になれないよ……。ゼミをやれば変われるんじゃなかったのかよ！

まあ、今ではすっかり俺の生活のセンターなわけですが。

改札を降りてからふと気づいた。この地には駅が三つあって、「京王《けいおう》」「小田急《おだきゅう》」「多摩都市モノレール」そのすべてが多摩センター。それは僕たちの奇跡と言わんばかりに全員がセンター。俺はほとんど京王しか使わないのでうっかりしてた。彼女は大丈夫だろうか？

「槍羽《やりば》さーんっ！」

人混みのなかでもはっきり聞こえる明るい声の方を向くと、南里花恋《みなみさとかれん》が大きく手を振っていた。今日は当然私服姿である。いつもと同じ大人しめの服装かと思いきや、滑らかな肩を剝《む》き出しにする肩紐《かたひも》タイプのワンピース。裾《すそ》に近づくにつれて白から淡いピンクにグラデーションして、雪の結晶が随所に刺繡《ししゅう》されている。真夏に降る雪。見るだけで涼しげだ。もちろん、彼女にとてもよく似合っている。

それはいい。

スカート丈《たけ》はごくごく常識の範囲に収まっている。しかし肩は、おい、ちょっと見せすぎだろ。手を振るだけで柔らかそうなつるりとした腋《わき》が露《あら》わになって、視線がつるつる吸い寄せられてしまう。

それはいいのだ。

しかし、彼女の隣にいる男性。こいつはいただけない。

この真夏にスーツ姿で、白い髭《ひげ》をたくわえた口元をむっつり引き結び、暑苦しい表情で俺をにらみつけている。

「…………」

「…………」

高屋敷《たかやしき》社長だった。

思わず回れ右したくなった。彼女の腕がまぶしくなければ、本当に帰っていたと思う。

まさかデートって、保護者同伴なのかよ……。

「す、すみません槍羽さん。あの、ちがうんです」

彼女はあわてた様子で言った。

「おじいちゃんは、槍羽さんにちゃんと謝るために来たんです。ね？」

「…………」

社長は押し黙ったまま、憎い敵を見るような目で俺を見下ろしている。どう見ても謝罪に来た雰囲気ではなく、一戦交えに来た荒武者の面構《つらがま》えである。

「おじいちゃんっ。ねえっ……」

困ったような彼女の声に、社長は気まずそうに目を伏せた。

百八十以上はある長身を折り曲げて、謝罪の言葉を口にする。

「すまなかった。槍羽くん。この通りだ」

「は、はあ……」

アルカディア日本法人のトップに頭を下げられて、恐縮よりもまず困惑する。駅を行き交う人々も俺たちの様子に好奇の視線を投げかけていた。

「しかし、しかしだ。もし孫を泣かすようなことがあれば、その時は……き、ききき、貴様をっ！　貴様をッ！」

「おじいちゃんっ！」

彼女にたしなめられ、社長は広い肩を小さく縮めた。社内では泣く子も黙ると言われる鬼の社長が、孫の前では形なしだ。

「今日はそれだけを言いに来た。君たちの邪魔をする気はない」

「そうですか」

一戦交えるのでないなら、こちらも礼節にのっとろう。

このまえ社長室で下げた頭を、もう一度同じやり方で下げる。

「お孫さんをお預かりします」

「………うむ。よろしく頼む」

鬼の目にも涙というが、社長の目に涙はなかった。ただ、今まで見たことのない穏やかな波動がたゆたってる。孫を案じる祖父の顔というやつか。

社長は彼女と軽いハグをかわした。海外暮らしが長かったから、挨拶《あいさつ》もそちらの方式に馴染《なじ》んでいるのか。彼女も自然に応じて、「だいじょうぶだから、安心して」と祖父の耳元でささやいていた。

社長がタクシー乗り場へ消えていくのを見届けてため息をつくと、そこに彼女のため息も重なった。同じことを考えていたようだ。思わず顔を見合わせる。

「過保護すぎるじいさんを持つと、苦労するな」

「ホントに」

お互いから笑みがこぼれた。最悪のスタートから態勢を立て直すことができそうだ。

「じゃあ行こうか」

「はい！　よろしくお願いします」

俺が歩き出すと、少し遅れて彼女も続いた。歩幅を調節して、並んで歩けるように気を配る。慣れている男なら自然にできるんだろうが、超ひさしぶりのデートでは注意しないと置き去りにしてしまいそうだ。

てくてく歩いてばかりいるわけにもいかない。ウォーキングじゃあるまいし。二人で健康になってもしかたがない。適度に話題を振っていこう。

「学校、夏休みはいつから？」

「十七日からです」

「どこか行くのか？」

「今のところ予定はなにも。槍羽さんは？」

「ない。夏休み自体が」

「えっ、そうなんですか？　おじいちゃんは一週間くらい取るって言ってましたけど」

「社長みたいな役員は特別。社員でも家庭を持ってる人は有給休暇を使って夏休みを取るけど、俺はずっと会社かな」

っと、しまった。愚痴《ぐち》っぽくなってしまった。

サラリーマンはこういうとき駄目だな。口を開けば仕事仕事だ。

ところが、彼女は思いのほか楽しそうで、

「槍羽さんは、どうして今の会社に入ったんですか？」

「理由か？　俺のはろくでもないぞー。なんの参考にもならない」

「いいんですっ。興味ありますっ」

そんなに目を輝かせて見つめられると、話さないわけにはいかない。

「前に話したことあっただろ。大学四年間は作家目指してたって。本当にそれしかやってなかったから、就職活動もしなかったんだ」

「すごい！　ロックですね！」

「……ロックか？　だから卒業しても正社員で採用してくれるところがなくて、とりあえずパートで滑り込んだのが今の会社だ。理由は時給が高かったから。長くいるつもりもなくて、一年くらいで別の会社に就職しようと思ってたんだが、なんかズルズルと……三年くらい働いてたら正社員にならないかって声かけてもらって、転職も面倒になって、今に至る」

まさに流木のごとき人生である。気がついたらこの島に流れ着いていました。

「すごい！　下克上《げこくじょう》ですね！」

「……どうも……」

過大評価されすぎじゃないですかね。

俺のこと温かく包み込みすぎだろ。歳《とし》の割に器がでかいというか、おおらかな性格なのかもしれない。

「パートさんから三年で社員さんに。それじゃあと十年もしたら……大統領⁉」

「……」

単にアホなのかもしれない。

まだまだ彼女のキャラをつかめてないことを自覚するのであった。

駅を出て、商業施設に挟まれた広い道を歩いていく。梅雨《つゆ》明けして最初の日曜だけあって人が多い。陽射《ひざ》しが強いから、みんな屋根つきの遊歩道を歩きたがる。それほど広くないので、彼女だけを歩かせた。

「すみません。暑くないですか？」

「たまには日光を浴びたい。気にすんな」

申し訳なさそうにする彼女は、何を思ったか俺のジャケットの袖《そで》をきゅっとつまんでいる。離れないように、ということなのだろうか。

袖をつまむ指先のネイルには軽くラメが入っている。肌色に近いベースの上にのっけてる感じなので、ネイルにありがちなけばけばしさは感じない。彼女らしい清純さを損なわず、かつ彩《いろど》りを添えていくスタイル。百均の化粧品を駆使して色鉛筆みたいに塗りたくってる雛菜にも見習わせたいものだ。……いや、やっぱなし。「じゃあそーいうの買ってくるからお金♪」と言われかねない。

彼女らしいという意味なら、ワンピースもそうだ。

ウエストから胸の下あたりにかけてキュッと締めつける感じのデザインになっていて、早い話、胸が強調される。ただでさえ豊潤《ほうじゅん》な果実を実らせているのに、ムニンと持ち上げられて大きさと張りが三割増しに見えるのだ。

この子、ちゃんと自分の武器を理解してるんだな……。

恐ろしい。

男がこの胸に逆らえるはずがないからな。

それが証拠に——ほら、見てる見てる。

通りすがる男のほぼ九割が、彼女の顔から胸、もしくは胸から顔に視線を走らせる（残りの一割は白い腕を執拗《しつよう》に見ていた）。高校時代、沙樹《さき》とデートしてる時もこんな感じだったっけ。あの時は誇らしかったのだが、今日は居心地の悪さを感じる。年の差がありすぎるからな。今のところ、俺を見て舌打ちはされても変な顔はされてないが……。

「今日のお洋服、ちょっと、派手すぎたかなあ……」

視線に耐えかねたのか、彼女は頬《ほお》を赤らめて背中を丸めた。そんなことをすれば今度は白い胸元《むなもと》が露わになり、魅惑の大峡谷。ダム造ったら捗《はかど》りそう。黒四も真っ黒、いや真《ま》っ青《さお》。

「それ着るのはじめてなのか？」

「春休みにおばあちゃんに買ってもらったんですけど、着る勇気がなくて。でも、今日は思い切って……その……」

デートのために、か。

「すごく可愛《かわい》い。似合ってる。だから、ちゃんと胸を張れ」

「あ、ありがとうございますっ！」

俺のたったひとことで姿勢を戻し、みるみる元気を回復する。単純なのか素直なのか、いずれにせよ彼女の長所なのは間違いない。

「それより、俺と歩いてるところを人に見られても平気なのか？」

「？　どういう意味ですか？」

「たとえば、同じ学校の友達に見られたらまずいとか」

「別にまずくないですよ。彼氏がいるひとはたくさんいますし」

「しかし、俺みたいなアラサーを彼氏にしてるやつはいないだろう」

彼女はこきゅっ、と可愛らしく首を傾《かし》げた。

「塾の先生と付き合ってるひとが、隣のクラスにいたかも。大学生と付き合ってるひとも何人かいます。年上の彼氏なんて、ふつーです」

「ふうん……」

　さらっと聞き流したが、その先生が生徒と付き合ってることがバレたら問題になると思う。先生が塾を辞《や》めさせられるか、あるいはその子が辞めるか、いずれかになるだろう。社会はそれほど寛容にはできていない。

「槍羽さんは、会社のひとに見られたらまずいですか？」

「あたぼうよ」

　外見に基づく偏見を解くのに三年もかかった俺は、他人の「噂《うわさ》」の怖さをよく知っている。一度張られたレッテルは簡単に剝《は》がせないことも。

「悪いが、その時は遠慮なく隠れさせてもらうからな」

「はいっ！　花恋も一緒に隠れますっ！」

　……なんで嬉《うれ》しそうなんだよ……。

　かくれんぼか何かと間違えてるんじゃないですかね。何？　ＶのＴＰＰの次はⅥのＪＫとか出すの？　すっごい軟派になっちゃうな蛇さん。

　デパートが入っている大きなビルを右に折れ曲がり、少し歩いて左に入ると、そこはもう多摩中央公園の桜並木である。春先には咲き乱れるピンクの花びらで埋め尽くされて壮観だが、この季節は青々とした葉が生い茂り青空に萌えている。これはこれで清々《すがすが》しくて見物《みもの》だ。

隣を見ると、彼女は木々の枝葉ではなく周囲の家族連れやカップルに目を向けていた。ふむふむ、と頷《うなず》きながらスマホを取り出して何やらメモしている。

「人間観察、クセになっちゃってて」

俺の視線に気づくと、恥ずかしそうに笑う。

「作家修業の一環か？」

「それもありますけど、わたし昔から注意力や観察力が足りないって言われるから、少しでも直そうかなあって」

彼女の場合、ただドジなだけの気がしないでもないが……。

「どういう風に観察するんだ？」

「うんとですね、たとえばあそこに女の子がいるじゃないですか。セーラー服の」

並木道を少し外れた段差に座り込んでいる女の子がいる。背格好からしてうちの妹と同い年くらいか。暇《ひま》そうに足をぶらぶらさせて、スマホを片手で弄《いじ》っている。

「あの子がどんな子なのか、観察して当てるんです。檜羽さんならどうですか？」

「ふむ……」

日曜に制服姿ってことは部活帰りにも思えるが、脇《わき》に置いたバッグは薄い。となると文化部？　あるいは塾帰りか。ともかく今はヒマしてて、スマホで友達に連絡を取って遊び相手を募っている最中ってところかな。

「わたしの観察ですと、あの女の子は遊びに行くところじゃありません。異世界から帰ってきたばかりの少女勇者です」

「…………は？」

「だってほら、あの子のスカート少し汚れているでしょう？　あれは大冒険から帰ってきたばかりだからですよ。きっと、向こうの王子様に『あなたのおかげで無事に帰れました。ありがとう♥』ってＬＩＮＥを送ってるところです」

「異世界にスマホあるのか？」

「スマホがある異世界なんです。じゃないと、ＬＩＮＥが送れないじゃないですか！」

「…………」

因果関係、逆じゃないスか？

そう思ったが、彼女があまりに「どやっ」と鼻息が荒いので何も言えなくなった。

しばらく見ていると、女の子の下《もと》になんだかチャラそうな男が現れて声をかけた。女の子は最初冷たい感じで対応していたが、数分もすると態度を軟化させ、男と連れだって駅の方へ歩き出した。

ただのナンパ待ちだった。

スカートの汚れは……ああ、道端の段差に座り込んでたからだな。

「…………。こういうことも、たまにはあります」

顔を背《そむ》けて俺に見えないようにしているが、残念。耳まで真っ赤《まっか》だぞお嬢様。

「う、うう〜。次です！　次は必ず当ててみせますから！」

「いつからクイズになったんだ？」

彼女が次に狙《ねら》いをさだめたのは、派手な柄物のシャツを着た二十代後半の男だった。

「うーん、戦士職には見えませんね。痩せてますし。かといって魔法詠唱者や神職にも見えませんから、おそらくレンジャーの人かと。だってレンジャー顔だもの。ずいぶんリラックスした様子なのは、異世界から帰ってきたばかりで気が抜けているんでしょうね」

「…………」

異世界好きすぎだろお前。

あとレンジャー顔ってなんだよ。何レンジャーだよ。俺はダイレンとかカクレンあたりが真ん中だが、お前の世代だとゲキレン？　シンケン？　うわあシンケンとか超最近。一番世代差が出るジャンルだから絶対話合わねえ。

俺が見るところ、あの男はそんなんじゃないね。ただのリーマン、しかもサボリーマンだ。あのウザイ感じに伸びた前髪は不良社員の証《あかし》。いつも何かと理由をつけて逃亡し、勤務時間中に連続ツイート百回記録を樹立してはしゃいでるところを上司に見つかってめっちゃ怒られてそう。あと、名前もなんかむかつきそう。駅のホームから竹林とか雑木林が見えそう。

「って、新横浜《しんよこはま》じゃねえか！」

彼女の肩を引き寄せて街路樹の後ろに隠れる。ますます軟派な蛇だ。

「ど、どうしたんですか槍羽さん?」

「悪い。しばらく静かにしててくれ」

ふんふんふーんふんふれでりかー、と女の名前を口ずさみながら新横浜が通り過ぎていく。

あいつこの辺に住んでるんだっけ? うかつだった。予想される事態だったのに。

新横浜はノリも軽いが口も軽い。もし彼女といるところを見つかったら即社内に知れ渡る。

一番バレたくない相手だ。【悲報】ヤリちん、ヤリチンだった。というメールがBCCで全社員に一斉送信されかねない。

「……行ったか」

「会社の人ですか?」

「いや、赤の他人だ」

そう言い切ることに何のためらいも感じない。

「観察を続けよう。あっちはどうだ?」

中央公園に隣接している三階建てのショッピングモールに目を向ける。飲食店や衣料品店がテナントに入っていて、人混みは並木道以上だ。

彼女はモールから出てくる人の群れに視線を走らせる。

「あの女性は——綺麗《きれい》な方ですね。潔癖《けっぺき》でクールな印象を受けます。おそらく神に仕《つか》える僧侶でしょう。異世界ではパーティーの回復役として活躍されているに違いありません。勇者にいつも寄り添って、彼がピンチに陥《おちい》った時はすぐにサポートする。やがて二人の信頼関係は愛情へと変わり、『お願いです勇者さま、無茶なことはやめてください』『バカ。お前がいるから無茶できるんだよ僧侶』『もしあなたに何かあったら私、わたしっ』『僧侶、俺だってお前のこと……』『勇者さまっ、今なんて？』『に、二度も言えるかよバカ野郎！』『いいえおっしゃって勇者さま！』――あぁっ、これ以上は花恋も恥ずかしくて言えませんっ！」

「………………」

おい。観察はどうした。

完全にお前の妄想じゃねえか。そっち鍛えてどうする。すでにレベルカンストしてるだろ。

まあ、確かに美人ではある。潔癖で真面目《まじめ》というのもその通り。ただ、ちょっと固すぎる気もするな。休日なんだからもっとハメをはずせばいいのに、ジャケットにパンツルック。周りの男が声をかけないのは休日出勤のOLに見えるからだろう。実はあれで子供っぽいところもあるんだけどな。職場でもよく椅子《いす》から転げ落ちるし――

「って、渡良瀬《わたらせ》じゃねーか！」

またもや彼女の手を握り、木陰《こかげ》に身を隠す。

渡良瀬はモールに入っているファッションブランドの袋を下げて、ほくほく顔で駅の方へ歩いて行く。何かセールでもやってたんだろうか。しかもあのブランドは、わりとガーリーというか、可愛いめの服が多かったはずだ。近々大規模なイメチェンでも予定しているのだろうか。意外な一面を見た気がする。

ともかく、どうにかやり過ごした。

額の汗を拭《ぬぐ》って彼女を振り返ると、恥ずかしそうに足をソワソワさせていた。

俺の手が彼女の手を握りしめたままであることに気づく。

「悪い。ついとっさに」

離そうとすると、彼女の方から指を絡《から》めてきた。

綺麗にカールしたまつげを伏せて言う。

「も、もし良かったら……このまま手をつないで歩くというのは、ど、どうでしょうか……」

「……」

やべえ。可愛い。

同僚二人とエンカウントしたことすら吹き飛ばす、爆風のような可愛さだった。

しかし……だからこそ、やばい。

頭のなかで警告音が鳴り響いている。黄色のランプが点滅し、これ以上進むことに理性がストップをかけている。

彼女の可愛さに流されて、健気《けなげ》さに絆《ほだ》されて、ひとつひとつガードを緩《ゆる》めていったらどうなるか。一度きりのデートが二度になり、三度になり……やがて行き着くところまで行ったとき、どうなるのか。

手くらいで大げさな——そう思わないでもない。

だが、もし事が起きたとき、より深い傷を負うのは彼女の方だ。

「——すまない」

絡まる指をほどき、手を放す。

彼女の手は一度空をつかむように動き、花が萎《しお》れるように垂れ下がった。

「ここは君の高校から近い。友達はともかく、もし教師に見つかったら事だ。一緒に歩くだけならともかく、手まで繋《つな》いでいたら言い逃れできなくなる」

「……そう、ですよね」

寂《さび》しそうな苦笑いを彼女は浮かべた。罪悪感で胸がきりりと痛むが、心を鬼にする。

知り合いに出くわす心配のない、もっと遠い場所にすべきだった。

だが、この公園を指定したのは彼女だ。何か理由があるのだろう。

※　※　※

公園の外縁部を一周するように並木道を歩いてから、池のほとりに向かった。

周囲にはすでに多くの先客がいて、レジャーシートを広げて弁当を食べている。なるべく距離を空《あ》けて座れるような場所を探していたら、木陰に座っていた家族連れがちょうど撤収するところを見つけた。会釈《えしゃく》して、後を使わせてもらう。

「いい場所取れて良かったな」

「はいっ、そうですね！」

潑剌《はつらつ》とした声が返ってくる。さっきのやり取りをひきずっているのではないかと思ったが、杞憂《きゆう》だったようだ。

ともかく、ひと息つこう。

広げたレジャーシートの上にあぐらをかいて座り、ジャケットを脱いだ。正午を過ぎて気温はさらに上昇し、Tシャツが汗で濡《ぬ》れている。風があるのが唯一の救いで、木陰だと涼しい。彼女が水筒のお茶を注《そそ》いでくれる。ああ、最高だろうな。こんなところで飲む冷たいお茶。ありがたく受け取ろうとした時、目を疑う光景が飛び込んできた。

「……ッッ⁉」

伸ばしかけた手を止めた俺を、彼女が不思議そうに見る。

「槍羽さん、麦茶お嫌いですか？」

「い、いや違う」

「あ、もしかしてお砂糖入れます？」

「砂糖でもなくて」

す、

………透けてる。

彼女のワンピースが、汗でスケスケに透けてる。

汗自体はそれほどかいちゃいないのだが、ワンピースの白という色の特性＋胸を強調するデザインの合わせ技で、身に着けているブラの色と形がはっきり見えてしまっている。なんというスケルトン仕様。小学生のとき持ってたクリアカラーのＧＢよりもスケスケだ。

思わず唾《つば》を飲み込んだ。

大人の下着だ。

大人っぽい、ではなく。大人の下着。

ネットカフェで偶然見てしまった時のような、少女らしい薄いピンクのブラとは違う。

ストラップレスで、ちょうどアルファベットのＢを横に倒したような形状をしている。下からバストを支えて形が崩れないように保つタイプの大きなブラだ。子供はこんな下着絶対つけない。もし妹がこんなブラつけてたら俺は頭丸めてお遍路《へんろ》の旅に出る。

色は黒。

しかも総レース。

何か精緻《せいち》な刺繍が施《ほどこ》されているが、柄まではわからない。

こんなきわどい下着をつけているのに、俺の顔をきょとんと見つめながら「？・」と首を傾げるあどけない仕草に、小悪魔めいた魅力を感じる。本人は気づいてないのだろうか？

この服着るのはじめてと言ってたもんな。待ち合わせの時は汗かいてなかったし。

俺としては、この下着に隠された意味に思いを馳《は》せずにいられない。

どう見てもこれ、日常で身に着けるような下着じゃない。

勝負下着。

明らかに特別な……そういうアレをする時にしかつけない決戦兵器だろ？

つまり彼女は、今日、俺とそうなることも考えてここに来たことになる。

「………………」

もしそうなった時、俺は自分の理性に自信がもてない。服越しでさえこの破壊力、もし直接見たらどんな男もケモノに変わるだろう。事実、今この瞬間も、完全に魅入られて動けない。まさかこんな形で不意打ちを仕掛けて来るなんて、本当に油断ならないなこいつは！

「槍羽さん？」

彼女は不思議そうに俺を見つめたままだ。

平静を装って言う。

「汗、かいたな。風が肌寒かったりしないか？」

「んー。言われてみれば、少し」

自分の腕で胸を抱きしめるような仕草をする。む……にっ、ムニムニッと双子の丘が地殻変動を起こし、ワンピースがぴっとり張りついて刺繍の柄までくっきりと……ああ、これ薔薇《ばら》だ。黒薔薇。純白の丘に黒い薔薇が咲いてしまったァ！　ああ、これはダメだ、ダメだァーーー!!こんなことされたら試合終了ッッッ!!　全面降伏しかないじゃないか！　どれだけエロいことしてるかわかってんのかこのガキャァ！　越えちゃいけないライン考えろよ!!

——と、思ったって、取り乱したりはしない。

大人にはプライドがある。

ちっぽけでもプライドはプライド。武士は食わねど高楊枝《たかようじ》。顔には死んでも出さねえ。

「これ、羽織れよ」

脱いだジャケットを何食わぬ顔で手渡した。

「いいんですか？」

「夕方から天気崩れるらしいからな。それ、着て帰っていいぜ」

「でも、それじゃあ槍羽さんが」

「いいから。ちゃんと前のボタンも留めろよ」

彼女はジャケットを胸に抱きしめてぺこっと頭を下げると、いそいそと袖を通した。

「え、えへへへ……。槍羽さんの服……っ」

「変態か」

ぺいっ、と頭をはたいてやった。キャー♥と嬉しそうな悲鳴をあげる彼女。

「だってだって、本当に付き合ってるみたいじゃないですか。服を借りられるなんて、なんだかとってもカノジョさんっぽいです！」

「ぽい？」

「ぽい♪」

そういうもんか？

むかし沙樹も俺の上着やらシャツやらを借りていくことがあったけど、こんな幸せそうな顔はしてくれなかったけどな。むしろ「ダサい」「色のチョイスが変」「こんな柄のシャツどこ行けば売ってんの？」とか失礼なことしか言われてない。……あれ？　俺ホントにあいつと付き合ってたのかなぁ……。

麦茶を受け取り、ぐいぐい喉《のど》に流し込む。あー、最高。キンキンに冷えてる。砂漠の砂が水を吸い込むように染《し》み渡る。吹き出した汗がたちまち引いていく。

「うまい。もう一杯くれ」

「はい♪」

水筒でお酌《しゃく》してくれる彼女に甘えて、立て続けに三杯飲み干した。

「な、なんだか奥さんみたい……うふふ」

「カノジョを飛び越して奥さんかー」

奥様は十五歳。

……法律違反じゃねーか。

彼女が弁当を広げ始める。バッグのなかから四つのタッパーが出てきてレジャーシートの上に並ぶ。おにぎり、揚げ物に煮物、炒《いた》め物。彩りにはレタスやプチトマト、輪切りのゆで卵が添えられて見た目にも鮮やかだ。特におにぎりが良い。俺はおにぎりの米は白ごはんでないと許せない宗派だが、ゆかりごはんの場合のみ戒律を破ることにしている。そのゆかりが海苔《のり》をまとわぬ姿でおにぎりの群れにぽつんとひとつ。魅力的なワンポイントだ。

「すごいな……。作るの大変だったろう?」

彼女はてれてれと左右に揺《ゆ》れながら、

「お料理好きですから。……き、きっと、いい奥さんになれると思います……」

法律上の資格なくして嫁アピールするJK。本当にこいつはぐいぐい来るなあ。なんかデートってよりどこまで誘惑に耐えられるか修行しに来てる感じになってきた……。

「いただきます」

さっそく、ゆかりおにぎりを頰張る。うん、うまい。適度な塩気、しその香りが食欲をそそる。中からコンニチハしたのは、こりゃ梅肉か? ただの梅干しにしないところが心憎い。

彼女がふたの上によそってくれた肉じゃが、これもうまい。芯《しん》まで味がしみてる。沙樹の味付けよりやや甘めだが、俺はこっちの方が好きかも。

「お口に合いました?」

彼女は少し不安そうな目で、俺を注視している。

「うまいよ。お菓子だけじゃなくて普通の料理も抜群だな」

「ありがとうございます！」

不安の霧がたちまち晴れて、彼女の表情に陽が差す。ここまで感情表現がストレートだと褒めがいがあるよな。

「家でもよく作ってるのか？」

「はい。お料理はわたしとおばあちゃんが交替で作ってるんです」

「おじいちゃんおばあちゃんと、三人暮らし？」

「ええ。ヘルパーさんが時々来ますけど」

裕福な家庭のようだ。自分が勤める会社の社長が貧乏じゃ情けないので、良いことである。

「槍羽さんはひとり暮しなんですか？」

「中学生の妹と二人暮らしだ」

すると彼女は体を硬直させて、「ごめんなさい……」と申し訳なさそうに目を伏せた。

「いやいや！　両親は田舎《いなか》でピンピンしてるぞ？　妹が東京の中学に来たがって、俺のところに転がり込んできたんだ」

なあんだ、と彼女は胸をなでおろす。

両親を亡くしているというだけに、そういう話題には敏感なのかもしれない。

「それにしても、歳の離れたご兄妹ですね」

「もう父親なんだか兄貴なんだかわからないよ。実家でさんざん甘やかされて育ったから、俺が厳しくしつけてる最中だ」

「妹さん、うらやましいなあ」

お世辞ではなく、心底うらやましそうな声色《こわいろ》。

「槍羽さんに毎日叱《しか》ってもらえるなんて、天国じゃないですか」

「あー。妹に聞かせてやりたいぜ」

そんなこんなで弁当をやっつけ、ひと息ついた。彼女は空っぽになった弁当箱をニコニコしながらスマホで撮っている。時刻は午後二時近くになり、周囲で昼食を食べていた家族連れもまばらになっていた。

「槍羽さん、わたしと勝負しませんか?」

「勝負?」

なんだか妙なことを言い出した。

彼女はわくわくと声を弾《はず》ませ、

「なつけーバトルっていうの。知りません?」

「いや、聞いたこともない」

高校生のあいだで流行《はや》ってるアプリか何か?

「相手を懐《なつ》かしがらせたら勝ちなんです。懐かしすぎて『懐けー!』って叫ぶくらい」

懐けー!　と言うときの「ムンクの叫び」みたいなポーズがちょっと面白《おもしろ》い。

「それで『なつけーバトル』か。具体的にはどうするんだ?」

「たとえば『たまごっち』ってご存じですか?」

それは「東京ってどこかご存じですか?」みたいな質問だぞ。ナメんな。

「俺の世代で知らないやつは絶対いないよ」

「懐かしいでしょう?」

「まあ……そうだな」

「こんな風に懐かしいことを言っていきますので、槍羽さんがすっごい懐かしがってくれたら、わたしの勝ちです」

なるほど。だいたいわかった。

「俺が懐かしがるっていったら九十年代の話題だぜ?　お前まだ生まれてないじゃないか」

「だから面白いんです」

彼女はすまし顔である。弁当の時よりも自信に満ちあふれてるように見える。不気味ではあるが、興味深くもあるな……。

「わたしが勝ったら、ひとつだけお願い聞いてもらえますか?」

「いいよ。やろうぜ」

負けるはずがない。

二十一世紀生まれが、昭和《しょうわ》生まれを懐かしがらせるなんてできるもんか。

「では行きますっ。『おーはー！　レイモンドダヨー』」

「……あー」

いたなあ。

おはスタでゆかいに踊る謎《なぞ》の黒人。妙なノリと独特の口調が耳に残っている。

この「レイモンドダヨー」（挨拶）も当時真似《まね》したもんだ。

彼の出演する「おはスタ」は朝七時くらいから放送していて、小学生だった俺は登校前に見ていた。このおはスタが終わる頃、集団登校の班長だった長谷川《はせがわ》くんが迎えに来るんだよなあ。面倒見が良くていい奴《やつ》だったな。元気かなあ……。彼が私立の中学に行ったきり話さなくなっちまって、気がついたらどこかへ引っ越していなくなっていた。今頃《いまごろ》いい大学出て、いいとこに勤めているだろう。そう思いたい。

っと、過去へトリップしてる場合じゃねえ。

「懐かしいは懐かしいけど、ネタとしては最近だな。山《やま》ちゃんが番組卒業したときゲストで来てたし」

その回だけは録画して、おはスタを十数年ぶりに視聴した。外見にはさすがに老いの陰が見えたものの、ハジけたノリは当時とまったく変わってなくて安心したものだ。

「ふふふ。わたしもこれで倒せるなんて思ってません。勝負はこれからです！」

臆した様子もなく膝《ひざ》を詰めてくる。髪からすごくいい匂《にお》いがするから止《や》めて欲しい。

「次、行きますよ。『ドラゴンケースにいれてね〜』」

「ぶっ」

す、すげえところ攻めてくるなぁ……！

見てたよ。見てた。幼稚園の全員が見てたよあのアニメ。そして必ずそのCMが流れていた。かの有名な「おめめが真っ赤だ〜！」ならフーンで終わったのに、〆《しめ》のフレーズで来られたら……くっ、懐かしいと言わざるをえない。

「効いてるみたいですね？」

うりうり、と指で俺の膝を突いてくる。なんだこいつ可愛いもとい憎たらしい。

「で、でも、叫びたくなるほどじゃないな」

「そうですか？　じゃあ次です。——『つるるん小町』」

「ぐあああああっっっ⁉」

な、何故《なぜ》JKがあの伝説のゼリーを知っている……⁉

大好きだったんだ俺。甘くて冷たい蜜に浸《ひた》された「つるるんっ」としたトコロテン状のゼリー。子供の時よくお袋の買い物についていってねだり倒して買ってもらった。特にさくらんぼ味がお気に入りだった。今はもうどこにも売ってない。いつのまにか消えてたマジ謎のゼリー。いや寒天？　それすらも定かじゃない。

「お前、さては十五歳じゃないな⁉　俺と同い年だな⁉」

「生徒手帳、お見せしましょう！」

どどーん、と印籠《いんろう》のようにかざされたのは、西東京を代表する名門校・双祥《そうしょう》女子高等学校の生徒手帳。間違いない。半目になってる彼女の顔写真入りだ。

にしても、さっきからチョイスがえぐいなあ！

ハイパーヨーヨーとかビーダマンとか時オカとかポ○モンとか、そんなメジャーどころを攻めてくるなら平気のへーちゃんなのに。微妙にマイナーかつノスタルジックな部分を的確についてきやがる。最初の「たまごっち」の例はデコイか。策士だなこの女ッ。

「どんどん行きましょう！」

意気上がる彼女が取り出したのは、手のひらサイズの二頭身フィギュアだった。かなり古いもので全体的に黒ずんでいる。触れてみると硬いゴム製で、口に金色の何かをくわえていた。

触れていると、脳内麻薬がドパァと分泌される。……このハゲ頭、ぐるぐるした目、見覚えがある。めくるめくノスタルジーに我を忘れる。気づけば周りは小学校の教室で、放課後の掃除をサボって女子に文句を言われながら、俺はようやく手に入れたお宝をクラスメイトに自慢している最中で——

「か、かみつきばあちゃん消しゴムじゃないか!!」

これは「吾作《ごさく》」というおじいちゃんなので正確にいえば「じいちゃん消しゴム」だがそんなことはどうでもいい。

「しかも金歯ｖｅｒ．だ！　俺これ持ってたよ！」

人形自体にも「およね」「おかね」「おくま」とか様々な種類があるが、装着されてるでっかい入れ歯にも白やら金やらクリアやら蛍光色やらバリエーションがあった。中でもゴールドは極レアと言われ、これを持って意気揚々と登校したあの日、確かに俺はヒーローだった。

「おじいちゃんのコレクションなんです。こういう昔のおもちゃが好きみたい」

「くうぅ、いいブツ持ってるじゃねえか社長！」

入社七年目にして初めて社長を尊敬した。これを半年に一度選ばれる優秀センター賞の賞品につけてくれたなら、俺は全力で成績を上げると誓う。

「近所のスーパーの前にこれのガチャガチャが置いてあってな。お小遣《こづか》い切り詰めて来る日も来る日も回して、やっと手に入れたんだよなあ」

ソシャゲのガチャを回してる妹を笑えないな。血は争えないってことか。

「えっ、ガチャなんですか？　おじいちゃんは『シャー芯を買ったら引けるクジでもらえる』って言ってましたけど」

「シャー芯？　いや、俺はガチャで手に入れたが。……シャー芯？」

そんなはずないよな？

でも、そういえばなんかＣＭをやってたような。子供が飛行機に乗りながらゲームボーイやってるやつ……あれ？

「スマホで調べちゃいましょうか？」

「それは止めろ！」

待て待て待て待て。なんでもかんでも即座にＯＫグーグルするんじゃない。ガキの頃からスマホがあったお前ら世代の悪いクセだぞ。

「でもでも、こういうのモヤっとしちゃいません？」

「ともかく止めるんだ！」

小学校時代、血のにじむ思いで手に入れた俺の「ゴールド吾作」が、「あぁ。それパチもんですよ～」とグーグル先生に言われたらどうする？　思い出の墓を暴《あば》く必要はないんだ。お前も歳を取ればわかる……。

「かなり弱ってるみたいですね。槍羽さん」

「…………」

彼女の言う通りだった。

懐かしさで頭がくらくらする。ベタ足で相手と打ち合った直後のボクサーの心境だ。今すぐ田舎に帰って物置きにしまってある少年時代の私物を漁《あさ》りたい。

「これがラストですよ。覚悟してください」

彼女がバッグから取り出したのは、一冊のノートだった。

「なんだ。ジャポニカ学習帳じゃないか」

小学生なら誰《だれ》もが持ってる定番のノートだ。綺麗な虫や花の写真が表紙で、俺はトンボのやつをよく使っていた。懐かしいといえば懐かしいが、これは「ロングセラー」の部類だろう。今でもコンビニで見かけるし。なんか最近、虫の表紙のは「グロい」とクレームが入ったとかで出さなくなったんだよな。ひでえ話もあったもんだ。

「中身を見てください」

「中身？」

中は普通のノートだろう。何があるっていうんだ？

「見てみればわかります」

思わせぶりな彼女の言に従って、ノートをめくる。

見開きにびっしりと「点」が描かれている。点で何やら迷路のようなものが作られていて、スタートとゴールが定められている。なんだこりゃ？　落書き？　お絵かき？

……いや。

待てよ。待て。

これ、本当に迷路か？

迷路っちゃあ迷路だが、別の見方があったはずだ。小学生の俺は、これを「迷路」とは称していなかった。

そう、これは——

「わたしが自分で作った『電流イライラ棒』です」

「ああああああああああああああああああああああああああ!!」

作った! 作った作った作った! 俺も作った! ボールペンで自由帳にいっぱい書いた! 休み時間にみんなで見せ合って解きあいっこして。シャーペンをイライラ棒に見立てて迷路を辿《たど》らせ、作ったやつが審判をするんだ。「勝つのは人か? マッシーンか?」。アウトになったら、相手の耳元で「おおっとここで爆死〜!」。……ああ! 大野《おおの》メン! ほっそー! ぜっきー! だーしま! 今ごろどこで何してる? もう何年会ってない? 最後に別れた時、なに話した?

「うう。ううううう。うううううう。うううううううう」

なんちゅうもんを……なんちゅうもんを見せてくれたんや南里はん……。

懐けえ。

なつけえよ……。

俺が甘かった。

高校生がおじさんの俺を懐かしがらせることなんかできない。その考えが甘かった。

逆だったのだ。

むしろ俺がおじさんだからこそ、歳食ってるからこそ、懐かしいものがたくさんあって。弱点だらけで。泣き所だらけで。彼女にしてみればこれほど攻略しやすい相手もいないのだ。

「負けだ、俺の負け……もう懐かしくて……死にそうだ……」

「花恋、うぃなーっ♪」

自分で自分に拍手する彼女。俺もヤケになって一緒に拍手した。

「完敗だ。こんなノートまで用意してきてるとは思わなかった」

「えへへ、頑張《がんば》って作った甲斐《かい》がありましたっ」

白い歯を見せて、カニさんみたいな両手ブイサインを出してみせる彼女だが、言うほど簡単なことじゃない。レイモンドにドラゴンケース、つるるん小町にかみつきばあちゃん、イライラ棒。すべてちゃんとした下調べと準備が必要だ。これらが流行した九十年代に彼女は存在していないのだから。

「このために、わざわざ勉強してきたのか？」

問うと、彼女はワンピースの裾をいじいじしながら答えた。

「だって、せっかく槍羽さんとデートできるのに、話題が合わなかったら嫌だなぁって。だから先生に聞いたり、ネットや図書館で調べたりして」

「俺と話すため？」

「はい。……あ、でも全然苦じゃなかったですよ？　むしろ楽しかったです。槍羽さんの子供時代ってどんなだったのかなあって想像しながらだったから……し、幸せ……でした」

最後は消え入りそうな声だったが、そこにはどこか人の心を打つ感情が滲《にじ》み出ていた。

「…………」

そこまでしてくれたのか。

俺なんかと話すために。

初めてのデートを、実りあるものにするために。

生きれば生きるほど、「初めての××」なんてものに価値はなくなっていく。単なる経験の有無ではない。感性が鈍磨して、初めての体験にも感動しなくなるのだ。「なんか、アレと似てるな」「思ってたほどじゃあ、なかったな」。心を動かすことの怠惰《たいだ》。生きることへの飽き。彼女を見ていると、自分がいかにすり減っているか思い知らされる。

初めての体験に対して、ここまで本気で真剣になれるのか。

若いからじゃなくて。

好きだから。

「……負けたら、言うことを聞くんだったな。何をして欲しい？」

そう尋《たず》ねたのは、罪滅ぼしの意識があったのかもしれない。

彼女はスカートいじりを止めて顔を上げると、大きな目で俺を見つめた。

「……手を、つ、つなぐというのは、どうでしょうか……」

…………。

…………………くそ。

ここでそれ、持ってくるかよ。

「い、今なら、周りに人少ないですし。見てませんし。ご迷惑にはならないと思います。会社のひとにも、学校のひとにも、見つから……っひゃあ⁉」

最後まで言わせるのは、あまりに格好悪い。

彼女の横に移動して、白い手の上にごつい手を重ねる。マウスの握りすぎで腱鞘炎《けんしょうえん》一歩手前の、サラリーマンの手を。

細い指のあいだに太い指を差し込んで、優しく絡める。

最初はモジモジ動く指がくすぐったかったけど、やがて隣で幸せそうなため息が聞こえて……しっかりと、絡め返してきた。

着いた時は中天にいた太陽がもう西に傾《かたむ》き始めている。池を渡ってくる風が木々や芝生《しばふ》を揺らし、どこか物寂しい葉鳴りの音がする。周囲に人影はない。どこかで親子の歓声が聞こえる。若い男女のあげる楽しそうなはしゃぎ声が聞こえる。そのすべてが、遠くだった。

「この公園で、父は母にプロポーズしたんだそうです」

小さいがはっきり聞こえる声が隣でする。

「夢だったんです。この公園で、好きな人と手をつないですごすの。……叶《かな》っちゃった」

どちらからともなく、強く手を握り合った。

「さっき、人間観察の時な」

「はい」

「強く握りすぎて、悪かった　痛かったか?」

「痛嬉しかったです」

俺が知らないあいだに、新しい日本語が誕生していた。

「げんこつと一緒です。槍羽さんがくれるものなら、花恋、痛いのでも嬉しいです……」


——でも、これで最後なんですね。

唇からこぼれたつぶやきは、葉鳴りにかき消されていった。

※　※　※

京王多摩センター駅の改札をくぐり、ホームへの上り階段の前で立ち止まる。

彼女は新宿《しんじゅく》・調布《ちょうふ》方面のホームへ。俺は橋本《はしもと》方面へ。真逆の方向だった。

「槍羽さん。今日は本当にありがとうございました」

「こちらこそ。ありがとう」

改まってこんな挨拶をするのがおかしくて、笑いがこみあげた。

彼女も同じらしく、笑いをこらえるような目つきをしている。

ホームに電車が入ってくる気配がする。俺の乗る方が先に到着したようだ。

「あの、槍羽さん。これを」

彼女が差し出したのは、ピンクカラーのＵＳＢメモリだった。

「わたしの書いた小説が入ってます。人に見せるのは初めてで、すごく怖いんですけど……読んでもらいたいんです。花恋の初めての読者になってください」

すでに表情から笑いの影は消え去り、真剣なまなざしが宿っている。今日一番緊張してるんじゃないだろうか。綺麗なラメの入った可愛い爪が、ぷるぷるしていた。

俺は頷き、受け取ってズボンのポケットにしまった。

「感想書くよ。メールで送るから」

彼女は曖昧《あいまい》な笑みを浮かべただけで、何も言わなかった。

ホームに大勢の人が降り立ち、階段に押し寄せる気配がする。俺は上りのエスカレーターを駆け上がる。

「槍羽さん！」

呼ばれて、振り返る。

エスカレーターはそれでも進む。

「わたし、本気で小説家目指しますから！　槍羽さんみたいに」

「阿呆《あほ》。俺みたいになったら、なれなくなっちまうだろうが」

笑って、小さく手を振る。

「がんばれよ」

「はいっ！」

ピリリリ、と発車のベルが鳴る。レイラ・ハミルトン声のアナウンスがホームから響く。

二段飛ばしでエスカレーターを駆け上がり、駅員に怒鳴られながら閉まる扉に体をねじこんだ。

乗客に奇異の目で見られながら、上がった息を整える。なかなか動悸《どうき》が収まらない。全力疾走が年々つらくなる。運動不足か、あるいは加齢による衰《おとろ》えか。

「……さよなら」

窓に向かってつぶやく。

多摩センターの町並みが遠ざかり、八王子《はちおうじ》の鬱蒼《うっそう》とした山に景色が切り替わっていった。

※　※　※

やはり彼女は晴れ女だったらしい。

別れた途端に天気は崩れ、灰色の雲が垂れ込めて空をくまなく覆《おお》い隠す。予報では夜から崩れるということだったが、もたなかったか。傘を持っていないので駅からは早足になった。彼女は大丈夫だろうか。

どうにか降られずにマンションの前まで来ると、毛布を羽織った絶世の美少女がうろうろしていた。いや違う、あれは俺の妹だ。いやー、よく見たらブサイクだったわー。

「兄ちゃんっ」

俺の姿を見つけると、ぽてぽてと駆け寄ってくる。9．72というタイム（五十メートル）に恥じぬおぼつかない足運びだ。大丈夫か大丈夫か。転んでケガでもしたら俺が、じゃなくて親父《おやじ》が泣くからな。

「兄ちゃん、おかえり。どうだったん？」

「無事別れたよ」

ぽんと頭を叩《たた》いてやると、妹は「よかったぁ～」とつぶやいてぐにゃぐにゃ脱力した。まさかそれが心配で家の前で待ってたのか？

「中入ってごはんたべよ？」

「ああ。今日は何食う？」

「お昼に沙樹ちゃんが来て、八宝菜《はっぽうさい》おいてってくれたよ。……あ、ＪＫのことはナイショにしといたからね」

別に言っても良かったけどな。どうせあいつは信じないだろうけど。

二人で沙樹の絶品八宝菜を味わい、しいたけを俺の皿に乗せようとする雛菜と熾烈《しれつ》な攻防戦を繰り広げた後、風呂《ふろ》に入った。珍しく一番風呂を譲ってくれた優しい妹が言う。「だいじょうぶ。兄ちゃんが入った後、入れ直すから！」。それじゃ意味ねえ。

風呂からあがった後、髪を拭《ふ》きつつ、自分の部屋でＰＣのスイッチを入れた。

「……さて」

冷蔵庫から持ってきた炭酸水のペットボトルを飲みつつ、心の準備を整える。

あの子が書いた小説か。

どんな物語なんだろうか。ジャンルは？　キャラクターは？　設定は？　興味はつきない。

あの性格からすると、やはりラブストーリーなのだろうか。いや、人間観察の発言からすると、異世界転生ものという線が濃厚か。

受け取ったＵＳＢメモリを差し込み、ひとつだけ表示されたテキストファイルを開く。タイトルは「異世界ラブ・アフェア　～女勇者と男王子～　」。やはり異世界もののようだ。女勇者はともかく、王子は普通、男だろう。彼女らしい独特のセンスが発揮されている。

ともかく読んでみよう。

「…………」

…………。

冒頭五ページを読んだところで激しくめまいを感じ、手が止まる。

この小説マジかよ。

本当に？　冗談じゃなくて？　これでいいのか？　合ってるの？

読み進めるうちに、低い唸《うな》り声が聞こえてきた。

「ううう。ううううう。うう」

声の主は俺だった。

自分でも気がつかないうちに、喉から懊悩《おうのう》する声があふれ出していたのだ。

「……あ、ぐ、うう、ぅ、うう……」

安物のマウスが手の下でギシギシ悲鳴をあげる。唇をかみしめる。画面をスクロールする。

唸る。スクロールする。唸る。悩む。考える……。

これは……彼女が書いた「小説」だよな？

黒歴史ノートや妄想ポエムじゃないよな？

形式は小説だ。それは間違いない。文章も、ややポエムっぽい印象はあるものの、思ったよりちゃんとしている。それはいい。問題はそんなところじゃない。

名前。

キャラクターの名前が……その、うう。

異世界へ転生した女勇者の名前が、花恋。

その花恋に一目惚《ぼ》れする異世界の王子の名前が…………鋭二《えいじ》、だったのだ。

物語は、この花恋と鋭二があっまあまにイッチャイチャしながら魔王を倒す旅に出る剣と魔法のファンタジーだ。

まだほんの序盤なのに、キスシーン何回あったかなあ……。

出会いのシーンからわずか一ページでキス。冒険に出かける前にキス、宿屋についたらキス、ダンジョンに潜る前にキス、宝箱を開ける前にキス、レアアイテムならキス、ゴミでもキス、ボス戦の前にキス、終わった後ももちろんキス、レベルアップしたらキス。……キスしすぎだろこいつら。ていうか俺ら。これだけキスしてる作品は世界広しといえどあとは桜Ｔｒｉｃｋくらいのものだ。

お前らラブコメばっかしてんじゃねえよ！　異世界を冒険しろよ‼　イヤむしろなんで冒険なんかしてんの⁉　城にひきこもって思う存分イチャコラしてたらいいじゃないですかアア⁉

……と、読みながら何度も叫んでしまいました。

つっても、相手の王子、俺なんだけどな。

「ぜぇっ……ぜぇっ……はぁっ……はあああ……はあっっ、はぁっ……」

終わりまで読み終えた時、俺は疲労困憊《ひろうこんぱい》だった。こんなに体力を使う読書は初めてだ。42・195キロを全力疾走した直後のようなすさまじい脱力感。

殺しに来てる……。

間違いなく殺しに来てる。

フラれた腹いせか？　嫌がらせなのか!?　俺を悶《もだ》え死にさせるつもりか？　この作品には明確な殺意がある!!

あるいは。

これはラブレターなのかもしれない。

およそ十万字をかけた、世界一長いラブレター。

異世界転生の物語に落とし込んだ、彼女の思いの丈をつづった俺へのラブレター。だとしたら手が込んでるなんてレベルじゃないが……「なつけーバトル」の例もある。ありえないと言い切れないところが恐ろしい。

分量的には冒険の描写が二割で、キスシーンなどのイチャイチャ描写が八割だった。それでストーリーが進むはずもなく、最後は「俺たちの冒険はこれからだ！」と打ち切りエンドになっていた。万が一にもこの作品が投稿されなくて良かった。億が一受賞して、兆が一ヒットして、京が一アニメ化でもされたら、俺は自ら死を選ぶところだったぜ……。

気がつけば、スマホをぎゅっと握りしめていた。

ひとこと言わねば気がすまない。

このこみ上げる気持ち、吐《は》き出さずにはいられない！

着信履歴から彼女の番号を呼び出す。

ワンコールも鳴らさないうちに勢い込んだ声が聞こえてきた。

『わたしです！』

ずっと携帯の前で待っていたのだろう。連絡はメールでと言ったのに、必ずかかってくると信じていたかのようだ。

ひと呼吸置いてから、

「お前……俺を殺す気か？」

電話の向こうで「キャー♥」と黄色い悲鳴がして、

『そ、それってすごく感動したってことですよね⁉』

「違う！　名前だよ名前！　主人公たちの名前！　どういうつもりなのかと聞いてるんだよ！」

『スラマッパギ・アリリンとカビＳＴＯＰ武蔵がどうかしたんですか？』

「……」

そのネーミングもどうなんだよ。

「いや、だから名前が……なんで俺とお前の名前になってるんだよ」

『えっ？　槍羽さん、そのファイル名なんて書いてあります？』

「バージョン4って書いてある」

あー、と彼女が頷く気配。

『それは完成ひとつ前のバージョンです。なあんだ。だからですよ槍羽さん。完成稿にするとき、アプリの一括置換機能でキャラの名前を修正するんです。お渡ししたバージョン5ではちゃんと直ってるはずですよ。あぁびっくりした。4まではノリノリで書けるように自分と好きな人の名前にしてますからねってイヤアアアアアアアアアアア！？？！』

スマホがぶっ壊《こわ》れるような叫び声がほとばしった。

『やあああああああああああああ!! 読まれたーーーー！ 槍羽さんに読まれちゃったあああ！ 死ぬううう！ 花恋もう死んじゃううううううううううううううう！！！』

うむ。俺がさっき味わった羞恥プレイ、存分に味わうがいい。

たっぷり一分ほど「死ぬ」『ヤダヤダ死ぬ』『もう無理死ぬ」とか悶え苦しんだ後、彼女は涙声で言った。

『そ、そうですけど？ 主人公は花恋と槍羽さんですけど？ それがなにかっ？』

開き直ったー。

こいつ、本当にメンタルつええよな。

「そうか。それならそれでいい。指摘したいことは別にある」

『……どうぞ』

彼女が唾を飲み込む音が聞こえた。

むしろここからが本題である。

「この作品、全体的にフワフワしてるって言うか、なんかしっくり来ない表現が多かった」

『えっ。だって異世界ファンタジーですよ。フワフワじゃ駄目ですか？』

「いや、そういうことじゃなくてだな……。たとえば序盤、王子が勇者に告白する台詞《せりふ》。『キミの瞳《ひとみ》をタイホしちゃうゼ？』はないだろ。今風の異世界転生モノなのに、ここだけ昭和っぽいっつーか……。そもそも王子なのに、なんで逮捕？」

言葉に詰まるような間があった。

『い、インパクトです。そういうキャラ付けをした方が、読者の印象に残ると思って』

確かに印象には残るかもしれないが、好印象かどうかはまた別の話だ。

「それから、勇者の台詞。てにをはの『は』を、『ゎ』って書くのやめろ。『あたしゎ勇者花恋！　魔王の呪《のろ》いゎ必ず解くょ。お母さんの仇《かたき》ゎ必ず取ってあげる！』とか、緊迫したシーンなのに読んでてズコーとするんだよ」

『でも、そっちの方が可愛いですし、インパクトがあるかなって』

こいつインパクト好きだな。インパク知じゃなくてバカパクの方。

「あと恋敵っぽく出てきた魔王の娘が、次のページでもう死んでるのもどうかと思った」

『だ、だから、インパクトです！』

「しかも死因がフグに当たった？　これ異世界ファンタジーだよな？　なんでフグがいる？」

『異世界の下関《しものせき》なんです！　今が旬なんです！』

「章の合間にいちいち自作のテーマソングの歌詞書くのやめろや！」

『読者サービスだもん！』

「自作のイラストもつけんじゃねえ!!」

『読者サービスだもーーーーーーーん!!』

ぜえ、ぜえ、ぜえ。

はぁ、はぁ、はぁ。

互いに息を切らし、疲れ切って沈黙する。

彼女が何故ムキになるのか、俺にはわかっている。

作品のダメな部分について、ちゃんと自覚があるからだ。

自覚がないときはこういう反応にならない。元来、素直な性格の子である。「あっ、気がつきませんでした。直しますね」とすんなり受け入れてしまうだろう。

ムキになるのは、痛いところを突かれた自覚があるから。心の深いところでは、ちゃんとわかっているからだ。自分では気づかなかった誤字を指摘されて怒るやつはいないって話。うすうす気がついていた欠点を指摘されたときこそ、人は痛みを感じる。

何故そんなことがわかるのか？

なんのことはない、かつての俺がそうだったからだ。

ライトノベルの新人賞に初めて応募したときのことだ。落選者に送られてくる評価シートに書かれていた辛辣《しんらつ》なコメントの数々は、俺の心を粉々に破壊した。「誰も俺を理解してくれない！」と地団駄《じだんだ》を踏み、くしゃくしゃに丸めてゴミ箱へダンクした。そして翌日、泣きながらゴミ箱を漁ってシートを取り出し、シワを伸ばし、読み直しながら次回作の準備を始めた。

指摘されたのはすべて、自分が知らず知らずのうちに手を抜いたりごまかしたりしている部分だった。心の底では気づいていたからこそ、腹が立ったのだ。

『…………直します』

沈黙を破り、彼女は言った。

『今、言われたこと、全部直します。全部ちゃんと直して、今度こそ槍羽さんに、』

言葉はそこで止まる。

そう。「今度」はないのだ。最初で最後のデート、その土産《みやげ》がこの作品なのだから。槍羽鋭二が南里花恋の作品を読むことは二度とない。——彼女が夢を叶えない限りは。

だから。

伝えなくてはいけないことが、もうひとつだけ残っている。

「ただ……」

『ただ？』

「キャラは、すごく良かった」

そう告げると、彼女は小さく息を呑《の》んだ。

「活き活きとしていた。輝いてた。間違いなく、この作品のなかで、生きていた」

『…………ほんとですか？』

涙に濡れた声が俺の鼓膜を打った。

『花恋が作った子たち、可愛かったですか？　かっこよかったですか？　……好きになって、もらえましたか？』

「ああ。みんな愛《いと》おしかった」

鼻をすする音と、しゃくりあげる声がスマホの向こうから響く。静かな雨の音がそこに混じっていた。話に夢中で気づかなかったが、彼女は外にいるらしい。

……外？

カーテンの隙間《すきま》から見えるガラスに雨雫《あめしずく》が張りついている。窓で遮断《しゃだん》されているため雨音は部屋まで聞こえない。この雨音は電話の向こうからだ。間違いない。彼女は外にいる。

祖父母に会話を聞かれるのをはばかって、外出したのかもしれない。だが、彼女はすぐに電話に出た。ずっと屋外で待っていたのか？　喫茶店やファミレスで待てばいいのに、雨のなかでずっと？　だとしたら、彼女がいる「外」ってのは——

まさか！

カーテンをひいて窓を開け放つ。ここはマンションの三階、すぐ下は道路に面している。見下ろせば、しとしとと降る雨のなかで青白い街灯に照らされた小さな人影が見えた。

南里花恋が、傘も差さずに立っている。

「馬鹿《ばか》っ、何してんだよ！」

馬鹿は俺だろ、槍羽コーチ！　コールセンターに勤務してる電話のプロが、今の今まで気づかないなんて！

スマホを放り出し、タンスからバスタオルをひっつかんで部屋を駆け出した。一番大きな傘を持ち出し、エレベーターを待つのももどかしく、階段を駆け下りて彼女の下へ向かう。

「え、えへへ……。来ちゃいました……」

濡れそぼつ髪の下で笑う彼女に、問答無用でバスタオルをかぶせた。わしゃわしゃと乱暴に拭いてやると、「んぎゅう」という嬉しそうな声がした。人の気も知らないでこのガキ！

「お前、いつからここに？」

「部屋の電気がつく、少し前くらいから」

てことは、少なくとも二時間は立っていたのか。……ああ、もう、ワンピースも俺のジャケットもびしょ濡れじゃねえか。もうスケスケってレベルじゃない。ここまでいくともうエロいというより寒々しい。これ以上濡れないように傘を差し掛けた。

「帰りの電車には乗ったんですけど……今ごろ、わたしの小説を槍羽さんが読んでるんだって思ったら、居ても立ってもいられなくて。住所は前におじいちゃんから聞いて知ってたから、途中で引き返して。……ごめんなさいっ。ストーカーみたいで、気持ち悪いですよね」

「そういう問題じゃない。こんな雨のなかで立ってたら風邪《かぜ》ひくだろう」

「雨？」

不思議そうに言った彼女の瞳に強い光が宿っていた。活火山の噴火口を覗《のぞ》き込んだような錯覚に襲われ、思わずはっとする。

これが、二時間も雨に打たれてたヤツの目か？

可愛らしい少女のガワをまとった情熱の固まりが、俺の手の下にある。バスタオル越しにも熱気が伝わってくるようだ。うずうずと彼女の脳が思考しているのを感じる。濡れた細い肩から、うっすらと、白い湯気が立ち昇っている。

「わたし、もっと面白い小説が書きたいんです」

彼女が俺の両腕をつかんだ。はずみで傘が落ちて道路に転がる。彼女は気にも止めない。

「もっと面白くて、ワクワクする、楽しくて熱くて激しい小説が書きたいんです。もっともっとたくさんの人に読んでもらえる小説が書きたいんです！」

「……趣味じゃ駄目なのか？」

若い情熱に対して、大人の冷静さで答える。

「今は俺が学生の頃とは状況が違う。同人市場だって投稿サイトだって充実してる。必ずしもプロにならなくても、たくさんの人に読んでもらえる時代だ」

いい時代になったと思う。

一番好きなものは仕事にしないほうがいい、という教訓もある。趣味の範囲であっても本気の小説を書くことはできるはずだ。商業の世界だけが、必ずしも本気の世界ではないはずだ。

「小説を『仕事』にしたいんです」

だけど、彼女は言い切った。

「物語を紡《つむ》いで生きていきたいんです。大きな舞台で作品を問い続けていきたいんです。自分の作品が世界でどんな風に扱われるのか、価値を知りたいんです。ハッキリさせたいんです！　ゴミなのか、ダイヤなのか。きっと、今はダメダメのゴミですけど……キラキラのダイヤになれるまで書き続けたいんです。自分の作品が世の中に受け入れてもらえるかどうか、花恋の一生を懸けた戦いなんです！」

一生——。

と、俺の半分しか生きていない少女は口にした。

笑わせんな。

お前に何がわかる、ガキが、人生ナメんなよ？　本気の挫折も経験したことないくせに。自分の手で金を稼いだこともないくせに。がんばって、嫌なやつに媚《こ》びへつらって、必死に愛想笑いしたら「怖い」って言われて、それでも笑い続けて。そうまでして馴染んだ会社で

「辞めたい」って思うほどつらい目に何度もあって。それが人生。「一生」ってやつだよ。お前の一生なんてまだたった十五年じゃないか、軽い、軽い、軽い……。

だけど、熱い。

言葉がずしん、ずしんと、俺の胸を叩いて震わせている。

間違いない。こいつは真剣だ。

だって俺、いま、滅茶苦茶うらやましいもの。

JKがうらやましいもの。

こんな枯《か》れた二十九歳を、夢なんてとっくの昔にあきらめた男を、こんなにもうらやましがらせるなんて。うらやましくて、うらやましくて、殺してやりたいほどうらやましくて……。

ちくしょう……まぶしい。

「……ひとつアドバイスをやる」

言うと、彼女はぴんと背筋を伸ばした。

「自分が体験したことだけを書け」

「えっ？　でも、異世界ファンタジーを体験するのは……」

「そういうのを書くのは、お前にはまだ早い。空想だけでモノを書くから、あんな風に設定や文章がフワフワしちまうんじゃないのか？　もっと具体的に書けるものだけに絞れよ」

思い当たるふしがあるのか、彼女は押し黙った。

彼女はまだ、自分のなかにある放埒《ほうらつ》なイメージを具体的な文章に落とし込むことができていない。だから抽象的な表現や設定に逃げてしまうのだ。

世界を創り出す能力。

キャラクターを生み落とす能力。

よく指南書なんかでは「個性的な世界やキャラを作りましょう」と書いてある。これを読めば、普通は「誰も思いついたことのないアイディアをひねりだそう」という意味に解釈するのだが、違う。まったくもって違う。ありふれた題材でも、具体的に、どこまでも具体的に描いていけば、個性は自然と滲み出る。

人はみんな違うから。

たとえば「歯を磨く」としか書かなければ、それはみんな一緒だ。違いはない。だが、どんな風に磨くのか？　どんな歯ブラシを使ってるのか？　歯磨き粉は？　どの歯から磨くのか？　いつ磨いてるのか？　何回磨くのか？　そうやって詳しく具体的に書いていけば、勝手に個性的になっていく。

だが、これは簡単なことじゃない。

俺はせいぜい、今挙げたような例までしか具体的に書けない。だがプロの作家は、「歯磨き粉が口の端から垂れてしまい、その跡に気づかないまま登校して、ちょっと気になってる女の子に『白ヒゲが生《は》えてる』と笑われてしまった、トホホ」まで書いてしまう。

歯磨きの方法までしか思いつかない人間。

歯磨きからキャラクターとドラマまで生み出してしまう人間。

その境目が、プロとアマチュアを隔てる分厚い壁。

俺は、最後まで、この壁を突き抜けることができなかった……。

「まずは自分の身の回りに起きたことだけ書く。そこから始めてみるってのはどうだ？」

彼女はしばらく思考した後、勢いよく顔を上げた。ぴかりんっ♪と音がしないのが不思議なくらい、瞳のなかに「名案！」という名の星が瞬いている。

「それなら、ひとつ書きたいのがありますっ」

「どんな話だ？」

「高校生の女の子が、大人の男性と恋に落ちる話です！」

「…………」

…………。よし、歯ぁ食いしばれ。

「あいたっ！」

俺の怒りがゲンコツとなって彼女の脳天に打ち下ろされた。

「思いっきり実話じゃねえか！　俺が言ったのはそういう意味じゃねえ！」

「も、もちろんちゃんと脚色しますよう。そのままは書きません！」

ぶたれた痛みで涙目のくせに、彼女はぐい、ぐいと前に出てくる。

「きっと、リアルな気持ちが書けると思うんです。誰よりも面白くできる自信があります！」

「……名前は変えるんだろうな？」

「南里花恋、同じ失敗は繰り返しません！」

この勢いじゃ、止めても無駄だろう。

それに彼女が言う通り、実際に自分が体験したことを書くっていうのは強い武器になる。珍しい体験ならなおさらだ。

「わかったよ。いいんじゃないか？」

「よくありません！」

「はあ？」

なんなんだよさっきから言を左右にテンション上下に。ついていくのがやっとだ。アラサーをもっと労《いたわ》れ。

しかし彼女が口にしたのは、もっともっと過酷なことだった。

「今のままじゃ、ぜんぜん経験値足りないもん。たった一度デートしてもらっただけじゃ、長編なんて書けません！　冒頭だけで終わっちゃいます」

「つまり？」

彼女は「ハイ！」と大きく頷き、

「わたしが面白いラブコメを書けるように、コーチしてください！」

「…………、」

反論しかけて、しかし飲み込み、脳内で一度理屈を組み立て直し、また反論しようとして……俺は悟《さと》った。

詰んだ。

この願いを拒絶することは、自分のアドバイスに責任を持たないのと同じことだ。「夢を目指せ」とけしかけておいて、自分に火の粉が降りかかりそうになると逃げる――そんな卑怯者《ひきょうもの》になることを意味する。

まさかこの子、こうなることを予測して俺に読ませたのか……？

「…………お前なぁ」

ため息が勝手に唇の隙間から出て行く。苦笑いの形を作る口。悔《くや》しくてたまらないのに、心が浮き立つような奇妙で新鮮な感覚。一度は断った告白がまさかこんな結末を迎えるなんて。どこで選択を間違えた？　彼女に電話してしまった時？　デートを提案した時か？　あるいは……いや、もう止めよう。

完膚なきまでの大逆転負け。

どうせ負け続けの人生さ。

今さら惨敗がひとつ増えたところで、どうってことない。

「それは、業務命令か？」

上気した頬に張りついてる濡れ髪を払ってやりながら、静かに問う。

「未来のプロ作家・南里花恋先生からの『業務命令』としてなら——お前のコーチ、引き受けよう」

彼女はくすっ、と口元に手をあてて微笑した。

「あくまで業務《そこ》にこだわるんですね、槍羽さんは」

「サラリーマンですから」

まだこの子には理解できないだろうな。

大人っていうのは、何をするにも建前《たてまえ》が必要な生き物なんだ。

「嫌なら止めるか?」

「いいえ——よろしくお願いしますっ! コーチ!」

喜びを爆発させて胸に飛び込んできた彼女を受け止める。この瑞々《みずみず》しいからだに詰まった夢や情熱と、これから格闘していかなくてはならない。不安と希望に、ぶるりと武者震いした。

俺はよくよく「コーチ」という肩書きに縁があるらしい。

第5章

自宅のリビングに戻ると、兄妹史上かつてない冷たい視線が待っていた。

「ねえ兄ちゃん、どーゆーこと？」

問い詰められながら濡《ぬ》れた体をタオルで拭《ふ》く。へっくしん、とオッサン丸出しのくしゃみを一発。おお寒い。青春に付き合うとロクなことがないな。

俺《おれ》をこんなにした張本人は、今うちのシャワーを使っている。それから着替えをさせて、タクシーで家まで送るつもりだ。

「ちゃんとフッてきたんじゃなかったの？　なんでＪＫうちにいんの？　なんで二人してずぶ濡れで帰ってきてんの？　ねえ？　ねえねえ？」

「スマホの角でぐりぐりすんな。痛い」

かくかくしかじかコーチの件を説明してやると、「冷」だった表情が「熱」に変化した。

「そんなの、兄ちゃんに近づく口実に決まってるじゃん！　もうもうっ、もぉ～～～っ!!」

ソファに仰向《あおむ》けになって暴れながら、片端に座る俺の膝《ひざ》をじたばた蹴《け》ってくる。だから痛い。

「なんでそんなサクセンに引っかかっちゃうの？　アホなの兄ちゃんまさか童貞!?　あ～

もぉ～っあたしが一緒に行くんだった！　うちの兄ちゃんに手ぇ出すなってぶんなぐるんだったぁ～～!!　もおもおっ！」

「だから落ち着け。パンツみえてんぞ」

げしっ、と顔面めがけて可愛《かわい》いあんよが跳んできた。間一髪でかわす。ディフェンスに定評のある兄貴。

「口実なのはわかってるさ。作戦にひっかかったことも認める」

「わかってて引き受けたってこと？」

「仕事として引き受けたんだ。私情は挟まない」

仕事である以上きっちりやり遂げるつもりだ。彼女から解雇を切り出してくるか、あるいは作家・南里花恋《みなみさとかれん》が爆誕するまで見届ける。

雛菜《ひなな》はがばっと起き上がり、鼻がくっつくほど顔を近づけて、

「兄ちゃんがそのつもりでも、あっちは絶対ちがうしっ。今度こそ兄ちゃんを落とそうとハリキルに決まっててんじゃん。受けて立つつもりなの？」

「ああ。俺の顔なんか見たくもないっていうくらい、しごき倒してやる」

第一ラウンドは彼女の勝利。しかし第二ラウンドのゴングはすでに鳴らされている。今度こそ彼女の攻撃をかわしきれるかは、俺の器量にかかっているわけだ。

小説のコーチ。ラブコメのコーチ。

ふん、面白《おもしろ》いじゃないか……。

雛菜はまだ何か言いたそうに「う〜」と下唇を嚙《か》みながら唸《うな》っていたが、あきらめたようにため息をついた。

「そりゃ、さ。兄ちゃんがまた小説を書くようになるなら、あたしも嬉《うれ》しいけど」

「は？」

妙なことを言うなぁ、こいつ。別に俺が書くわけじゃないんだが。

「ともかくっ兄ちゃんはモテるんだから！　自衛しなきゃだめだよ！　女が近寄ってきたら即、膝に矢を放つくらいの気持ちでいないと！」

「無茶言うなや」

雛の頰《ほお》をみょーんと引っ張ってやろうとしたとき、リビングのドアが開いて彼女がおずおずと入ってきた。決まり悪そうに俺と雛の顔を交互に見つめている。

「あ、あの、シャワーありがとうございました。それに着替えも」

「…………」

いやあ……。

予想はしてたけど、すげえことになってんな。

俺のTシャツを貸したのだが、胸にプリントされた南国の海岸が、隆起《りゅうき》するまあるい山脈で大災害に見舞われている。砂浜が３Ｄみたいに飛び出してロケットの形を作り、椰子《やし》の木は奇怪な形にねじ曲がり……ああ、この胸と戦うのはちょっときついかもしれない……。

「あの、妹さんですよね？　南里花恋っていいます。お兄さんにはいつもお世話になってます」

頭を下げると、襟元《えりもと》から乳白色の深〜い谷間がチラリと覗《のぞ》く。それを見た雛菜の眉《まゆ》が跳ぶように吊《つ》り上《あ》がり、「ふんぎゃーっ！」と叫んで彼女に襲いかかった。

「このーー‼　でてけでてけ！　エロＪＫ！　あたしと兄ちゃんの家からでてけぇ！」

「雛！　やめろおい！」

鋭いローキックで彼女の膝を壊しにかかった妹を羽交い締めにする。お前、運動オンチじゃなかったの？

「ふーっ、ふーっ、ふしゃーっ！」

「ごめんなさい雛ちゃん！　お兄さんを取ってしまって！」

「まだ取られてなーーーい！　雛ちゃんと呼ばれる筋合いもなーーーい！」

まったくえらい騒ぎである。先が思いやられる。会社に行けば例の「ビックバン・プロジェクト」が待ち構え、休日となれば「南里花恋デビュープロジェクト」に取りかかり……うわあ、休む暇《ひま》ねえな。後者も残業にカウントすれば百時間超《こ》えるんじゃないか？

これで俺も晴れて「社畜完全体」か。

……嬉しくねえ！

※　※　※

嬉しくなかろうがなんだろうが、月曜日はやって来るのでして。兄は会社に行かねばならぬ。

今日の午後から大量の新人パートが入ってくる。例の「ビックバン・プロジェクト」のために雇用された連中だ。その数、なんと三十名。ふつう一度に入ってくる新人はどんなに多くても十名程度だから、いかに異例のことかわかってもらえると思う。正直、十名の時でも現場はきつい。それが三十となれば……らめえええそんなの入らない壊《こわ》れちゃううう！　……いや本当やめろよ、マジで。

ベテランの主力スタッフを集めたミーティングを午前中に行い、俺は今回のプロジェクトのあらましを説明した。話を進めるにつれ皆の表情が固くなっていく。お客さんには立て板に水のセールストークを繰り出す強者《つわもの》たちが、重く口を閉ざして不安げな視線を彷徨《さまよ》わせた。

正面最前列に座る中年女性が、「むふう」と唸るようなため息をついた。

「鋭ちゃんさあ、それで現場まわるのぉ？」

俺のことを名前のちゃんづけで呼ぶスタッフはひとりしかない。

パート勤続二十年、俺や課長よりも長くこのセンターに勤務する「ママさん」こと、毒島《ぶすじま》真々子《ままこ》さん（49）。結婚前は弁護士事務所に勤めていた経歴を持ち、筋の通らないことがあれば課長にだって遠慮なく意見する。かくいう俺も、新人の時は彼女にしごかれたクチだ。

SDキャラのような丸っこい体型と色白のもちもち肌は巨大なマシュマロを思わせ、我がチームの精鋭が詰めるこの会議室でもひときわ存在感を放っていた。

「ママさんはどう思います？」

逆に問うと、ママさんは幅広の肩を可愛らしくすくめた。

「とても無理よぉ。三十人の新人を育成するってことは、三十人のベテランがつきっきりになるってことじゃない。それでCM攻勢をどう乗り切れっていうのぉ？」

「同感です。だから、半分はあきらめます」

えっ、と会議室の全員が声をあげた。どよめきがさざ波のように俺へ押し寄せる。困惑はいっそう深まったようだ。

彼らの懸念を払うべく、俺の考えを披瀝《ひれき》する。

「最初の研修期間中に、三十名のなかから見込みアリと思われる十五人を選抜します。彼らは普通の新人と同じように育成しますが、残り半分に関しては別メニューの育成——選抜組のサポートに特化した仕事を覚えさせます」

オペレーターの仕事は電話に出て見積りを取るだけじゃない。FAXやメールを送受信したり、郵送する見積りに同封する案内状を書いたりと多岐にわたる。電話を取るのに不向きだと判断した半分は、そこだけに特化させるのだ。

「三十人の半人前を、十五人の一人前として使おうってわけねえ？」

「その通りです」

さすがママさん、俺の言わんとするところを完全に理解してくれている。この人が上司だったらなあ、と何度思ったことか。ハムスターよりマシュマロ。

「ベテランの負担も半分になるし良いアイディアだと思うわぁ。でも、そのプロジェクトのために来た三十人を、半分しか活かせないことになるわねぇ」

「ええ。だから半分あきらめると言ったんです。全員助けようとして全滅するよりはマシだと思いますが」

一座から小さなざわめきが漏《も》れた。

冷酷な仕打ちだという自覚はある。選抜されなかった者にとっては不本意だろうし、屈辱かもしれない。だが、やってもらう。時給は同じだけ払うのだ。遊びじゃない。全身全霊でメール書いたりＦＡＸ送ったりしてもらう。

「選抜されなかった半分が業務内容に不満を訴えたらどうするのお？　聞いてた話と違う！ってさ。うちの課長サン大嫌いでしょ、そういうの」

「右から左へスルーします」

きっぱりと言い切ると、会議室から苦笑いとため息が漏れた。「しょうがないなこの人は」的な。まぁ、俺の性格なんて知り尽くしてる連中ばかりだからな。

「鋭ちゃんね、もっと自分を大事にしなさいよぉ。まだ若いのにさぁ、あんたなら六本木《ろっぽんぎ》行きだって狙《ねら》えるでしょお？」

「俺が？　まさか」

　パートから正社員になったいわゆる「叩《たた》き上げ」が出世ルートに乗る可能性はゼロだ。前例がない。うちの人事部は「ゼンレイ」様を聖霊のごとく崇めているからな。会議中トイレ行きたいと言っても「前例がありませんね」と却下されかねない。では代わりにペットボトルを申請します。

　ママさんはその巨体を椅子《いす》の背もたれに預けた。

「……ま、ワタシたちにとっちゃあ鋭ちゃんが出世しないほうが助かるんだけど。あんたがコーチになってから本当に働きやすくなったから」

「そいつはどうも」

「無茶なことしてクビになったりしないでよ。時々見てて危なっかしくなるんだからぁ」

　ママさんの言葉に、場の全員がウンウン頷《うなず》く気配があった。

　……俺、そんな無茶なことしてるか？

　普通の仕事しかしてないと思うんだがな。今回だって上の無謀な計画におとなしく、いや一度は抵抗したけど、結局は従ってるわけだし。社長の業務命令にだって。……ああ、一度でいいからクソ社長に牙突《がとつ》食らわして「壬生《みぶ》の狼《おおかみ》を飼う事は何人《なんぴと》にも出来ん」とか言ってみてえ。でも無理。お金欲しいもん……。同じ多摩《たま》地方なのに誠の志士とはえらい違い。

「それからね、オンナにも気をつけなさいよお？」

胸の内側で心臓が飛び跳ねる音がした。

まさか、「彼女」のことか？　昨日のデートを誰《だれ》かに見られでもしたのか？　だとしても姪《めい》っ子ですと言い逃れるつもりだが、なにしろ噂《うわさ》好きな女性の多い職場だ。やいのやいの言われるとやりづらい。

「先月辞《や》めてった楠木《くすのき》さんにお手紙渡されてたでしょ？　あれ、なんだったのお？」

なんだそっちか。

心のなかでホッとする俺だが、安堵《あんど》ばかりもしてられない。きゃあという黄色い悲鳴がスタッフからあがり、さっきとは打って変わった恋バナモードの好奇心で俺を眺《なが》めやがる。女性率の高い職場で男の扱いなんてこんなもんよ。女子校の男性教師。みんなのおもちゃ。ていうか、なんで全員知ってんですかね……。

おばちゃんの情報網、恐るべし。

「別に。ただのお礼の手紙ですよ。今までお世話になりましたって」

これは少し嘘《うそ》だ。手紙の最後にはメアドが記《しる》されていて、「これからは会社の外で会いたいです」。美人だったが、人妻と交際するわけにはいかない。「僕が興味あるのはご主人の方でして……ぐふふ」とメールしたところ返信はなかった。フラグ絶対折るマン。

絶食主義《ストイック》を気取るわけじゃない。

セックスは普通にしたいし、チャンスがあればやる。

ようはコストとリターンの問題なのだ。得られる快楽と、そこまでにかかる労力、失うものの大きさとの均衡。……ま、ひとことで言えば「面倒くさい」で済む話。ああ、どこかにいないかなあ。母性にあふれて可愛くて包容力があって家庭的で清楚貞淑《せいそていしゅく》で、だけどベッドでは信じられないほど乱れまくる、そんな朝は雷《いかづち》、昼は大和《やまと》、夜は鹿島《かしま》な女。三次元に求めるのは無茶だってのはわかってる。科学の進歩、待ってるぞ。

「ともかく、そういうわけなんで。これから大変になりますがよろしくお願いします」

いささか締まらない形で会議はお開きになり、めいめい自分の持ち場に戻っていった。

※　※　※

コーチ業務のひとつにシフト表の作成がある。

パートスタッフの勤務時間帯や働ける曜日を基《もと》に二週間分のスケジュールを埋めていく。CMのタイミングや予想コール数を考慮して休憩時間を設定し、電話を取りこぼすことがないように注意を払う。スタッフの空白地帯を作ってしまうと大惨事。「ちょっといつまで待たせるのよ！」「つながるまで五分もかかったぞオイ！」というお客さんからのクレーム増大。「この日は休みにしてって言ったじゃないですか！」「四時であがらせてくださいって言いましたよね？　子供が学校から帰ってくるんですよ！」とスタッフからの不満も爆発。コーチ業務のなかで五本の指に入る難事業である。いわば複雑怪奇なパズルも同然、ああ、もっと子供の頃ポ○モンやスパロボだけじゃなくてドクターマ○オやテトリスもやっておくべきだった……。

他《ほか》のセンターはソフト任せにしていると聞くが、俺はソフトも使いつつ手作業でも確認している。機械を信用しすぎるな、は親父《おやじ》の口癖《くちぐせ》だった。ほんとロクでもない親父だったけど、職人としての腕だけは確かだった。俺はその遺言を忠実に守り……まぁ、まだ田舎《いなか》でバリバリ仕事してるんだけど。

あちらを立てればこちらが立たずなシフト表をにらみつけているだけで、昼休みは潰《つぶ》れた。コーチ席でカロリーメイトと友情をはぐくんでいると、渡良瀬《わたらせ》が席に呼びに来た。

「先輩、そろそろ下に行く時間です」

「ん」

時刻は午後一時二十分。三階の大会議室で第一回新人研修が始まる十分前。

研修はコーチである俺が中心となって進める。サポートは渡良瀬と新横浜《しんよこはま》。他にも別部署から日替わりでヘルプが来るが、基本はあくまで俺たち三人。俺の留守中、コーチ業務はアツシが代行することになる。

下りのエレベーターを待ちながら、ふと気になって尋《たず》ねる。

「二人とも、かみつきばあちゃんって知ってるか？」

「いえ。ゆるキャラか何かですか？」

渡良瀬は知らないか。一九九三年生まれが小学生の頃《ころ》にはもうなくなってたのかな。

「新横浜は？」

「懐《なつ》かしいな♠　ボクが出会ったのはススキノだった♣　も〜絶品だったよ♥　ガイコツになっちゃうかと思っちゃったね♠」

……待て。俺の知ってるばあちゃんと違う。いったい何を思い浮かべた？

大会議室に入るとすでに新人全員が集まっていた。二十代半《なか》ばのフリーターがほとんどで、男女比は三対七。女性が多いのはうちの職場の常だが、もうちょっと男性を採って欲しかった。履歴書《りれきしょ》によればおよそ半数がコールセンター経験者。この経験者というのが逆にくせ者で、前の会社のやり方を引きずってたりプライドが高かったりで、扱いにくかったりするんだよな……。

学校の教室二つ分ほどの広さの部屋に、長机と椅子が等間隔に並べられている。正面にはホワイトボードと大画面モニタ。さながら大学の講義室のような雰囲気だ。

「なんだか、和気藹々《わきあいあい》としてますね」

渡良瀬の言う通り、彼らはやたら親しげにおしゃべりしている。中央に陣取っている七名のグループは特にそうで、まるで大学のサークルのような雰囲気を醸《かも》し出している。初対面でもうこんな仲良くなったのだろうか、若者のコミュ力恐るべし。

そんな新人たちのなかに、ひとりだけ金髪のおっさんが混じっている。くだけたノリに違和感なく溶け込んでいるその人は、なんとミッシェル常務だった。

「イェイ！　ミスタ槍羽《やりば》！」

ぱちんと指を鳴らして、俺を手招きする。あいかわらずスーツがキラッキラしてる。カードダスなら嬉しいがスーツだと微妙だな。

「いよいよ今日からだね！　輝かしいビッグバンのはじまりだ！　BANG!BANG!BANG！興奮しすぎて昨日は一時間半しか寝られなかったよ！　かぁーっ！　つれぇわぁー、かぁーっ！」

いつにも増してテンション高えなオイ。

「常務。いらっしゃるとは聞いていませんでしたが」

「命令だけして現場に丸投げ。僕はそういう卑怯《ひきょう》な男ではないとチミに知ってもらいたかったんだ。それに、一度チミの仕事ぶりをこの目で見てみたくってね」

ミッシェルは馴《な》れ馴《な》れしく俺の肩を抱いた。

「チミに鍛《きた》えられたオペレーターはどこのコールセンターでも通用すると、もっぱらの評判だよ。社内はおろか、他社の連中ですら、そう口を揃えている」

「はあ……」

「今回もその力、存分に発揮してくれたまえ！　頼むよヤリちん！」

なんだってこの人、俺をこんな持ち上げてくるんだ？　嫌な予感が心のなかでどす黒くふくれあがっていく。

簡単な挨拶《あいさつ》と自己紹介の後、研修が始まった。初日は基本的な電話マナーの講義と練習という、ごくごく普通のメニューだ。

ひと通りレクチャーした後、質問はないか尋ねると、クセ毛風パーマのイケメンが元気よく「ハイハーイ！」と手を挙げた。例の仲良しグループの一人だ。

「バナナはおやつに入るんだすか？」

会議室の空気が一瞬にして凝固した。

ええー。二〇一六年にもなってそのネタ？　俺が小学生の頃からあるぞ。「だす」って風にひねったつもりかもしれないが、ただの言い間違いにも聞こえて笑うに笑えない。見ろ。渡良瀬なんかキョットーンだし。新横浜だって……あ、寝てる。

常務の反応はというと、

「はははは、ナイスセクシー！　ナァイス！　ハハハハ！」

激しく手を叩き合わせて喜んでいる。まさかの大ウケだ。

一番えらい人が笑ってるもんだから、追従するような笑いが散発的にあちこちで起きた。大物芸人のネタが滑った時のような、なんとも曖昧《あいまい》な笑い。講義で引き締まっていた雰囲気が一気にダラけ、あちこちで私語が始まる。

「ふざけるのは止《や》めてください」

霜《しも》が降りるかのような冷たい声を渡良瀬が出した。この弛緩《しかん》した空気に委員長気質を刺激され、「冷凍美人」のスイッチが入ってしまったようだ。

「コーチが質問をとおっしゃってるのに、その態度はなんですか。真面目《まじめ》にやってください」

「……はぁ。すんませんした」

パーマ君はたちまち勢いをなくしてしょげ返り、座り込んだ。隣のビリギャルみたいな髪の女性から「ダッサ」とイジられ「うっせ」と返している。もう大学ってより高校のノリだな。

以降はギャグが差し挟まれることなく、初日は終わりとなった。

問題が持ち上がったのは翌日だ。

定刻通りに会議室へ入ると、ぱっと見でわかるほど人数が減っていた。昨日真ん中に陣取っていた仲良しグループ七名が、そっくりいなくなっている。

「電車の遅延でしょうか?」

スマホで運行情報を調べている渡良瀬には悪いが、俺にはもうピンと来ていた。

人事を通じて連絡を取るよう頼んでから講義を進めた。三十分ほどして、青ざめた顔をした渡良瀬が戻ってきて俺に耳打ちした。

「あの……七人とも辞めましたって……」

「そうか」

講義を新横浜に任せて、渡良瀬を伴って隣の小部屋に移る。彼女の唇からは血の気が失せていた。

「ど、どうして？　昨日私が怒ったからでしょうか？　しかし七人同時にというのは⁉」

「よくあることだ」

俺は最初、彼らのことを「この場で仲良くなった」と思ったのだが、違った。連中はもともとつるんでたのだ。ビリギャルがパーマ君を弄《いじ》った時に察した。いくらコミュ力が高かろうと「イジり」は会った初日じゃなかなかできない。

彼らがつるんでいる以上、辞める時は全員一緒だ。おそらく仲間で応募してそのまま採用されたのだろう。一人が辞めるとなったら、全員辞める。これが研修後なら「ここまでやったんだから続けるわ」という離反者も期待できるが、初日では「そだね、みんなで別のトコ探そうよ」となるのは想像に難くない。同調圧力。友情パワー。和を以《もっ》て貴《とうと》し為《な》す。

「す、すみませんっ先輩！　どう責任を取ったらいいのか」

「責任？　なんでお前が」

「だって、私が叱《しか》ったから……」

「あの程度で辞めるやつが、現場に耐えられると思うか？　むしろ早めに辞めてくれて良かったと思ってる。お互いのためにな」

現場に出れば、お客さんに叱られることなんて当たり前川《まえかわ》みくにゃんだ。特に新人のうちは叱られるのが仕事と言っても過言ではない。そこで「辞めます」となったら、時間を浪費した新人、研修を行った会社、そしてお客さんの三者が全員損をする。酷《こく》なようだが、辞めるやつはさっさと辞めてもらった方がいい。

責任を取るべき人間がいるとすれば、彼らを直々《じきじき》に面接した常務だ。友達グループで応募してくるケースは多々ある。彼らは往々にして扱いづらいので、普通は何人か落とすもの。そこを見抜くのが面接担当者の仕事だろうが。

「人事に連絡したとき、常務から何か伝言はあったか？」

「いえ……そういえば今日はいらしていませんね。初日だけだったのでしょうか」

そんなことだろうと思ったよ。

やつらはいつだって最初だけ。上《うわ》っ面《つら》だけだ。

俺は六本木組が現場を知らないのはしかたないことだと思ってる。エリートにはエリートにしか見えない景色があるもの、死角が生じて当然。俺にだってエリートの気持ちや苦労はわからないのだから、別に恥じることではない。

俺が憎むのは、中途半端《ちゅうとはんぱ》に見ただけで現場を知った気になるやつだ。彼らは訳知り顔で現場に介入し、思いつきで掻《か》き回す。どこの会社もこうなのだろうか？　それともうちの会社特有の悪弊《あくへい》なのだろうか……。

「ともかく、目の前の研修に集中しよう」

会議室に戻って席を見回すと、人数が減っていた。一番前に座っていた女の子三人組の姿が消えている。ほとんど私語をしない真面目な子らだったのだが、彼女らもグループ臭を漂わせていた。理由は三人とも頭に猫耳をつけてたから。これくらいは見抜けよミッシェル。

偶然ネコミミモードなんてありえねーだろ。

「なんかね♠　辞めるって出て行った♥」

新横浜がのんびりのびのびな口調で言った。

「覚えること多すぎてむーりぃーだって♣　ムリしちゃダメだよねムリしちゃ◆」

渡良瀬が生真面目な声で問う。

「先輩、これもよくあることなんでしょうか?」

「……」

あるわけないやん。

二日目で、早くも十人脱落。

例の「二人で一人前作戦」も、これでは機能しない。

ちょっとこれは、きっついかもしれないなあ……。

※　※　※

その後はひとりの脱落者を出すこともなく、二週間の研修を終えることができた。

渡良瀬が親身に新人の面倒を見てくれたおかげだ。渡良瀬自身、まだ入社して四ヶ月目の新人だというのに、やはり天才……。育てがいのあるヤツ。ポケ〇ンで例《たと》えるなら、俺の最強メンバーの一角だったカイ〇ュー。最高になついてる状態でおんがえしして欲しいね。

残った新人たちは優秀なやつが多かった。知識欲が旺盛で、質問も活発に行う。仕事に対するモチベーションが高いのである。絶対この職に就くんだという強い意欲が感じられる。残り物には福がある、こいつらなら即戦力になってくれるだろう。

常務には辞めた十人について文句を言ってやりたいのだが、何度かけても「離席中」とのことで話せてない。いつまで離席してんだよ。椅子に脱出装置でもついてんのか？

そんなこんなで七月も後半に入った。

プロジェクト開始まであと二週間。古いエアコンの吐《は》き出すカビ臭《くさ》い風に吹かれながら、現場は準備に追われ続ける。

研修が終われば次はOJT。ベテランにマンツーマンで指導を受けつつ、新人が電話デビューする。ここが新人にとって最大の難所であり、いつも三割が脱落する。お客さんからマニュアルにない質問を受けて、研修では優秀だった新人がたちまちフリーズする光景を何度も目にしている。「少々お待ちください」を何度も繰り返してお客さんに呆《あき》れられたりキレられたり。かくいう俺も、新人の時は怒鳴られまくった。どんな仕事も慣れるまでが一番辛《つら》い。ＯＪＴを終えた後も試練は続き、一人前になれるまでおよそ三ヶ月はかかる。

課長は気が気ではないようで、日に何度も俺の席に来て「大丈夫？」「いけるの？　ねえいけるの？」と尋ねてくる。そのたびに仕事が中断して正直ジャマだが、気持ちはわかる。もしこのプロジェクトで思うような成績が上がらなかった場合、課長の出世はその生《は》え際《ぎわ》と同じく、大きな後退を余儀なくされる。

成績を上げるには、新人を育てるしかない。

自分が頑張《がんば》ればいいだけなら単純だが、人を育てるというのはまったく別。学校のテストとは異なり、他人をどう活かせたかで評価されるのが会社の仕事だ。

そして俺の場合、会社とは別の「業務」もあるわけで――。


七月最後の日曜午後、俺は「生徒」を自宅のリビングに招いていた。

夏休み中の雛菜は友達と学校のプールに出かけている。体育は嫌いなくせにプールだけは別腹らしく、スクール水着を服の下に着てウッキウキで出かけていった。今日、彼女が来ることは内緒にしてある。すまん雛、まだ彼女の膝を破壊させるわけにはいかないんだ……。

その彼女であるが、何故《なぜ》か制服姿である。

「夏休みなのに、私服じゃないのか？」

「教えていただくんですから、学生らしい服装で臨《のぞ》もうかと」

本人は正装のつもりかもしれないが、正直、制服の方がいかがわしい。全身で「女子高生です！」と主張することになるため、背徳感がハンパない。玄関から招き入れる際、ご近所に見られやしないかヒヤヒヤした。

かといって、外で会えば人目につく。

結局は自宅がもっとも都合が良いということになるのだった。

「槍羽さん。今日からよろしくお願いします！」

座布団《ざぶとん》の上で正座した彼女が三つ指をつく。持参した十二インチのノートPCがローテーブルに置かれている。目薬と電子辞書も並べて準備万端だ。

半袖《はんそで》のブラウスにチェックのスカート、子犬のマークがワンポイントの白ソックスという彼女の制服姿は、とてもまぶしい。ネットカフェで見慣れてたはずなのに、プライベートな空間で見るとまた別の趣《おもむ》きがある。あと、やはりスカート丈《たけ》が……。靴を脱いで座ると余計に短さが目立つというか、膝と太ももの白さが目の毒というか。誘ってんのかよーおまえー、と冗談を飛ばそうかと思ったが、笑顔で「はい♥」と答えそうな気がしてやめた。ホント何言い出すかわかんないからなこのＪＫ。

「最初に確認しておきたいんだが、お前が書いているのはライトノベルだよな？」

「いつか違うのも書いてみたいですけど、今はそうです」

「ラノベにも少年向けと少女向けがある。どっちを目指すんだ？」

「どっちとも！」

ちっちゃく両手で握《にぎ》り拳《こぶし》を作る彼女。なにこの可愛くて貪欲なケモノ。

「そりゃ無理だ。欲張るな」

「だめですか？」

「そもそも新人賞がレーベルで分かれてるだろ。手当たり次第に応募していくのも悪くないが、最低限、男女どちらかは区別したほうがいい」

面白ければなんでもアリとはよく耳にするが、その「面白い」と思うものに男女で差があるのは当然のことだ。誰が読んでも面白いという普遍的な作品もあるにはあるのだろうが、そんな真理を追究するのはハードルが高すぎる。

「主人公の性別はどっちだ？」

「今日作ってきたのは女の子です」

「じゃあ、まずは少女向けレーベルの新人賞を目標にしよう。夏休み中にバシッとしたのを一作書き上げようぜ」

「はいっ！」

気持ちの良い返事だ。

「じゃあ、まずは作ってきたあらすじを見せてくれ」

彼女は頷き、PCのモニタを俺の方に向けた。

■序盤あらすじ
平凡な高校生のA奈は、年上の社会人・B太にコクられてドキドキ。

しかしB太は、会社で親身に面倒を見ていた美人の後輩・C香に惚《ほ》れられていた。

ああ、この三角関係の行方《ゆくえ》や、いかに……？


……ふむ。

「出だしとしては悪くないけど、普通すぎるかな」

「ですかー」

「序盤が平凡すぎると、そこで読むのを止められるかもしれないからな。もう少しひねろうぜ」

「ひねる、ひねるぅ……？」

などとつぶやきながら、彼女は首をひねる。ねじ切れるんじゃないかと思うくらい、ぐぐいと首が横に傾《かし》いで……怖い怖い。小説書いてて頸椎捻挫《けいついねんざ》とか、笑えないから止めて欲しい。

「じゃあ、ちょっと変えてみますね」

言うなり、猛然とキーを叩き始める。うおお、こいつ打つの速いな。打鍵音《だけんおん》が「カチャカチャ」じゃなくて「チャチャチャチャッ」だ。俺より速いんじゃないか？

「できました！」

さっそく読ませてもらう。

■序盤あらすじ　その二
非凡な高校生（実は中学生）のA奈は、年上のニート・B太にコクられるが平常心を保つ。

そこにあまり可愛くないC香が通りすがり、特に理由もなくB太を好きになる。

ああ、この三角関係の行方とか、別に……？


「……ひねりすぎだろ」

「でしょうか？」

「ひねりすぎて、お前、恋とかどうでもよくなってるじゃねえか……」

コクられて平常心保ったらラブコメにならねえよ。どんだけニヒルなＪＫ、いやＪＣだよ。

「でもこれでインパクトが」

「ないない！　インパクトない！　前よりつまんなくなってんぞ？　特に理由もなく好きになっちゃダメだろ」

すると彼女はふぅっとため息をつき、遠い目をして、

「でもね槍羽さん。案外そういうものじゃないですか？　男と女って」

「ベテラン顔すんな」

「あん！」

おでこをぺしりと叩いてやると、いい声で鳴いた。

「南里花恋さん。今まで恋愛のご経験は？」

「な、ない、ですぅ……。でもでも、それは槍羽さんひとすじだったたからでっ」

「嬉しいけど、お前とは一ヶ月前に会ったばかりだろ」

彼女はガタッ！　と身を乗り出して頬をゆるゆるにゆるませ、

「えっ？　えっ？　嬉しいですかっ？　花恋に想《おも》われて嬉しいですかっ？」

「なしなしなし！　今のなし！　別に嬉しくない！　ともかくもう一度やり直し！」

ちっ、口を滑らせてしまった。やはりスキを見せたらダメだな。厳しくしつけよう。

「次はどんな風に直しましょう？」

「もっと刺激的な展開がいいな。ほのぼのラブコメのなかにも、ぴりりとスパイスを効かせてみるとか」

「やってみます！」

またもや響く素早い打鍵音。一分もしないうちに新作が完成する。

■序盤あらすじ　その三

刺激的な高校生のA奈は、刺激的な社会人・B太にコクられて不整脈に。

そこにB太をずっと想っていたC香が現れ、嫉妬《しっと》のあまりA奈を殺害してしまう。

ああ、A奈の恋の行方やいかに……？


……行方も何もなあ……。

「A奈ちゃん死んでんぞ、おい」

「刺激的な展開じゃないですか？」

「刺激的というか……主人公が死んだ状態でどうやってラブをコメコメするんだ？」

「そこは霊的な何かで、どうにか」

「どうにかすんな。ラブコメから離れていくだろ」

ラブコメを書こうとしてホラーを書いてしまうっていうのはある意味才能と言えなくもないが、きっと誰も求めてない。

「そもそもC香の思考が短絡的すぎてついていけない。いきなり殺しまでやるか普通？」

「それだけC香も思い詰めていたんです。責めないであげてください」

「お前を責めてるんだよ！」

めげないやつだった。メンタルが鋼どころかカッチン鋼。

「ひとまずあらすじは置いて、キャラクターに行こう。面白いキャラを作れば、ストーリーは勝手に面白くなるもんだからな」

「すごい！　便利ですね！」

ぽんと手を叩く彼女。本当にわかってるのだろうか。

「このA奈ってヒロインはどんなキャラなんだ？　設定を見せてくれ」

どうぞ、と差し出されたテキストを読ませてもらった。

■A山A奈
高校一年生。ドジだけど明るい性格。

普通の女の子のつもりだが実は世界遺産に登録されている。

好きな漢字は「凸」。だが自分では読めない。

幼少時をロシアですごしており、腹が減るとハラショーと叫ぶ。


「……うーん……」

面白いのかなんなのか？　センスが独特すぎてよくわからん。

「お前の作品はギャグじゃないよな？　ラブコメだよな？」

「純度百パーセントラブコメのつもりですけど」

「だいぶ不純物混じってんな……」

濾過《ろか》するのは骨が折れそうだ。

「ロシア育ちはいいとして、腹が減ってハラショーはないだろ。オヤジギャグじゃねえか」

「あいたー」

と、おでこをぺしりと叩く。このリアクションもなんかオヤジっぽい。

「ネタに走るのもいいけど、もっと女子高生らしい個性を出してみたらどうだ？」

「わたしの趣味でいいんでしょうか？」

「ああ。そういう身近なのがいい」

■幼少時をロシアですごしており、μ's《ミューズ》ではにこちゃん押し。

……まあ、確かに女子高生にも大人気のコンテンツだけどさ……。

「ロシアならそこはエリチだろ？　なんでにこにーなんだよ？」

「だって……ニコニー可愛いニコ……」

「しかも公野櫻子《きみのさくらこ》版かよ！　お前の推しメンなんぞ知らんわ！」

「わたしの趣味でいいってゆったじゃないですかぁ！」

彼女の言い分はもっともだが、ここで「良し」と頷いたらコーチ失格だ。

「今度はロシアがお留守になってんだろ。せっかくの設定は活かさないと」

「むむむ。むむむむむむ。むむむムズカシイです～」

「あきらめんな！　もうひと踏ん張り、ロシアを活かせ！」

ろしあ、ろしあ、るぉすぃあ、と呟きながらキーを叩く彼女。なんで巻き舌。

「できました。これでどうでしょう！」

テキストエディタに打ち出された会心の案に、俺は見入った。

■幼少時をロシアですごしており、趣味はロシアンルーレット。

…………………。

「とりあえず、ここは後日にしよう」

「は、はあ」

浮かない顔をする彼女の肩を叩く。

「ヒロインは後回しで男いこう、男。ヒーロー」

少女向け小説では主人公より重要な部分かもしれない。「女から見た好感度の高い男キャラ」を教えられるかわからないが、このままロシアでコサックダンスを繰り返すより良いだろう。

「ストーリーとしては、B太がA奈に迫っていく感じなんだよな？」

「そうです！　積極的に、ときには強引《ごういん》に、もうぐいぐいと！」

言いながら、意味もなくパンチをシュッシュッと繰り出してみせる。眉がぴくぴく、小鼻がぷっくりふくらんで。さっきの浮かない顔はどこへやらだ。

「どんな風に迫るんだ？」

「やっぱり『壁ドン』とか、『顎《あご》クイ』とかっ」

「ベタだけど王道だな。上手《うま》く書ければ読者の印象にも残ると思うぞ」

「でも、わたしそういうのやられたこともやったこともなくて」

「そりゃあな」

やられてたら問題だし、やったことがあるなら別の意味で問題だ。

「槍羽さん、『自分が体験したことだけを書け』って言いましたよね？　言いましたよねっ？」

「………………おう」

雲行きが怪しくなってきた。

彼女の目がキラキラと輝いている。危険な兆候だ。

「でも、花恋そんなの体験してません。それじゃあ、書けませんよね？　だから……エへへ」

「じゃあ別の案で」

冷たく言ってみた。

「あきらめちゃダメです♥」

めげない彼女はいつのまにか隣に移動している。半袖の腕をぴとぴと触れさせて。本当に距離感近いなこいつ。顔近づけすぎ吐息かかりすぎ。ブラウスの下で波打つそれ大きすぎ。

「わたしに壁ドンしてくださいっ。お願いします！」

「……本当に作品のためなんだろうな？」

「もちろんです！　リアルな作品を書くためにこれは必要な！　必要な！」

だったら断る理由はないんだけどさ。

立ち上がり、彼女はリビングの白い壁にもたれかかった。俺はその正面に立つ。この期《ご》に及んで彼女はやたら照れくさがっており、てれりんてれりん、長い髪を指でとかしながら内股《うちまた》気味に体をもじつかせている。気分を出すんじゃねえ。

「行くぞ」

「ど、どうぞっ！」

裏返った彼女の声が終わらないうちに、投げやり気味に右手を壁につく。力を入れすぎたせいで思ったより大きな音が出た。壁ドンというより壁ズン。

おでこがくっつきそうなほど近づいた、彼女の真っ赤《まか》な顔に問う。

「どんな感じだ？」

「は、はひ。なんでちゅか？」

花恋ちゃん五歳になっていた。こんなチチの腫《は》れた五歳児がいるか。

「どんな感じかって聞いてるんだよ！　今の気持ちを後で書くんだろ？」

「そ、そうでしたっ。え、えっと、ええっと…………すっごく良い気持ちです！」

ゴツン、とおでこをぶつけてやった。

「てめえやる気あるのか⁉ またゲンコツ落とすぞ⁉」

「頭突きしてから言わないでくださいよぅ」

赤くなったおでこをさすっているが、どうせ顔じゅう赤いんだからわかりゃしない。

「ともかく一度経験できたのは大きいです。この情景を思い出して書けばいいんですから」

「それならいいけどな」

俺だって恥ずかしいんだぞ。大人だから顔に出さないだけだ。

あと、こいつは俺のことを全面的に信頼しているようだが、いつか理性が決壊しないとも限らない。欲望は時として、倫理とか道徳とか信頼とか、そういうものを押し流してしまう。

男のそういう怖さをわかっているのだろうか？

あるいはそうなってもいいと思ってるのか……。

「あの、槍羽さんの方はどんな気持ちでした？ ドキドキしました？」

「俺？ ……ああ。隣の部屋から苦情来ないか、ドキドキした」

「……壁、薄いんですね……」

マンション暮らしは何かと気を遣うのである。お隣は若い夫婦の二人暮らし。感じの良いカップルで我が家とも良好な関係を保っているが、時々壁越しに愛の営《いとな》みの声が聞こえることがある。そのたび妹の耳を塞《ふさ》ぐのに必死な俺である。

「じゃあ次は『顎クイ』をお願いします」

「もうやらん。自分の顎を自分でクイクイすればいいじゃないか」

「イヤですそんなの馬鹿《ばか》みたいじゃないですか！　ねえ槍羽さんってばぁ～」

シャツをクイクイ引っ張る彼女の指を引きはがした。

どうも本質を見失っているように感じる。壁ドンって言葉が一人歩きして、そこだけ取り出してネタにされてるような違和感。

「お前、『ただしイケメンに限る』って言葉知ってるか？」

「はい、いちおう」

「壁ドンや顎クイはイケメンがやらないとサマにならないってことだ。ここでいう『イケメン』はルックスだけのことじゃない。わかるか？」

俺が真面目に話そうとしてるのを感じ取ったのだろう、彼女は素直に頷いて正座した。

彼女の前に座って話を続ける。

「壁ドンをするキャラじゃなくて、壁ドンがサマになるキャラを作ることが大事なんだ。顔だけじゃなくて性格までかっこいいキャラを描くことができれば、壁ドンを読者に印象づけることができるんじゃないか」

「キャラに何をやらせるかじゃなくて、どんなキャラが何をするかの方が大切って意味ですね」

「そうだ。わかってるじゃないか」

　やはりキャラ作りに関しては勘がいい。まずは得意分野を伸ばしていく方が良いだろう。

　その時、対面式キッチンとリビングをつなぐカウンターの上でスマホが鳴った。目つきで彼女に断り、電話を取る。

『お休み中のところ申し訳ありません。アルカディアの渡良瀬と申します』

「ああ、俺だ。どうした」

　日曜出勤中の後輩の声がいつになく暗い。良いニュースではなさそうだ。

『OJT中の新人が取った見積りのチェックをかけていたのですが、重要事項説明書のアナウンスが相当数、漏れているようでして』

「ああ、それはまずいな」

　重要事項説明書というのは、うちの保険商品に関する重要な事柄をコンパクトにまとめた冊子で、見積りを送る時に「必ず読んでください」と伝えなくてはならないのだ。「なんだそんなことか」と思うなかれ、これを怠ると「商品の説明を不十分のまま契約させた」として、金融庁《おかみ》から指導が入る。最悪、業務停止命令を食らうことだってあるのだ。

『また割引の設定ミスも多く見受けられ、保険料が変わってきてしまい、早急に訂正の連絡が必要かと。数が数なので、私一人では……その、難しくて』

　消え入りそうな声で言う渡良瀬が可哀想《かわいそう》になる。別に彼女は悪くない。新人が悪いわけでもない。新人がミスをするのは当然。避けようのないことだ。ミスを繰り返して成長していく。今、俺の目の前にいるJKのように。

責めを負うべきは、監督責任者たるコーチ。つまり俺だ。

「わかった。十五分でそっちに行く」

『本当にすみません。助かります』

通話を切って、「よし」と気合いを入れる。

「すまない。急な仕事が入った。キャラクターについては宿題ということで」

「わかりました」

思いのほか彼女はすんなり承知した。彼女の祖父である社長も、こんな風に突然出勤することがあるのだろう。社長の多忙さは俺の比ではない。そう考えると彼女が多少不憫《ふびん》だった。

「その代わり、次の槍羽さんのお休みも花恋が予約していいですか？」

「…………」

不憫だがめげないやつだ。

「次はいつ休めるかわからないぞ」

「いいんです。いつでも連絡ください。宿題しながら待ってますから」

彼女はハンガーにかかっていた俺の上着を取り、袖を通すのを手伝ってくれる。なんだか女房みたい。制服姿の女子高生にそんなことをされると妙な気分だ。

「ところで、槍羽さん？」

「ん？」

「さっきの電話の声、女性でしたね」

俺は思わず彼女の顔を見返した。笑顔なのに目が笑ってない。

「そうだよ。会社の部下だ」

「あぁ。渡良瀬綾《あや》さんですか」

「……何故名前まで知ってる？」

「祖父から聞いてます。と～～～っても美人さんだって」

あ、あの社長《やろう》……。

社内の情報を孫に流してんじゃねえよ。コンプライアンス違反で告発するぞ。

「別に色っぽい関係じゃない。会社の上司と部下、それだけだ」

「槍羽さんはそう思ってても、向こうはどー思ってるかわからないじゃないですかっ」

ぷくー、と頬をフグみたいにふくらませてる。こいつ意外に……いや、やっぱりヤキモチ焼きなのか。面倒くささに拍車がかかったな。

さて、家出るのにもひと工夫必要だ。まず俺が先に出て近所の人がいないのを見計らってからメールで連絡して、彼女が出る。鍵《かぎ》は郵便受けから部屋のなかに放り込んでもらった。

俺は俺で別の鍵を持っている。

多少面倒だがしかたがない。

女子高生《みせいねん》と付き合うってのは、こういうことだ。

※　※　※

平日は朝九時から午後十時まで。土日祝日は朝九時から午後五時までが、八王子《はちおうじ》センターの営業時間だ。電話の本数は土日の方が比較的落ち着いている。ゆえに出勤しているスタッフの人数もそれほど多くない。

俺は人数分のハーゲンダッツを差し入れに持って出勤し、恐縮する渡良瀬からミスの報告を受けた。予想以上に初歩的なミスが多い。もう一度座学をやり直さなくてはいけない新人も何人かいそうだ。

「このままプロジェクト期間に突入するのは、厳しいな」

「はい。せめて開始がもう一週間くらい遅ければ手の打ちようもあるのですが」

渡良瀬は悔《くや》しそうに唇を噛む。完璧《かんぺき》主義な彼女のこと、不十分な態勢で決戦に臨まねばならないのが不本意なのだろう。

「俺たちの仕事はいつだって泥縄さ。万全の態勢で臨めることなんて、滅多にない」

「しかし、それではいつまで立っても改善されません！」

「同感だ。しかし今回のプロジェクトひとつ取ってみてもわかるように、俺たち下っ端に命令が来た時にはもう、手遅れなのさ。すべては六本木で決まっているからな。状況を変えたければ出世するしかない。上に行くしかないんだ」

「では、先輩が……」

「俺？　俺は無理だよ。パート上がりにはな」

夢を追いかけた、これは代償だ。

小説を書くことに大学四年間のすべてを費やし、就職活動を疎《おろそ》かにして「新卒」という二度と手に入らない超強力レアアイテムをスルーし、非正規としてここに潜り込むしかなかった俺が支払うべきツケだ。職自体見つからないなんてことも珍しくないこのご時世、むしろ恵まれてるといっていい。

リスクとコストのバランス計算は、保険屋の基本。

俺は自らが負ったリスクに対して、コストを支払っているにすぎない。

「だから渡良瀬、お前が出世してくれよ。八王子のみんながお前に期待してるんだから」

「……みんな、ですか」

「俺も含めた、みんなだよ」

言うと、渡良瀬は複雑そうな笑みを浮かべた。彼女が期待する答えはなんとなくわかってる。……そして、それとなくかわす術《すべ》も、この二十九年間で身に着けてしまっている。

二人で手分けして、ミスがあったお客さんに電話して謝罪し、訂正した見積り金額を伝えていく。安くなるケースもあれば高くなるケースもある。後者にあたったお客さんは当然怒り、悶着《もんちゃく》が起きる。保険料は厳正に定められているため、「ウチのミスなんでまけときますよ」というわけにはいかない。中には商品券などで補塡《ほてん》を求めてくるお客さんもいるが、そういう行為も禁止されてるため、ひたすら謝ったうえで断るしかない。これはなかなかに辛い作業だ。

ひと通り終える頃、時刻は午後六時を回っていた。捉《つか》まらなかったお客さんも何人かいるので、これは明日以降の宿題だ。彼女にえらそうに宿題を出した手前、俺が逃げるわけにいかない。

ＰＣのログアウト作業を行っていると、渡良瀬が声をかけてきた。

「先輩。今日は本当にありがとうございました」

硬い表情をしている。休日に呼び出されるのは珍しくもないことだし、お互い様な部分もあるのだから気にすることないのだが。

「そ、それで、そのお詫《わ》びというわけではないのですがっ」

「ん？」

声をうわずらせ、勇気を搾《しぼ》り出すようにして言う。

「こ、この後、ふ、ふたりで飲みに行くというのは……い、いかがでしょうかっ」

「……ん……」

どうしたものかな。

フラグが立つのは極力避けたい。職場における女性関係は極めてデリケートな事案、こじれたときはどちらかが退職するハメになることも多い。その場合、やはり立場が弱いのは女性だ。最大限、こちらが注意を払わなくてはならない。

だが同じ職場で働く以上、部下と飲みにも行かない上司というのも問題だ。期待してると言った言葉が嘘になってしまう。

男性としての好感度は抑えつつ、上司としての信頼は保持したいという狡《ずる》い考え。

恋愛アンチでも絶食系でもなく、ただのエゴイスト。

そういう大人に、俺はなってしまった。

「そうだな。行くか」

「あ、ありがとうございますっ！」

ホッとした笑顔で渡良瀬は頷いた。

「俺の行きつけの店でいいか？」

「はいっ。どこでもお供します！」

頭にあるのはあの店だった。あそこなら、どうせヤツの茶々が入る。二人きりでおかしな雰囲気になってしまうこともないだろう。

全席の電源が落ちているのを確認した後、部屋を消灯する。セキュリティに関してはすべてシステム任せなので戸締まりの必要はなく、警備室に退勤する旨《むね》を告げてサインするだけだ。日曜はビルの裏口しか開いていない。重く分厚いスチールのドアを開けて、渡良瀬と一緒に外へ出た。

七月も後半となれば午後六時でもまだ明るい。

隣を歩く渡良瀬の嬉しそうな顔がよく見えた。

「渡良瀬と飲んだことって、そういえばなかったな」

「ええ。新入社員歓迎会の時くらいでしょうか。あの時は人が多くって、ほとんど話せなかったですし」

「そうだったっけ?」

職場の飲み会の記憶って、いまいち残らないんだよなあ。課長の愚痴《ぐち》とかアツシの子供の話とか新横浜の武勇伝とか、右から左に聞き流してるからな。

「酒はイケる口なのか?」

「まあそれなり、です。先輩は?」

「弱い。ビールならグラス一杯、日本酒なら半合で酔っ払う」

「えーっ。本当ですか?　なんだか意外です」

いつになくはしゃいだ声の渡良瀬と向かったのは駅の西側。

普通の民家のような店構えを、渡良瀬が物珍しげに眺めている。

「私、駅のこっち側に来たの初めてです。なんだか隠れ家っぽいお店ですね」

「店員の態度はともかく、料理と酒の質は保証できるぞ」

建て付けの悪い引き戸をガラガラと開けると、店内は半分ほどの入り。本格的に混み始める前に入れてラッキーだった。カウンターの向こうに白髪の大将と、バイトの女子大生が一人、そしてヤツの三人が切り盛りしている。胸もでかけりゃケツもでかい、しかしそれ以外の見た目は十代という魔性のアラサー。

「いらっしゃーい……って、なあんだ。槍羽クンかあ」

「毎度毎度、もうちょっと愛想良く迎えろよ」

さっそく憎まれ口をたたき合う俺たちを見て、渡良瀬が目を丸くする。

「お知り合いですか？」

「地元の幼なじみなんだ。……奥、いいか？」

「はいはい。どぞどぞ〜。二名サマご案内〜」

渡良瀬の顔を一瞥《いちべつ》した後、ニコッと微笑《ほほえ》んで看板娘モードにチェンジする。恭《うやうや》しくお辞儀《じぎ》して座敷席に通してくれた。急に愛想よくすんなよ恐ろしい。

靴を脱いで座敷に上がり、丁寧に乾拭《からぶ》きされた木製机に向かい合って座る。瓶《びん》ビールを一本と、焼き鳥の盛り合わせとほぐし蟹身の旬菜サラダ、マグロ頬肉のカルパッチョを注文する。すぐにビールとお通しが運ばれてきた。

互いにグラスに注《そそ》ぎあって、お疲れ様の乾杯をする。

「先輩、地元はどちらなんですか？」

「北陸《ほくりく》」

「遠いですね。幼なじみも東京に来てるって珍しくないですか？」

「そんなことないよ。結局、田舎者はみんな東京に集まってくるからな」

高校時代の友達は、半分くらい東京とその周辺の大学に進学した。おかげで学生時代は賑やかに過ごせた。しかし就職後はそうもいかず、東京で希望の職につけなかった連中はみんな地元に帰ってしまった。今でもしぶとく居残ってるのは俺と沙樹《さき》くらい。

「渡良瀬は実家住まいだよな。どこだっけ？」

「笹塚《ささづか》です。通勤も大変ですし、そろそろ近くに部屋を借りたいと思っているんですが、両親に反対されてしまって」

「わかるわかる」

娘を独り暮らしさせるのって、親にとっては不安だよな。いくつになっても子供は子供だ。

お通しのマグロの山かけを食べた渡良瀬がほっぺを押さえた。

「美味《おい》しい……。とろろって少し苦手なんですけど、これは全然違います」

「それ、うちの大将が山で掘ってきた本物の自然薯《じねんじょ》だから。マグロもけさ銚子《ちょうし》であがったやつだし。山葵《わさび》は鮫肌《さめはだ》でおろしてあるの。チューブのとはちょっと違うでしょ？」

そう答えたのは料理を運んできた沙樹。

皿を置いてそのまま引っ込むものと思いきや、「よいしょ」と俺の隣に座り込んでしまった。なんだこいつ。

「店はいいのかよ？」

「今日はバイトちゃんもいるし、問題ないないっ」

言いつつ、持ってきた一升瓶を手酌《てじゃく》でやり始める。多少の茶々が入るのは想定内だが、まさか一緒に飲むつもりか？

「あ、あの、初めまして。渡良瀬綾と申します。槍羽先輩にはいつもお世話になっています」

律儀《りちぎ》に挨拶をする後輩。名刺でも差し出しそうな勢いだ。

一方の沙樹はどこまでもユルく、ぷはっとアルコールの精を吐き出す。

「よろしく〜。あたしは岬《みさき》沙樹。槍羽クンとは……まぁ、いろいろあったかな？」

「い、いろいろとはどういうことでしょうか？」

気色《けしき》ばんで身を乗り出す渡良瀬に、沙樹はお猪口《ちょこ》を差し出した。

「まぁまぁ、飲みながら話そうよ。日本酒イケる？　あー、でもまだコドモだし、青リンゴサワーとかの方がいいかにゃ〜ん？」

沙樹が目を挑発的に細めると、渡良瀬のしなやかな眉が急角度で吊り上がった。グラスに残っていたビールをあおって空《から》にすると、お猪口を奪い取るように受け取った。

「いただきます！」

「そうこなくっちゃあ」

とくとくお猪口に注がれた日本酒を渡良瀬がひと息で飲み干す。「やるじゃん」とまた注がれた二杯目も、すぐに空《あ》けてしまった。

「おい渡良瀬、そんなペースで大丈夫か？」

「大丈夫ですこのくらい！」

いや、すでに目の下が赤くなってるんだが……。

「おー、結構イケるじゃん。ささ、もう一杯いってみよう！」

一方の沙樹はけろりとしている。見た目は渡良瀬より年下に見えるのに、漂う余裕はやはり年相応《としそうおう》である。

「そんで？　槍羽クンとはどういう関係なの？」

「先輩であり、尊敬する上司です。素晴らしい方だと思います」

褒《ほ》められて思わず背筋が伸びた。嬉しいんだけど、むずがゆさの方を強く感じる。

「げー。尊敬？　こんなやつを？」

「こんなやつってなんですか！　先輩はとても立派な人です！　私が出会った大人のなかで一番です！」

いや、それは褒めすぎなんじゃないかな……。いくらなんでも一番ってこたぁないだろう。だいいち「大人」ってお前も大人じゃないか。かなり酔いが回っているのか。

「でもさ、槍羽クンちょーオタクだよ？　初恋の人ロゼッタ・パッセルちゃんだよ？」

この前からロゼッタロゼッタうるさいなこいつは。ディアボロぶつけんぞ。あとお前には言ってないが初恋の人はレディーデビモン様だ！

「ロゼッタ？　って、誰ですか……？」

「アニメのキャラクター」

「い、いいじゃないですか！　夢があって！」

ああ、渡良瀬が女神に見えてきた。隣に悪魔がいるから余計に。

互いに攻め手を失ったのか、そこでふっつりと会話が途切れた。二人は黙々と杯を重ねる。カウンターから酔客の楽しそうな話し声が聞こえるが、ここだけお通夜《つや》みたいに静かだ。つうかお前らつまみ食えよ。飲んでばかりは体に悪いぞ。焼き鳥を塩で頼んだのが気に入らなかったのか？　でも焼き鳥はやっぱ塩だろ塩。それとも独断でレモンかけたのがいけなかったか？　それは……うん、ごめん。

沈黙を破ったのは渡良瀬だった。

もう何杯目か忘れるくらい空にしたお猪口を置くと、火照《ほて》り顔で沙樹を見据《みす》える。

「み、岬さんはっ、先輩とどのよーなご関係なのでしょうかっ？」

白い顔のままの沙樹はにまっ、と唇だけで笑う。

「そりゃまあ、彼女ですけど?」

「はあ? 沙樹てめえふざけたこと言ってんじゃ、」

言いかけた瞬間、目を疑うような事態が起きた。

渡良瀬の体が右に傾いで畳に倒れ込み、そのままゴロゴロと横向きに回転を始めたのだ。

「ハイ逝《い》ったあああああああああああああああああああああああん!

アヤちゃんイッたあああああああああああああああああああああああああん!」

あ、悪霊が取《と》り憑《つ》いてる……。

目の前で起きてる光景が信じられない。「逝った」「逝きました」「ご逝去《せいきょ》」と連呼しながら、あの渡良瀬が、センター始まって以来の才媛《さいえん》、冷凍美人と言われるあの渡良瀬がどったんばったん、壁にぶつかっては逆向きに転がり、テーブルの脚にぶつかってまた逆向きに……痛い痛い、見てるだけで痛くなるが、案外ダメージは少ないようだ。なんだろう、酔ってふにゃふにゃしてるからか。まるで転がるちくわだ。

両手で押さえつけて、まだゴロゴロしようとする渡良瀬に言う。

「彼女って言っても元だぞ、元」

「もと?」

「しかも十年以上前、高校時代の話だ。とっくに終わってる」

「……じゅうねんまえ……」

死んだようだった渡良瀬の目に輝きが戻ってきた。

天井《てんじょう》からピアノ線で吊られてんじゃないかと思うくらい「ふわっ」と立ち上がり、可愛らしく握った拳を天高く突き上げた。

「復活うううううううううううううううううううううううううん！　アヤちゃんふっかつぅううううううううううううううううううううううううん♪」

いったいどうしちまったんだ後輩……。

酒それなりに強いって言ってたのに、ゲロ弱じゃねえか。

一方、沙樹は興がそがれたように、冷めた口調で言う。

「そーそー。元ね元。そーゆうわけだから。槍羽クンをゲットするなら今がチャンスだよ」

「いいかげん黙れ」

好き勝手のたまう幼なじみの後頭部にぺしんとツッコミを入れた。

「だって、あたしと別れてからずっと彼女いないんでしょ？　そろそろ誰かとくっついてもいいんじゃない？　歳《とし》も歳だし、結婚をゼンテーに」

「考えてないね」

きっぱり言うと、エキサイトしていた渡良瀬が急に静かになり、ふらつきながら座り込んだ。足に来てるな。もうこれ以上飲ませられない。

「そうなんですか？　先輩……」

「仕事が恋人みたいなもんだな。今は」

業務命令でＪＫと交際しているのだから、言い得て妙な表現だと思う。

「ふん。やせ我慢しちゃって。巨乳大好きなくせに」

……沙樹め、またもや余計なことを……。

ていうか、渡良瀬が隠れ巨乳であることを見抜いたうえでそう言ってるのか？　だとしたらたいした眼力、いや、男にわからないだけで女は服の上からでも見抜けるのだろうか。

風呂《ふろ》でのぼせたみたいな顔の渡良瀬が俺の袖を引っ張る。

「あの……先輩。私……結構、ありますよ？」

シャツの第三ボタンに指先をかけながら、上目遣《うわめづか》いに俺を見る。とろんとしていた目が潤《うる》んでとろとろになってる。はだけた襟元から会議のとき見たのと同じ白いレースと、さらに白いもっちりとした谷間が垣間見えた。うん知ってる――とはまさか言えないので、さりげなくボタンを留め直してやる。その時、乳のふもとにぽつんとほくろがあるのが目に入る。それがとてつもなく艶《なま》めかしく思えて……あー、これは場所が場所なら理性を保てた自信がねえな。

「そろそろ帰るか。タクシーを呼ぼう」

「……やだぁ。まだ先輩と飲むぅ……」

言いながら、左右前後にぐにゃぐにゃしてる。昔こういうオモチャあったな、なんだっけ。

タクシー会社への連絡を沙樹に頼み、ついでにお冷《ひ》やを持ってきてもらう。渡良瀬は美味しそうに飲み干した後、半分眠るようにして壁にもたれかかった。タイトスカートの裾《すそ》がずり上がり、薄いベージュのストッキングに覆《おお》われた太ももが半ばまで見えてる。昼間見たJKの水を弾《はじ》くような瑞々《みずみず》しさはなくとも、一日の汗でしっとりと湿って光沢をまとう、働く女の脚だ。触れれば指によく馴染《なじ》み、撫《な》でれば阿《おもね》るような感触を示すだろう。

むろん触れるわけにいかないので、上着を脱いでかぶせて隠した。

食器を片付けながら沙樹が言う。

「この子ちゃんの家、どこ？」

「笹塚」

「京王《けいおう》線の？　遠いじゃない。タクシーじゃ一万円以上かかるわよ」

「いいさ。俺が出す」

こんな煮すぎたちくわになってる状態で電車に乗せるのは不安だ。早めに帰ってゆっくり休ませ、明日からも頑張ってもらわなきゃならん。

「このままお持ち帰りしてあげたら？　絶対あんたのこと好きじゃんこの子」

「馬鹿言え。部下だぞ部下。おいそれと手が出せるか」

「えー。あたしとはアレだったのに？」

「……そういうこと言っちゃうんだ、沙樹さん……」

男子高校生のソレと比較すんじゃねえよ。サル同然じゃんあんなの。食卓に伏せてある茶碗見ただけで興奮し、丼なら鼻血出してたあの頃、高校生なら普通だよな。……だよな？

「こいつは期待のルーキーなんだよ。男で道を間違わせたくない」

直属の上司と肉体関係を持った女子社員が、ウチの会社で出世できるはずがない。例の手紙をもらった件をみんなが知ってたように、社内の噂ネットワークからは逃れられない。

「ふーん。大事にしてるんだ？」

「まあ、俺のカ○リューってとこだな」

「カイ○ュー？　ああ、いっつもあたしのカビ○ンにボコられてたあの」

「……」

そういや、こいつ対戦やたら強かったなあ……。

「そもそもお前が飲ませたからこうなったんだぞ。あした渡良瀬が二日酔いで休んだら、お前に休業損害請求するからな」

「あー。そういえば仕事しなきゃだった♪」

ザル女はまるで酔いを感じさせない手つきで食器を持ち、さっさと厨房《ちゅうぼう》に引っ込んでいった。

「ふう……」

すやすやと寝息を立てる渡良瀬の赤い顔を眺めながら、ため息をつく。

自宅ではJKを育成。会社では後輩を育成。

ポ〇モントレーナーみたいな二十九歳だ。

※　※　※

月曜朝。

社会人をこれほど憂鬱《ゆううつ》にさせる三文字もないと思う。前日に深酒をしてしまったというならなおのこと。この世のすべてを呪《のろ》いたくなってもおかしくはない。

しかし、そこはさすがの渡良瀬綾。目元に多少の低気圧は見られるものの、いつも通りパリッとした姿で出社した。

「先輩。昨夜は申し訳ありませんでした！」

PCを起《た》ち上《あ》げていた俺のところに来て謝罪する。

手には黒い革財布を持っている。まだ新しく、かつ若い女性が持つにはデザインが重厚なところを見ると、入社祝いにご両親からプレゼントされたものか。大切に育てられてきたことが窺《うかが》える。ちなみに俺の場合、親からは何もなかったが、当時七歳の妹からキリンのついたシャーペンをもらった。まったく、二十二歳の男になんてものを贈るのか。今も目の前にあります。

「気がついたら私、タクシーで家の前にいて。先輩が乗せてくださったんですよね？」

「体調悪そうだったからな」

あえてそういう表現を使った。

「お金払わせてください！」

「いらない」

「駄目です！　お店のお金も払ってません！」

「いらないって。……ああ、おごるのは最初だけだから。次からは割り勘な？」

財布を開きかけていた部下をそういう言い方で押し切った。別に方便ではない。二回目からはおごる気はないしタクシーも必要ない。今回で自分の酒量はわきまえただろう。渡良瀬はデキる子。一円単位で男に割り勘されてもきっと怒らない良い子。

渡良瀬は躊躇《ためら》うように沈黙して俺を見つめた後、短く吐息して頭を下げた。

「ありがとうございます。お言葉に甘えます」

「うん」

「あの……私、あまり昨夜の記憶がなくて。何か失礼はなかったでしょうか？」

「……ない」

ちょっと間が空いてしまった。あの白くて柔らかそうな谷間がつい脳裏に浮かんでしまったのだ。ああ、これも全部岬沙樹ってやつのせいなんだ……。あいつが俺に巨乳好きとかあらぬ嫌疑をかけるから。かけるから。

「本当でしょうかっ？」

渡良瀬が切羽詰《せっぱ》まった声を出す。

……巨乳好きが、って意味じゃないよな？

「逆に聞くが、どこまで覚えてる？」

「岬さんが、先輩の元カノだというところまでは……」

「なんだ。全部覚えてるじゃないか。その後お前は眠っちまったからな」

渡良瀬は毒気を抜かれた声で「はあ」と頷いた。完全に納得したわけではなさそうだが、追及の糸口は失ったと見える。

「あいつの言うことは大概いいかげんだから、気にすることないぞ」

「でも、付き合っていたというのは本当なんですよね」

「だから高校んときの話だよ。今はもうな〜〜〜〜〜んにもない」

「先輩はそうでも、向こうはわからないです！」

渡良瀬の顔も声も、驚くほど真剣だった。

そういえば「彼女」も同じ台詞《せりふ》を口にしていたな。その発言はある程度正鵠《せいこく》を射《い》ていたわけだが、いくらなんでも沙樹の場合は……。

「ねえよ、ねえ」

「………そうですか」

渡良瀬が小さな声で言ったその時、デスクの電話が鳴った。

『槍羽くん、課長室まで。大至急ッ』

聞き覚えのある声と台詞が響く。「大支給」だって。嬉しいなあ。臨時ボーナスかなあ。

そんな風に自分を騙《だま》しつつ席を立つ。

「それじゃあ、今日もよろしく頼む」

頷く後輩の肩を叩いて、上司の待つ部屋へと向かった。

※　※　※

ノックして部屋に入ると、課長は扉に背を向けて朝陽《あさひ》が差し込む窓を見つめていた。小さな背中に哀愁を漂わせ、まるでドラマのワンシーンのようだ。

課長が振り向き、寂寥《せきりょう》に満ちた前頭部をテカらせる。ドラマは終わってコントが始まる。

「どんなもんかね、新人の様子は」

「初日に辞めた十名以外にも、二名辞めてます。おそらくあと一名は辞めるでしょうね。残念ながら」

目を見れば、だいたいわかるのである。

前触れとしてはまず、目が死んでいく。こちらの問いかけに沈黙で返すようになり、メモを取らなくなる。次に「今日休みます」と電話がかかってくる。翌日は電話すらなく無断欠勤する。そしてその翌日か翌々日、出勤してくると同時に退職を申し出る。八割方このパターンだ。

「二十人中、三人がリタイアか。いつも通りだな」

課長は現実を理解しているから今さら落胆はしなかった。俺も理解してる……つもりだが、正直なところ毎回へこむ。ＯＪＴを完走させてやれないのは、コーチとして俺が未熟だからだ。研修を潜り抜けている以上適性はあるはずなのに、人材を活かせなかった。本人の努力次第とはいうが、その段階に達するのはＯＪＴ終了後からだと思っている。独り立ちするまでは教育者《コーチ》の責任だ。

「十七人の増員で、一週間後のプロジェクトを乗り切れるのかなあ」

「厳しいですが、やるしかないでしょう」

「現時点で放棄率の予測は？」

「およそ十一％。これをどうにか八％台に抑えたいと思ってます」

これはつまり、百本電話がかかってきたら十一本は取る前に切れちゃうよ、という意味だ。それを頑張って八本に抑えます、という話。

「八%か……。それでも多いな」

渋い声で課長が言う。かっこいい意味の「渋」ではない。渋谷《しぶや》の渋じゃなくて渋柿の渋。

「そこはもう契約数でカバーするしかありませんね」

俺たち営業チームの目的は、究極的にいえば「一件でも多く保険契約を取ること」である。取れない電話が多かろうと、契約数のノルマさえ達成できれば帳尻《ちょうじり》は合う。

今回、八王子に課せられたノルマは五百件。三週間のプロジェクト期間中に五百件。……正直、かなり厳しい数字だ。俺がコーチに就任して以来、月間の最高記録が四百七件だから、およそ百件も自己ベストを更新しなくてはならない。

「実はね、私にひとつ名案があるんだよ」

課長の表情と声が急に明るくなった。嫌な予感がする。

「プロジェクト期間中だけ、パートに一日二時間以上残業させるのはどうだろうか！」

……ああ、予感的中。

「なんだね、嫌そうな顔して。ちゃんと数字的な根拠もあるんだ。我がセンターの平均残業時間は一日およそ三十分。しかし、これが仙台《せんだい》センターだと一時間以上なんだ。よそがやってるのに、うちはできないってことはないだろう」

言われるまでもない。そんなのは誰でも考えつく手だ。「新人の数が足りないなら、今いる人間をもっと働かせればいいじゃない」。マリー・シャチクワネット理論。

だが、机上の空論だ。

「それは、仙台の主力が学生とフリーターだからです。彼らは多少の無茶がききますが、うちは主婦がメイン。まだ子育て中の人も多いんですよ。まして八月は夏休み中、お子さんが家にいる時期です。不可能ですよ」

課長はジロリと湿った目つきで俺を見る。

「やってみもしないで何故わかる。パートから絶大な人気を博す君が強く頼めば、嫌とは言わないんじゃないか？　え？　楠木って美人からもらった手紙にはなんて書いてあったんだ！」

「…………」

どんだけ広がってんだよあの噂……。闇《やみ》が深すぎるぞ社内ネットワーク。

表面上は無視して反論する。

「もちろん協力は要請します。しかし、残業を押しつけることはできません。私たち管理者側が強く頼むっていうのは『強制』に等しいんですよ。こちらにその意志がなくとも、そう取られかねません」

「構わないじゃないか、それで残業するなら」

「そんなことをすれば、彼女らは辞めますよ。来月からいなくなります」

課長は苛《いら》ついた口調でまくしたてる。

「だから、構わないじゃないかね。どうせコールセンターの離職率なんて高いのが普通なんだ。辞めたらまた雇うだけのことだろ」

「課長！」

怒鳴ると、課長はびくりと後ずさって背中を窓にぶつけた。

「八王子の受電はほぼすべてパートによって支えられています。一時の利益に目が眩《くら》んで彼女らを無下《むげ》に扱うというのは、私たちの手足を切り落とすようなものじゃないですか！」

「……そうか。そうだよなぁ……」

課長はうなだれ、力なく椅子に腰を下ろした。

こんなこと、俺なんぞに言われるまでもなくわかっているはずなのだ。この人だって八王子で長く生きてきたのだから。

課長がこうまで言わなくてはならないほど、俺たちは追い詰められている。

「しかし槍羽。じゃあどうする？　何か別の案はあるのかね？」

「ないでもありません」

俺は以前から考えていた腹案を披露することにした。

「さっき申し上げた通り、大切なのは目標である五百件の契約を達成することです。見積りした時の通話記録を聞けば、その顧客が契約の見込みアリかどうかはだいたいわかります」

「君の得意技だったな、それは」

この技能は、大学時代にやっていた作家修業の賜《たまもの》といっていい。

電話での会話を、ひとつの物語として読み解く。人間が考えつくストーリーの型なんて、それほど多くはない。テンプレと言われる要素が必ず入っている。それを、お客さんの反応のなかに見つけていくのだ。たとえば「他社の見積りも見てみたいので……」と言葉を濁されたら、望み薄。バッドエンドのテンプレみたいなものだ。「高いね、予算オーバーだよ。他にセールスポイントないの？」なんて聞かれたら、バッドに見せかけたハッピーの兆《きざ》し。最初から候補外なら、こちらのアピールなんて聞かないはずだから。

数多《あまた》の名作・傑作のプロットを分解して、単純な骨組みに直し、類似した物語を探すという練習をさんざんやったことで身についた観察眼と分析力。

結局、作家になることはできなかったのにな。

皮肉なもんだ、まったく。

「プロジェクト期間中、この作業を私が行います。見込みアリの客をリストアップし、こちらから電話をかけて契約を促すのです。かなりの契約率アップが見込めると思います」

「いい手だが、時間的に不可能だろう？　通常のコーチ業務はどうするんだ」

「残業して、行います」

課長は俺の顔をまじまじと見つめた。

「……今でも、君の残業時間はセンターでトップだったはずだ」

「ええ、不本意ながら」

「さらに増やすというのかね」

「この際しかたないでしょう。……ああ、日曜だけは休ませてもらいますよ。別の業務があるんで」

別の業務というところで課長は妙な顔をしたが、追及はされなかった。

「わかった。すべてお前に任す。頼むぞ槍羽」

「せいぜい、がんばります」

精一杯がんばりますと言わないところが、我ながら可愛くないところだと思う。

可愛くないところは、もうひとつある。

俺は課長に隠し事をしている。

実は、あるのだ。

顧客リストなんかより、もっと有効にプロジェクトを乗り切ることができる「リスト」が。

※　※　※

自分のデスクに戻ってＰＣとにらめっこしていると、アッシと新横浜が後ろを通りがかった。煙草《たばこ》の臭《にお》いをぷんぷんさせている。喫煙室から戻るときはファブリーズしろと言ってあるのに、ママさんが怒るぞ。

「聞きましたよ槍羽さん。また課長とやり合ったんですって？」

「あいかわらず恐れを知らないよねぇキミは♥」

「うるせえよ」

アッシはともかく、新横浜にだけは言われたくないところだ。

「どうせ『パートをもっと残業させろ』とか怒られたんでしょ？　で、それを断ったと」

「まあな」

「でも、ぶっちゃけ残業してもらわないと回んないよね♠　どうすんのヤリちん◆」

「いいアイディアがあるぞ新横浜。お前が二百時間残業するんだ」

すると新横浜は両手で耳を塞いで口笛を吹き始めた。そのお尻をつねってやる。

「ところで、何見てたんですか？」

アッシが覗き込んだ俺のモニタには、Ｅｘｃｅｌで作成されたリストが表示されている。

ほんの数秒も眺めないうちに、アッシはそのリストがなんであるかを見抜いた。伊達《だて》にこいつもパートから成り上がってない。動物的な嗅覚を持っている。

「これ、辞めたパートさんのリストですね。それも優秀だった人ばかり」

「ああ」

付け加えるなら、今もちゃんと連絡が取れる人間だけを選んである。

「こんなリスト、何のために？　まさか……」

「最終兵器ってとこだな」

辞めていったパートに招集をかけて、プロジェクトの期間中だけ助っ人に来てもらう。俺が選び抜いた一騎当千の強者たちだ。一人で新人十人分の働きをしてくれるだろう。このリストの七割、いや六割でいい。招集に応じてくれたら、勝利への道が一気に拓《ひら》ける。

「そんなことできるんですか？　うちの雇用契約システムとか、社内コンプラ的に」

「後付けでどうにでもなるさ。プロジェクトが上手くいけば人事部も監査委員会も目をつむってくれる。そういう風になってる」

勝てば官軍。それが会社、いや世間ってもんだ。あらゆる行為は勝利によって正当化される。

「失敗したら？」

「もちろん、コレだろ」

右手を首にちょん、と押し当ててみせた。

アツシは首をすくめて大きく身震いする。

「あっぶないことするなあ。マジでやる気ですか？」

「やりたくないね」

危ない橋だからというのはもちろん、理由はもうひとつある。

すでにここから旅立っていった人間を、俺の勝手な都合で呼び寄せていいはずがない。

このリストに載せたのは気の良いやつらばかりだから、来てくれる可能性は高い。だからこそできないのだ。課長に言った台詞がそのまま自分に跳ね返る。昔の人間関係に甘えた要請は、「強制」に等しいから。

それでもこんなリストを作ってしまったあたり、俺にもまだ「甘え」があるんだろうな……。

アッシと新横浜が去った後、入れ替わりに近づいてくるスタッフがいた。

「よう、どうしたウメ。何か用事か?」

声をかけると、そばかすが残る顔でぎこちなく笑みを返す。

彼女は梅野《うめの》という名前の女性パートで、今年で入社五年目。保険の知識と顧客対応にずば抜けたものがあり、あのママさんですら一目置いている。まだ二十五歳と若いこともあり、課長から正社員登用試験を受けないかと勧められたこともある。その気がない彼女にしつこく迫るので、俺が間に入ったこともあった。

彼女がパートのままでいたいのには、理由がある。

「あのぅ、ヤリさん、いま話せますか? ここじゃなくて、どこかで……」

うつむき加減に、小さな声でぼそぼそとしゃべる。長い前髪が目にかかっていて表情が読みづらい。まぁ、ウメはいつもこんな調子だが。

これが電話になると、ハスキーなよく通る声でハキハキと話すようになる。遠くに座っていても、「お、出勤してきたな」とすぐにわかるほどだ。休憩室に貼《は》り出される「お客様からの感謝の言葉」の常連で、「いい声すぎて気がついたら契約してた」とか「声と結婚したい」とか、エピソードには事欠かない。

「ここじゃダメな話か？」

「はぁ、まあ……」

そういえば、ウメは今日午前で上がりじゃなかったかな？　もう退勤時刻は過ぎてるのに、何故こんなところにいるのだろう。

ＰＣを離席モードにしてロックをかけ、ウメを伴って休憩室の隣にある小会議室に入る。あまり使われることがないので少し埃《ほこり》っぽい。窓を開けて換気すると、むっとするような夏の空気がエアコンに排気された熱とともに流れ込んできたので、あわてて閉めた。

小さな机をはさんで、向かいあわせに座る。

ウメはなんだか思い詰めた顔をしている。良いニュースではなさそうだ。

「申し訳ないんですけど……ワタシ……今月いっぱいで辞めさせていただきたくて……」

えっ、と漏れかけた声をすんでのところで飲み込む。

このタイミングでウメが抜けるのは痛い……。いや、痛いなんてもんじゃない。彼女の勤務形態は週五で一日八時間のフルタイム勤務。働きは正社員と変わらない。主婦が多いうちのチームにとって、朝も夜もフルで入れるウメはシフトを組む上でこのうえなく貴重な人材。

今回のプロジェクトでも、彼女の力はアテにしていた。

「理由、聞いてもいいかな」

ウメは頷いた。前髪で表情を隠したまま、胸の前で指を突き合わせている。

「実はうちのバンド、メジャーデビューが決まるかもしれなくって……。たまたまライブを見に来たレコード会社の人に興味を持ってもらえたみたいで。新曲をいくつか持ってきてくれって言われて……」

「すげえっ！」

ウメがびくっ、と仰《の》け反《ぞ》るように腰を浮かせた。その反応で自分が大声を出したことに気づく。咳払《せきばら》いをして表情を取り繕ったが、頬が熱くなっている自覚があった。メジャー？マジですげえ。バンドなんて腐るほどいるけど、そこまでいけるのは何千分、いや何万分の一か……そんなスターが身近から出るなんて！

「おめでとう！　下積みがついに実ったじゃないか」

ウメが仲間たちとインディーズ・バンドを組み、ボーカルとギターをやってることは以前から知っていた。本気でプロを目指していることも。だから、課長には「あんまりしつこく誘うとセクハラって言われますよ」と釘を刺してきたのだ。

「い、いえぇ、まだ、これからです……。これからが大事なんです。仲間とも話し合ったんですけど、ここで勝負かけようって。都内にアパート借りてみんなで住んで、昼も夜も曲作りしようって。いちおう、貯金もありますし……」

「ここからじゃ遠いもんなぁ。多摩川をまたがなきゃならないし」

八王子は「都内」ではない。都内とは「区」がつく場所のことだ。八王子からじゃ、レコード会社やスタジオ、ライブハウスに行くのもひと苦労。

「だけど、例のプロジェクトの話……そんな大変な時に抜けていいのかなって。ヤリさんにはすっごく、お世話になったのに」

「阿呆《あほ》」

「……え？」

「阿呆！　んなもん、悩むトコじゃないだろうが！」

言葉とともに、唾《つば》がサラサラした前髪に飛んだ。

「お前がパートのままでいたのは、この日のためだろ。会社に縛《しば》られるのは社畜の正社員《俺たち》だけで十分だ。辞めろ辞めろ、辞めちまえ」

「でも……プロジェクトはどうなるんですか？　新人は十人以上辞めちゃったって……」

めっちゃ心配されているのが不甲斐《ふがい》ない。俺が引き止めるとでも思っていたのだろうか。

辞めると言って辞められない職場なんて、何をどう考えても間違っている。それはもう職場じゃない。刑務所だ。

「自惚《うぬぼ》れてんじゃねえぞ、ウメ」

腰を浮かせて机に身を乗り出し、鋭い目つきで相手の顔をにらみつける。「趣味で人殺してそう」と言われていた頃の目つきを、今この時だけ取り戻す。

「お前の代わりなんざ、いくらでもいるんだよ。コールセンターの離職率なんて高いんだから。また雇えばいいだけさ」

さっき聞かされた課長の論法を使わせてもらうことにした。ハム助もたまには役に立つ。

「……ヤリさん……ワタシ……ワタシ……」

「いいか。絶対戻ってくんじゃねえぞ。八王子で見かけたらぶん殴るからな。今度俺がお前を見るのは、テレビの画面かTSUTAYAの棚だ」

ウメは膝に置いた拳をじっと見つめていた。唇の端がわななないている。ずずっ、と鼻を啜《すす》る音が室内に響いた。

「――じゃっ、退職手続きについて説明するから。メモは持ってるか？」

椅子に腰を落ち着けて事務的な口調を作り、揃《そろ》えなくてはならない書類や提出期日について説明する。よどみなく、すらすらと。コーチになって二年、毎月のように繰り返してきた言葉だ。

五分ほどで説明を終えて、ウメがメモを取り終わらないうちに立ち上がる。「残りの一ヶ月もしっかりお願いします」。これも定型文。そのまま部屋を出る。

「ヤリさん、ありがとう……ありがとうございます！」

閉めた扉の向こうで叫ぶような声がする。電話以外でこんな大声聞いたの、初めてだ。

……ああ。

まずい。困った困った。マジで困った。どうする。あいつが抜けたら来月からのシフトどうするんだよ。毎月俺を悩ます複雑怪奇なシフト表パズルがさらに難易度を増す。プロジェクト乗り切るの、いよいよ厳しくなった……。

でも嬉しい。

夢を目指すやつは、応援してやりたいんだ……。

だいいち、「彼女」の夢を応援しておいて、ウメの夢を応援しないっていうんじゃ、筋が通らないってもんだ。小説家。ミュージシャン。どちらもいいじゃないか。

俺はその足で課長室に行き、昼飯の愛妻弁当を食っていたハム太郎《たろう》と一戦交えてウメの退職を勝ち取った。快く送り出す、とならないのはしかたない。課長の立場なら当然のこと。

コーチ席に戻って、セキュリティを解除する。

復帰したPCを操《あやつ》って最初にしたことは、例のリストをゴミ箱へ放り込むことだった。

「秘密兵器、消しちゃうのかい♠」

背中から新横浜が声をかけてきた。あーびっくりした。こいつ、忍者みたいなところあるよな……。足音は立てないし、いつのまにかいなくなるし。

「新横浜よ。もしお前が辞めた会社に呼び出されたら、どうする？」

「ドロンする♦」

「だろう？」

　ドロンとはまた忍者な言いぐさだが、表現としては的確だ。

　他人の人生にまで干渉する権利は会社にはない。

　去る者は追わないのが、上司の在り方ってもんだろうよ。

　　　　※　※　※

「槍羽さん？　槍羽さんってば…………………キス、しちゃいますよ？」

　甘くて柔らかな声に耳をくすぐられて、目を覚ます。

　気がつけば自宅のリビングだった。ソファの背もたれに寄りかかってウトウトしてしまっていたようだ。制服姿の南里花恋が気遣わしげにこちらを見つめている。

「ああ、すまん。レッスン中なのに」

　体を起こし、テーブル上のカップをつまんで冷めたコーヒーを飲む。ホットでもアイスでもないコーヒー。ぬったりしてて嫌いじゃない。ぬったり。そんな日本語はないか。

「起こしてしまってすみません。お疲れみたいですね」

「うん……」

あくびをしながら生返事をする。ここ一週間、プロジェクトの前準備であまり寝ていない。今日は日曜なのでどーんと昼まで十八時間くらい寝ていたのだが、それでもまだ眠かった。人体の神秘。

「ところで、さっき何か言わなかったか？」

「いっ。いいえ。なあんにも？」

首を素早く横に振る彼女。何かありそうだったが、追及して時間を浪費するのも馬鹿らしい。

「次はなんだっけ？」

「キャラの設定を作り直したので、見てもらいたいなって」

差し出されたPCモニタの文字列を読む。登場するキャラクターおよそ……百八人？ラブコメなのに多いなオイ。女友達だけで五十人もいる。（仮）かよ。しかし、どいつもこいつもなかなか個性的である。たとえばサブキャラクターの名前が「莫迦奈《ばかな》」とか「強い子」とか、いったいどんなセンスだ。

名前はともかく設定自体はなかなかユニークだった。なんか「ラブコメ水滸伝《すいこでん》」という趣き。

「……なかなか面白そうじゃねえか」

「ホントですかっ」

やったあ♪　と座ったまま大きく飛び跳ねる。飛び跳ねたのは胸だ。ぱつっ、と盛り上がったふくらみが重たげに持ち上がり、制服の下でピチピチぴっちしてる。今日はブラウスの上からクリーム色のベストを着ているのだが、そのせいでむしろ円《まろ》みと丸《まる》みがはっきりと……本当にもう、毎日何食ってるんだよ。

「ただ、メインキャラがまだ弱いかな。特にヒーロー。カッコ良さが足りない気がする」

「カッコ良さ！」

「ヒロインが思わず恋に落ちてしまうような説得力をヒーローには持たせたいじゃないか。惚れる理由がしっかりしてるラブコメの方が俺は好きだな」

なるほどなるほど、と熱心に頷きながらスマホでメモを取る。タイピングも速いがフリック入力も神速の域だ。俺もｉモード時代から培《つちか》ったトグル打ちで対抗……いや、止めておこう。現役《げんえき》ＪＫに勝てるわけない。アプリ入れて未《いま》だにポケベル打ちしてる沙樹なら勝てるかも。

「もうこの設定で一本書いちゃったんですけど、自分でもしっくり来ない気がしてたんです。そこが原因だったのかもですね」

へえもう書いたんだ、と流れで頷きかけて彼女の顔を見返した。もやのように薄くかかっていた眠気が一気に覚める。

「書いたって、一週間で長編一本をか⁉」

「は、はい。もう夏休みに入りましたから。いつもは十日くらいかかるんですけど」

彼女は俺が驚いていることに驚いたようで、目を軽く見開いている。

「それはお前、速いなんてもんじゃないぞ」

「普通はどのくらいなんですか？」

「俺は一本書き上げるのに二ヶ月以上はかかってたかな。プロの作家でも、三ヶ月に一冊のペースで出せれば速いほうだろう。毎月刊行するような化け物もいるけど、そういう人たちと速度だけなら遜色《そんしょく》ないんじゃないか？」

「はあ。好きでやってるだけですけど」

実感がわかないのか、彼女は小首を傾げている。今までずっと一人で書いてたと言ってたからな。速い遅いは比較対象がないと自覚できない。

「だけどいくら速くても、面白くないんじゃ意味なくないですか？」

「そりゃそうだ。でも、書いてるうちにどんどん上手くなるってこともある。今はともかく書いて書いて書きまくろうぜ」

「はいっコーチ！　頑張ります！」

勢いよく手を挙げて彼女は言い、クラムシェル型のノートPCを閉じた。

「今日はお暇《いとま》しますね。おうちで設定を練り直してきます」

「もういいのか？」

「槍羽さんお疲れみたいですし、それから……ええと、そのう……」

苦笑いを浮かべながら彼女は視線を動かした。その先を辿《たど》るとリビングの西側、六畳間に繋《つな》がる引き戸がある。わずかに開いた戸の隙間《すきま》から、丸っこい瞳《ひとみ》が闇夜の猫みたいに俺たちを見張っていた。

「……雛、お前なあ」

「じーっ。あたしのことはおかまいなく。じーっ」

「まだ怒ってるのか？　いいかげん機嫌直してくれよ」

「怒ってないですもーん。もっとイチャつけばいいんじゃないですかもーん」

わけのわからない口調だが、とりあえずご立腹なのは伝わる。この一週間ろくすっぽ顔合わせてないもんなあ。仕事仕事で構ってやれてない。

彼女はピンク色のトートバッグから小さな紙袋を取り出した。

「マカロン焼いてきたので、雛ちゃんと二人で食べてください」

「雛ちゃんて言うなー」

襖《ふすま》から抗議が飛び、彼女は困ったように笑って頬をかいた。仲良くしたいのに〜って感じだけれど、この分じゃ時間がかかりそうだ。

俺は彼女より先に立ち上がって玄関へ向かう。例によって近所の目がないか確認してからでないと帰せない。

ふと思い立ち、リビングを振り返る。

「どうしてお前は、そんなに書くのも読むのも好きなんだ？」

「本は、わたしのすべてだから」

彼女はするりと答えた。

なんの気負いも迷いもない声。

「亡くなったパパの部屋にはたくさんの本がありました。マンガも小説もそれ以外の本も、いっぱい。そんなパパが言ったんです。『これが、お前に遺《のこ》してやれるすべてだよ』って。その本は、今はわたしの部屋にあります。自分が書いた本をそこに増やしたいんです。そうすることで、繋がっていられる気がするんです」

亡き親父さんとの絆《きずな》か。

感動的なエピソードだけど、多分、彼女はそんなつもりで語ってはいない。さっき「好きだからやってるだけ」と言った通り、彼女にとっては当たり前のこと。普通の親子がメールや電話で連絡を取り合い、絆を確かめ合うことが、彼女にとっては本を読んだり書いたりする行為なのだろう。

そういう「宝」を、彼女の父親は、娘に遺した。

「じゃあ、書いて書いて書きまくらなきゃな」

「はいっ」

彼女が笑うと、ぱっと部屋が明るくなった気がした。

この笑顔を見ていると俺まで元気になってくる。仕事の疲れが取れていく気がする。マイナスイオンでも出てるんだろうか？　若さの光合成でも起きてるのか？　日曜だけは休みにして良かったと心の底から思う。

頑張れ、ＪＫ。

頑張ろう、社会人。

※　※　※

ＯＪＴ最後の一週間はあっという間に過ぎ去った。

俺が予想した通り三名の脱落者を出して、残ったのは十七人。かなり質の高い十七人だ。まだ多少のアラはあるものの、即戦力として活躍してくれるだろう。光明と呼ぶには儚《はかな》いが、少しはマシな戦いができるかもしれない。

一番成績の良かった青山《あおやま》という新人が、俺のところへ握手を求めに来た。渡良瀬と同い年の若い男だ。関西風にいえば「シュッ」とした外見で、八王子にはあまりいないタイプ。

「オレ、クレジット系やネット通販のコールセンターで働いてたこともあるんですけど、この教え方が一番わかりやすかったです。槍羽コーチの作ったマニュアル、マジよくできてます。そんけーです。これならオレら、どこのセンターに行ってもやってけますよね」

「……そいつは、どうも」

握手に応じながら、胸のなかで違和感がふくれあがった。

俺を評価してくれているのは間違いないのだろうが、どうもその言葉のなかに、若干の嘲《あざけ》りが含まれているような気がする。「それだけの能力があるのに、活かせてないですね」……そんな感じの。被害妄想だろうか？　だとしたら俺もずいぶんひねくれたものだが、さっきの台詞は前にも言われたことがある。

未だに連絡が取れない、ミッシェル常務。

やつが俺を褒めちぎる時に言っていた台詞そのままだ。

去り際、青山は立ち止まり肩越しに振り返った。

「一つ聞きたいんですけど。槍羽コーチって、何のために働いてるんですか？」

「生きるためだ」

即答すると、青山はちょっと意外そうな顔をした。

「槍羽コーチは部下思いのいい人だって、みんな言ってますよ。オレもそう思ってましたが」

「なんだ。俺が部下のために働いてるとでも思ってたのか？　あいにく慈善事業の趣味はない。自分の生活のために決まってんだろうが」

「あー。そうですよね。結局、それっきゃないですよね」

へらへら笑いながら青山は去って行った。

しかし、おそらく彼は理解してない。

生きるために働くという、その本質を。

会社というのは種々雑多な人間の集団であると同時に、それ自体が一つの生き物なのだ。俺もその一部であり、全体が死ねば俺も死ぬ。情けは人の為《ため》ならず。他人を活かすことで自分の利益になる。周りが死ねば共倒れ。そういう面倒くさい、共依存的な構造を持っているのが会社であり、ひいてはこの社会だ。

究極の利己主義は、一見、利他主義に見える。

俺は自分のことしか考えない。

孫娘のためにふざけた業務命令を下《くだ》すどこぞの爺《じじい》とは違う。

誰かのためにやっているように見えたとしても、それは、すべて自分のためだ。俺のなかでは理屈づけがすんでいる。

たとえば、あのJKの夢をアシストするのだってそうだ。俺が叶《かな》えられなかった夢を彼女が叶えてくれたら、俺は溜飲《りゅういん》を下げることができる。つまりは「復讐」。果たせなかった大望へのリベンジだ。だから俺は彼女を全力でコーチする。自分のために。

情けないと、言いたければ言え。

これが大人の「夢」の叶え方さ。

Date　.　.　No　.

花恋が語る♥
槍羽メモリアル vol.2

かみつきばあちゃんイレバァ5」(1996年・当時9歳小三)

三菱鉛筆のシャープペンシル替え芯を購入した時に引ける
スピードくじに当たると手に入る消しゴムです。
おくま・おふね・おたけ・おかね・吾作の五種類があり、
さらに本体の色や入れ歯の色でバリエーションがあります。
特に金色や蛍光色、クリアカラーなどはレアで人気があっ
たみたいですね。

スーパーや駄菓子屋の軒先にあるガチャガチャで手に入る
ものは、残念ながら偽物ですが……槍羽さんの小学校で
そんなことを気にしている子はいなかったみたい。

おおらかな時代だったんですね！

第6章

八月最初の月曜日は、この夏一番の猛暑日になると予報された。

朝八時だというのに気温はぐんぐん上がり、殴りつけるような陽射《ひざ》しは通勤中まともに顔を上げられないほど。早くも熱せられたアスファルトから立ち上るむっとした熱と匂《にお》いが、まるで鉄板の上にいるような錯覚に陥《おちい》らせる。会社に着くまでのあいだ、ハンカチで何度も汗を拭《ぬぐ》わなくてはならなかった。

ビルのなかに入ってしまえば陽射しは遮断《しゃだん》できるが、今度は緊張した鋭い空気が肌を刺す。ビッグバン・プロジェクトの初日を迎えて、八王子《はちおうじ》センターはピリピリとした雰囲気に包まれていた。すでに渡良瀬《わたらせ》とアツシ、それから早番のパート数名が出社している。

「おっす、おはよう」

普段通りに挨拶《あいさつ》し、いつもよりゆっくりとした歩調を意識して席に座った。

「先輩、いよいよですね。私にできることがあればなんでも振ってください」

「そんな力こぶ作んなくていいぞ、渡良瀬」

生真面目《きまじめ》な顔つきの後輩に笑ってみせる。

「ビックバンだの言ったところで、単にいつもより電話がたくさん鳴るってだけの話だ。それを受ける準備はしてある。何も心配いらない」

他《ほか》の者にも聞こえるよう大きな声で言いながら、俺《おれ》は起《た》ち上《あ》げたPCにタイムスケジュール表を呼び出す。

CMが集中的に流れるのは、正午から一時までの一時間。そして夜七時から九時までの二時間だ。この時間帯に最大限の人員を確保できるよう、休憩や他業務との調整を行うのが俺の仕事だ。例《たと》えるなら、オーケストラの指揮者が一番近いだろうか。十七人も一挙に新人が増えているから、タクトの振りがいがあるってもんだ。

……しかし、ひとつ気になってることがある。

「新人のなかにも、早番がいたはずだな?」

「はい。青山《あおやま》くんと、仲井間《なかいま》くん、中津川《なかつがわ》さんの三名です」

「そうだ。まだ来てないのか?」

現時刻は八時半。早番のパートはすでに出勤してなければいけない時間だ。電話が鳴り始めるのは九時からだが、申し送りなどをすませる必要がある。しかし、四つの島に分かれたオペレーター席のどこにも彼らの姿はない。

「携帯にかけてみましょうか?」

「頼む」

渡良瀬の言葉に頷《うなず》きながら、どうも気に入らないものを感じる。青山というのは、俺のところに握手を求めに来た優秀な男だ。彼が初日から遅刻なんかするだろうか？　何かがおかしい。彼には、いや、彼らには何かある……。

その時、デスクの電話がけたたましく鳴り響いた。内線だ。出るまでもなく相手はわかる。

「やっ、槍羽《やりば》！　課長室、大至急ッ!!」

大子宮だって。エロイなあ——。

そんな軽口が出かかったが、口にはしなかった。隣で電話をかけている渡良瀬を憚《はばか》ったのもあるし、スタッフが不安そうな顔でこちらを見ていたからだ。

「課長室に行ってくる」

そう言って席を立つと、周りの不安はさらに大きくなったように感じた。俺の歩調も自然と早くなる。廊下に出て周りの目がなくなると、ダッシュして課長室へ向かった。

※　※　※

ノックして入室すると、課長の疲れ切った顔に出迎えられた。

この人とも長い付き合いだが、こんな顔ははじめて見る。まるで夜を徹したゲリラ戦を戦い抜き、命からがら逃げてきた敗残兵のような顔つきだった。

「もう、もうおしまいだぁ……八王子はおしまいだぁぁ……」

俺の胸にすがりつくようにして倒れ込んだ課長の体を支え、肩を揺《ゆ》さぶる。

「いったい何があったんです。六本木《ろっぽんぎ》が何か言ってきたんですか?」

「朝一番で人事部長から連絡があった。ミッシェル常務が、先週付で辞任されたそうだ」

「なんですって?」

ずっと離席中と言い訳して俺から逃げ回っていたあの男が辞《や》めた? ヤツが立案したプロジェクト開始直前で? 驚きと同時に妙な得心もあった。ここ数週間ずっと連絡が取れなかったのは、高飛びの準備に忙しかったからか。

「しかもただの辞任じゃない。グローバル社にヘッドハントされたらしい」

「グローバル社ですか。……まあ、ありそうな話ですね」

グローバル社は、うちと同じく外資系の保険会社である。日本における最大のライバル企業と言っていい。ミッシェルはそこに引き抜かれて転職したというわけだ。外資系企業は人の流動性が激しく、同業他社への人材流出・流入はままある。

「しかし、プロジェクトはもう始まるんですよ。今さらヤツが逃げたところで、それがなんだっていうんです?」

「同時に人事から通達を受けた。十七名の新人、全員が退職するとのことだ」

「退職⁉ 全員がですか⁉」

耳を疑いたくなるような事実だった。声と視線で問いただすと、課長は今にも倒れそうな青白い顔でふらふらと首を縦に振る。

「しかし、何故《なぜ》今になって？　せっかく研修とＯＪＴをやり通したというのに、彼らになんのメリットがあるっていうんですか？」

「まだ裏は取れていないと、人事部長も仰《おっしゃ》っていたのだが……」

「構いません。話してください」

苦り切った表情で課長はうなだれると、ぽつりぽつりと話し始めた。

「八王子は利用されたんだよ。特に、槍羽。君の優秀さに目をつけたミッシェル常務に」

課長の話を要約するとこうだ。

グローバル社はこれまで外注ですませていたコールセンターを自社で立ち上げるべく、準備を進めていた。しかしノウハウがない。オペレーターを採用・育成・運用するマニュアルが彼らにはなかった。その場合、他社から経験者を引っ張るのが手っ取り早い。グローバル社はうちの営業部門全般を統括しているミッシェル常務に目をつけて接触し、巨額の年俸でヘッドハントを持ちかけ、成功した。

ここまでは良い。珍しくもない引き抜き話だ。

本件の悪辣《あくらつ》な点は、ミッシェルが転職する前に、俺のオペレーター育成ノウハウを盗んでいこうとしたところだ。無論、研修資料やマニュアルを社外に持ち出すことはできない。

れっきとしたコンプライアンス違反であり、法に触れる可能性がある。だから、ヤツは「人」を使った。プロジェクトのために採用する三十人のなかに、グローバル社の息がかかった人間を送り込んだのだ。

おそらく、それは最後まで残った十七人だったのだろう。

研修初っぱなであっさり辞めた十人についても、これなら納得がいく。彼らは「ダミー」だったのだ。わざと辞めそうな連中を採用し、そちらに目を引きつけさせた。

「たいした策士だったわけですね、あの野郎」

俺の教えをたっぷりと吸収し、「どこのコールセンターでもやっていける」人材に成長した連中は、グローバル社にそれを持ち込む。そして、俺がどんな方法で研修を行ったか、育成したかを余さず伝える——俺のノウハウをそっくりそのまま、手に入れやがった。十七名の即戦力とともに！

こうなってくると、このビッグバン・プロジェクト自体、ヤツが仕掛けた壮大な罠《わな》だった可能性も……いや、きっとそうだろう。あの若さで常務となるだけの能力、そして狡猾《こうかつ》さを持ち合わせた男なのだ。

「うちは訴えないんですか、これ。ようは産業スパイでしょう」

「法務部の話では難しいという話だ。形だけ見れば『前職の経験を活かしてグローバル社で働く』というだけのことだからな。コールセンターのような入れ替わりの多い職場で、前にうちで働いていたという理由でスパイと決めつけるのは困難だ。外資ではこういう話はたくさんあるからな、ウチだって清廉潔白《せいれんけっぱく》な企業というわけではない……」

悔《くや》しいが課長の言うことが正しい。

前に元・編集者である沙樹《さき》から聞いた話だが、小説や漫画の業界にもこういうことはあると聞く。編集者が転職する際、自分の担当作家を新天地の出版社に持って行ってしまうのだ。それをいちいちノウハウを盗んだ、人材を盗んだ、なんて言ってたら業界が成り立たない。

しかし、最低限の仁義というものはある。

踏み台にされて「よくあることです」なんて笑ってやれるほど、俺はお人好しじゃない。他人の食い物にされて「しかたないよ」と肩をすくめてやりすごせるほど人間ができちゃいない。

課長は夢遊病者のような表情で言葉を続ける。

「この土壇場で新戦力の十七人が消えた。つまり一人の増員もなしで、大量のCMを見て電話をかけてくるお客さんに対応しなくてはならない。無理だ。絶対に無理だ……。会社は誰《だれ》かに責任を取らせるだろう。発案者のミッシェルはもういない。だとしたら、責任を取らされるのは我々だ。私の出世もパァ、妻や娘からの賞賛もパァ、パァ、パぁぁ〜……」

ついに課長は床に膝《ひざ》をつき、頭を抱えてうつむいたまま動かなくなった。

課長が絶望する役を担《にな》ってくれたおかげで、俺は冷静になれた。深く息を吸い込み、吐《は》き出して、天井《てんじょう》の一点をにらみつける。「よし」と腹に気合いを入れ直す。

「いずれにせよ、我々がやることは変わらないでしょう。一本でも多くの電話を取り、一件でも多く契約を取るのです」

「ま、また何か名案があるのかねっ、槍羽きゅん？」

顔を上げて喜色を表す課長。さっきまで死んだ魚のようだった目が、ハムスターのように可愛《かわい》らしい。

もちろんです、実はこんなこともあろうかと――。

そう答えられたらどんなに良いか。

だが、俺はただのサラリーマン。

無敵のヒーローじゃない。

「ありません」

「…………ああぁ。あはあああぁ。あはははあああああああああああああああああああはあ」

課長は床に尻《しり》もちをつき、後ろの机にもたれかかって虚空《こくう》を見つめる。

これ以上ここにいて、上司と絶望を共有していても始まらない。

俺は踵《きびす》を返し、課長の悲しげなうめき声を振り切って部屋を出た。

※　※　※

コーチ席に戻る途中、ズボンのポケットで携帯が震えた。取り出してみると、表示されていたのは「非通知」の文字。

このタイミングでかかってくれば、相手は想像がつく。

小走りに廊下へ出て、非常階段に通じる重たいドアを開ける。階段を上って屋上へと続く踊り場にやってくる。新人の頃《ころ》から、一人になりたいときよく使う場所だった。

『ヘイ、ミスタ槍羽！　ご機嫌はいかがかね？』

どこか人をいらだたせる明るい声が鼓膜を打つ。

このおどけたノリは天然も入っているのだろうが、相手を怒らせて余裕を失わせ、会話を有利に運ぶためのスキルなのだろう。むろん目上に対しては使わない。目下の、立場の弱い人間に対するときのメソッドなのだ。

『今頃《いまごろ》そちらは大変なのではないかと思ってねぇ、かけてみたんだ。どうだい調子は？』

「お陰様でたった今、最悪になりました」

『あれあれ、まさかヤリちん怒ってる？　まあ致し方ないことではあるけれど、こっちにだって言い分はあるんだ。ヘッドハントに応じた理由ってヤツがさ。……おっと！　マネーじゃないよ？　もちろんマネーはたっくさん積まれたけど、それだけでこのミッシェル、動く男ではない！　昨日は一時間しか寝ていなァい！』

理由も睡眠時間も聞きたくないのだが、ヤツはどうやら演説がしたいらしい。

『アルカディアね、ありゃ、だめだよ。ボクはもう見限った。あんな老害社長がデカイ面《つら》してるんだから。ボクらのようなナウなヤングはノーフューチャー。真のエクセレント・カンパニーからはほど遠い企業さ』

エクセレントうんぬんはよくわからんが、社長が老害なのは同感だ。

『グローバル社にはね、ドライヴ感があるんだ。社長はボクより若くて、しかも女性なんだ。イノベーションを感じるよ。保険業界のデファクトスタンダードを目指すビジョナリー・パーソンだよまさに！』

へえ、社長は美女なのか。いいなあ。……ん？　ビジョナリーてそういう意味じゃなくて？

「それで、わざわざ電話をかけてこられた理由は何でしょうか？」

水に落ちた犬を叩《たた》きに来たのかと思いきや、そうではないようだ。

電話口の向こうで咳払《せきばら》いする声が聞こえた。真剣な話が始まる気配が伝わってきて、耳に意識を集中させる。

『なあ、ミスタ槍羽。ボクと一緒にグローバル社へ来ないか？』

「…………」

くだけた口調から一転、女性を口説《くど》くような柔和さと熱心さが声にこもっている。

『グローバル社はコルセン運営のノウハウを持つ人材を求めているんだ。ボクが推薦すれば二〇〇パーセント問題ない。年収は間違いなく上がるし、ポストも課長より下ってことはないと思う。チミが右腕になってくれたらボクも心強い。その能力にふさわしいステージで、思いっきり活躍してみないか？』

これは、あれかな。

世界の半分をお前にやろう、はい／いいえ、みたいな選択肢かな。

ミッシェルによる説得は、それからたっぷり十分以上続いた。チミみたいな優秀な人材がコーチ程度にとどまってるからアルカディアはダメなんだ、とか。ボクは勇気を持って脱獄したのだ、次に続く勇者は誰かな？　ダ、レ、カ、ナ？　とかとか。古巣批判と自己賛美の醜悪なジョグレス進化、オレエライモン。

なんと言われようと、俺の答えは決まっている。

「お断りします」

無限の泉のようにわき出すかと思われたミッシェルの自己賛美が止まった。

しばしの重い沈黙の後、長い長いため息が電話口で吐き出された。ヤツの口臭までかぎ取れそうなほど近く、そして沈痛な響きに満ちた嘆息。

『……君も、所詮は、社畜かぁ』

社畜呼ばわりされたのはこれで二回目だ。一回目は、ミッシェルが今さんざん批判したクソ社長。皮肉にもヤツは敵を模倣してしまった。

『ボクはね。本当に、本当の本当に、槍羽鋭二《えいじ》のことを高く評価していたんだよ。君だけは他の下っ端とは違った。会議の時もこのボクに堂々と意見を述べてきた。指示待ち人間、マニュアル人間な連中とは一線を画している。ただ与えられた仕事をこなすだけの男ではないと……そう思ったから声をかけたのに!!』

ミッシェルの声は次第に熱を帯び、最後は怒りのために震えた。

何故ヤツは激怒しているのか？

それは、俺に対して本当に良いことをしたと思っているからだ。

ヤツは出世こそ最高の幸福であると思い込んでいる。コーチなんて役職はゴミ同然であり、その底辺に生息する人間に手を差し伸べるのは善意あふれた行動であると信じている。

その善意が傲慢《ごうまん》だなどと、微塵《みじん》も思わない。

ゆえに、その手を払いのける行為は、とてつもなく理不尽な仕打ちに感じるのだ。

はるか高みから地獄へ蜘蛛《くも》の糸を垂らしてみせた神様は、自ら糸を切った愚か者を「裏切り者」として遇するだろう。尊い慈悲を拒絶した虫けらを、決して許さないだろう。

どんな虫けらにも、意地はあるのに。

「あなたの言う通り、俺はただの社畜にすぎませんよ。は、見る目がなかったですね」

『……貴様ァ……』

「怒りたいのはこっちなんですよ、元常務」

ヤツが熱すれば熱するほど、俺の声は冷めていく。

「あなたが言った通り、アルカディアという会社は最低だ。発案者であるあなたがいない以上、プロジェクト失敗の責任は現場が取らされる。課長と私には処分が下されるでしょう。一人だけ逃げるなんて虫が良すぎるじゃないですか」

『知ったことか』

予想通りの台詞《せりふ》をヤツは吐き捨てた。

『まあいい。そこまでの男だってことだねチミも。そうやって一生八王子の山奥でくすぶっていればいい。もっとも、我がグローバル社が勢力を伸長させていけば、不採算なセンターなど閉鎖を余儀なくされると思うがね。その時、ボクの申し出を受けなかったことを泣いて後悔するがいいさ。——あばよ、ヤリちん』

言うだけ言って通話は切断された。

虚《むな》しいツーツー音が階段の踊り場にひっそりと流れる。

スマホをポケットにねじこんで、ふうと大きくため息をつく。

受けるって手も……あったかな？　受けたように見せかけて、やつをおびき出してボコる。その程度の駆け引きは弄《ろう》しても良かったかもしれない。……いや、そんな暇《ひま》はないか。

今、やつをどうこうしたところで事態は変わらん。

まず目の前の仕事から叩き潰《つぶ》す。

課長の椅子《いす》だの年収アップだの、輝かしい出世への道だの、そんなものは社畜にふさわしくない。イノベーションもデファクトスタンダードもビジョナリーも関係ない。ただひたすらに電話を取り続ける単純労働。罵詈雑言《ばりぞうごん》のクレームを処理する果てしなき東奔西走《とうほんせいそう》。苦役。忙殺。酷使。残業。残業。残業——。

槍羽鋭二の職場《せんじょう》だ。

※　※　※

部屋に戻るとともに、出勤中の全スタッフを会議室に集めた。

事のあらましを話すと、誰もが事態の深刻さに青ざめ、口を閉ざしてしまった。

「何か打つ手はあるんですか？　先輩なら、何かあるんでしょう？　奥の手が」

「ない」

渡良瀬から課長と同じことを聞かれたので、同じように首を振る。どうもこの後輩は俺のことを美化しすぎなんじゃないか。実は俺ウンコしないいんだぜ、とか言ったら信じるかもしれない。……いや、さすがにそれはないか……。

渡良瀬と同様に心細そうな目をしたパートたちに向けて言う。

「大ピンチであることは間違いないが、だからこそ、一本一本の電話を丁寧に取って欲しい。放棄率が上がるのはどうしようもない。電光掲示板も赤く染まるだろうが、今回ばかりは気にしなくていい。もういっそ開き直って、どっしり構えてくれ」

最前席に座り、言われなくてもどっしり腕を組んでいるママさんが口を開く。

「それでいいのお？　鋭ちゃん。大丈夫なの？」

「焦《あせ》ったところで、人が増えるわけじゃあないですよ」

すべての電話を取るのは物理的に不可能だ、もう諦《あきら》めるしかない。後はプロジェクトの目標である「契約五百件」。この達成に一縷《いちる》の望みを託《たく》すしかない。

ママさんが険しい顔で俺を見つめる。

「あんた、まさか自分ひとりが泥をかぶればいいなんて思ってるんじゃないでしょうねえ？　責任ぜんぶひっかぶって辞めようとか。そういうこと考えてなあい？」

渡良瀬がはっとした顔になり、不安げな眼差《まなざ》しを俺に向けた。

苦笑して首を振る。

「まさか。俺だって生活がある身ですよ。……それに」

いったん言葉を切って全員を見渡し、それから――拳《こぶし》を握ってガン！　と机に振り下ろした。突然感情を露《あら》わにした俺に、会議室の全員が動きを止める。重い空気がかき混ぜられ、消沈は驚きに変化して、下を向いていた目が俺に集まる。

「今ごろ、ミッシェルの野郎は高笑いしてやがるんだ！　新天地で多額の契約金を手にしながら『ざまあみろ』ってな！　しかし、ヤツは計算違いをしている。こちとら山出し、八王子育ちのサラリーマン。挫折と後悔のプロなんだ！　こんな程度でへこたれてたまるか！」

——俺たちを敵に回したツケは、必ず支払わせてやる。

ふーっ、と大きな息を鼻から吐き出し、もう一度、会議室を見渡した。

うちしおれていた面々の表情に活力の芽吹きがあった。いつも通りの、いやいつも以上の気力が彼らに充満していく。

闘魂注入成功。

よし、これで戦える。少なくとも戦う前に敗北することはない。

時計の針は八時五十五分。電話が鳴り始める五分前を指している。

「それでは今日も一日、よろしくお願いします」

頭を下げると、「よろしくお願いします！」の声が唱和した。

※　※　※

全員が持ち場に戻った後、会議室に一人残ってPCを開いた。テレビ電話機能を持つアプリ「Ｓｋｙｐｅ」を起ち上げ、六本木と連絡を取る。

相手はダイレクト事業本部長の室田《ムロ》さん。三年前まで八王子センター長を務めていた人で、俺が直接連絡を取れる中では一番えらい人だ。ちなみにセンター長という役職は名前とは逆にほぼほぼ六本木の住人である。八王子にも席はあるのだが、来るのは年に二、三度というレベル。現八王子センター長もその例に漏《も》れず現場はほったらかしだ。

そのセンター長よりさらに上のポストが本部長で、全センターを統括している。

「ご無沙汰しております。室田《むろた》本部長」

『ようエース。連絡が来るんじゃないかと思っていたよ』

アプリのウインドウに本部長の顔が大写しになった。こんがり日焼けした肌はプロ級の腕前というサーフィンの賜《たまもの》だろう。ちょうどシーズンだもんな。後ろに映っている棚のトロフィーも大会で入賞した時のものだと自慢されたことがある。課長より年上で五十代前半のはずだが、課長より五歳は若く見える。

『ミッシェル常務の件はこちらでも騒ぎになってる。すまんが、どうしてやることもできない。すでに彼はグローバル社に籍《せき》を移しているからな』

「いえ、常務の件ではありません」

『なら応援の手配か？　言われるまでもない。他センターから八王子に回してやれないか掛け合ってみたんだが、どこも手一杯でな。お前らだけでなんとかしてもらうしかない』

「それは、ありがとうございます。しかし応援の件でもありません」

本部長は椅子を軋ませ、モニタに顔を近づけた。目には不審の色が浮かんでいる。

『じゃあなんなんだ槍羽。例のプロジェクトに絡《から》んだことじゃないのか？』

「高屋敷《たかやしき》社長のＳｋｙｐｅＩＤ、本部長ならご存じですよね？　教えていただきたい」

『………』

やや沈黙があった。こちらの真意を探るような目つきで腕組みをする。

『まさか社長に直談判《じかだんぱん》でもするつもりか？　駄目だな。相手にされるわけがない』

「相手にするかどうかは、社長がお決めになることです」

『現場の一コーチが社長と直接話すなんて、無理に決まってるだろう。身の程をわきまえろ槍羽。エースだとおだてられて、少し調子に乗ってるんじゃないのか？』

――おだててるのは、あんたらじゃないか。

俺は彼に悟《さと》られないようため息をついた。この人も前はこんなじゃなかった。俺が入社したての時はまだ課長で、電話対応に慣れず苦労していた俺の肩を叩いてねぎらってくれた。

六本木に行ってからだ。変わってしまったのは。

「教えられないというなら、俺のＩＤを社長にお報《しら》せ願います。大至急連絡をくれるようにと、今すぐ電話かメールで伝えてください」

『馬鹿《ばか》な！　それこそ無理だ！』

本部長は机を平手で叩いた。

『社長と直接話したいというなら、それなりの手続きを踏むべきだろう。アポを取った上でお前から六本木に出向くべきだ。それが社会人の常識ってものだろう。それをＳｋｙｐｅだと？　ナメたことを抜かすな！』

なるほど。それは道理だが、先に常識破りの「業務命令」を出したのは社長だ。俺だけが一方的に遵守しなきゃならない法はあるまい。

「今、私は現場を離れることができません。あと数時間もすればＣＭ攻勢が始まり、ここは戦場になります。兵隊を見捨てて指揮官が逃げ出すわけにはいかないんです」

『なら後日にするんだな』

「それでは遅い！」

モニタを怒鳴《どな》りつけると、本部長は軽く椅子を引いて身じろぎした。

目に力を込めて言う。

「本部長、いいえ室田課長。むかし俺にこう言ったのを覚えてますか。『困ったことがあれば、なんでも俺に言え』って。あれはもう無効ですか。六本木に行って、もう別の人間になっちまったっていうんですか」

本部長は鋭く俺をにらみつけた。こちらも真っ向から視線を受け止め、無言のにらみ合いになる。重苦しい沈黙が続く。こうなったら我慢比べだ。そして我慢比べなら俺は負けない。昔から要領は悪いが、待つことだけは苦にならない。

やがて、本部長は全身で吐息した。

『お前の強情さは変わらんな、槍羽。新人の時からそうだった』

「ご迷惑をおかけします」

『社長にはメールしておく。しかし、連絡なんざ期待するな。あの方が一日何件メールを読むか知ってるのか。俺からのメールだって、果たして何日後に読むやら。ましてや返事など来るはずがない』

「それに関してですが、ひとつお願いがあります。件名に『槍羽の業務命令について』とつけていただけますか」

『業務命令？　何だそれは』

「社長にはそれで伝わるんです。お願いします」

本部長に礼を述べて、通話を切った。

買っておいた缶コーヒーを開けて、飲み終わらないうちに、ＰＣから呼び出し音が鳴った。ウインドウに見知らぬＩＤが表示されている。クリックすると、見覚えのあるロマンスグレーが映し出された。

『槍羽ァ！　花恋《かれん》たんに何があった⁉』

「…………」

自分でやっておいてなんだけど、ここまで爆釣だとは思わなんだ。

「しばらくぶりです。高屋敷社長」

『挨拶はいい！　儂《わし》の孫娘と何があった？　言え！　毎週、き、貴様のマンションに出かけているのは知っているんだぞ！　お前に会う前日は輪切りにしたフルーツを顔にのっけて、美顔パックだとか言って！　風呂《ふろ》にも二時間は入ってるんだ！　半身浴とか言ってるがのぼせたらどう責任取ってくれる！』

「……」

あいつ、そんなことしてんのか。美容にそこまで気を遣わなくても、若さで肌ツヤ充分だろうに。まあ彼女のことだ、読書しながら二時間なんてすぐだろうけど。

「ええ。清い交際を続けていますよ。業務命令通り」

いささか悪役じみているなと思いつつ、社長には冷淡な態度を取ってしまう俺である。

「用件はお孫さんのことではありません。騙《だま》して申し訳ありませんが」

『何⁉　……ふむ。じゃあプロジェクトの件か』

俺を咎《とが》めたりはせず、落ち着いた口調になる。クソジジイから社長の顔へと切り替わったのを感じる。こういうところはさすがだ。

こちらも現場責任者として社長に相対する。

「常務がグローバル社に寝返った以上、本プロジェクトは即刻中止、あるいは規模を縮小すべきでしょう。ＣＭを打ち切ることはできないのですか？」

『社の恥を広告代理店やテレビ局に話せと？　駄目だな。ＣＭは予定通り三週間流す』

だろうな。俺もこのセンは期待しちゃいない。

「ではせめて、目標を下方修正してください。八王子センターの現戦力では五百件の契約達成は不可能です」

『それも駄目だ』

「何故です？　絵に描いた餅《もち》になるのは目に見えてるじゃないですか」

『君ならできるんじゃないのかね槍羽コーチ。今まで数々の不可能と言われたノルマをこなしてきたじゃないか、八王子は』

「簡単に言わないでください！」

そのノルマをこなすのに、八王子のみんながどれだけの汗と涙を流してきたと思ってるんだ。上の人間にさも当然のことのように言われたくない。

高屋敷社長は身を乗り出し、まるで諭《さと》すような口調で言った。

『いいかね槍羽くん。企業にはメンツというものがある。ライバルであるグローバル社に一杯食わされて、おめおめ引き下がることなどできん。石にかじりついてでも目標を達成し、奴《やつ》らに吠《ほ》え面《づら》をかかせてやらにゃあならんのだ』

「不可能だと申し上げたはずです」

『いいや。君ならできる。今のところはミッシェルの、いやグローバル社の思い通りに事が運んでいる。してやったりとほくそ笑んでることだろう。しかし、実際はそうはならんのだ。人員を引き抜かれても我が社は態勢を立て直し、見事に目標を達成し利益を上げる。こんなはずではなかったと奴らは吠え面をかく。……それが、真のビッグバン・プロジェクトの全貌だよ』

ゆったりとした余裕すら感じさせる声に、ハッとなった。

「……社長。あんた知ってたな？　ミッシェルの陰謀を前もって知ってたな⁉」

見事な白髭《しらひげ》を蓄えた口は微動だにしない。沈黙は肯定。タヌキ。タヌキタヌキタヌキ！

八王子だけじゃない。六本木にもタヌキがいた！

「そうか。そういうことだったのか……。こんな無謀な計画を何故あんたが見逃したのか、疑問だったんだ。そういうことなら納得がいく。次期社長候補の最有力と目されてたミッシェルがいなくなれば、万々歳だものな。失敗してもあんたは傷つかない。詰め腹は現場に切らせて被害者ヅラを決め込む——そうだろう⁉」

白髭の下から重々しい声がする。

『これは高度な経営判断なのだ、コーチ』

「だったらこっちは現場の判断だ、社長！」

叩きつけるように俺は叫んだ。自分が敬語を使っていないことに気づいたが、もはやその必要を認めない。

社長は一度目を閉じると小さく首を振った。そして開いた時には、あの時の——駅で「花恋をよろしく頼む」と言ったときの穏やかな目になっていた。

『槍羽よ。儂はまだ社長の椅子から退《しりぞ》くわけにはいかんのだ。いや、さらに登り詰めねばならん。花恋が立派に成人するその日まで。それがあの子の両親と交わした墓前の誓いだ』

「次はお涙頂戴か」

俺は吐き捨てた。その手には乗らない。

「彼女はもう立派だよ。俺やあんたみたいな大人より、よほど純粋な情熱を持って夢を追いかけている。ひたむきで、一生懸命だ。人間にそれ以上大切なものがあるのか？　それを捨ててまで守らなきゃならないものがあるっていうのか？」

『その立派な孫娘が、ひたむきに好いているのが、君だ』

穏やかな目が、再び妖怪のものへ変わっていく。

『乗り越えてみせろ、この試練。社長の孫娘と結ばれるにふさわしい男だと証明してみせろ。……わかるな？　儂の言っている意味が』

「大きなお世話だ！」

拳をキーボードに振り下ろしたい衝動と戦わねばならなかった。どうにかそれをこらえ、怒りを震える息へと変えて吐き出した。

「いいだろう。乗り越えてやる。今はあんたの道具として使われてやろう」

『……』

「だが、あんたにもきっちり仕事をしてもらうぞ。八王子が契約五百件を達成した暁《あかつき》には、必ずミッシェルの野郎を俺の前に連れて来い！　それが条件だ。いいな⁉」

『わかった。約束しよう』

社長が頷くのを確認して、乱暴にマウスを操《あやつ》ってアプリを落とした。

デスクトップの画面に映る自分の顔を眺《なが》めていると、深い後悔が襲ってきた。売り言葉に買い言葉。結局俺は、上手《うま》く乗せられてしまった。

「……くそったれが……」

それに比べて、社長のなんと老獪《ろうかい》なことか。ただの孫コンかと思ったらとんでもない、常務の陰謀すら自分の地位強化のために利用する狐狸妖怪《こりようかい》。出世するやつ、金儲けするやつ、偉くなるやつってのは、こういう連中なわけだ。社畜の肉を食らって肥え太る化け物め！

だが、何を言っても負け犬の遠吠え。

勝たなきゃエサなのだ。

※　※　※

それは正《まさ》しく、電話の地獄だった。

全国一斉、特にゴールデンタイムに流されるCM乱舞がもたらした効果は絶大で、八王子センターに電話の怒濤《どとう》が王《アイオニオン・ヘタイロイ》の軍勢の如《ごと》く襲いかかった。取っても取っても鳴り響くベルの音に、パートも社員も精一杯流されないよう踏ん張った。一本でも多く電話をと小休憩も取らないため、声が嗄《か》れる者が続出した。かくいう俺もガラガラだ。このままではもたないので、強制的に交替で休憩させることにした。やる気は嬉《うれ》しいがふわふわ時間・第六話劇中ｖｅｒ．みたいな声で電話対応させるわけにはいかない。もうふわふわするの、ツライんだよね！

これだけ皆の頑張《がんば》りがあっても、一週目の結果は厳しいものになった。

放棄率は十六％にのぼった。通常は十％を超《こ》えたらレッドゾーン、課長ともども六本木に呼び出しを食らう。それを六％も超過しているのだから、どれだけひどい状況かわかるというものだ。しかし、今のところ呼び出しはない。さすがのお偉いさんたちも今の過酷な現実がわかってはいるのだ。ただし、あくまで今のところはという話。契約五百件が達成できなければ、彼らは容赦なく現場に責任を問うてくるだろう。

そしてその契約数は、初週百七十件となった。

五百件の目標を三週間で達成するためには、単純計算で週に百六十七件の契約が必要となる。それをわずかに上回る数字だ。これに関しては渡良瀬の功績が大だった。俺が作成した例の「有望顧客リスト」に片っ端から電話をかけて、かなりの契約をもぎとってくれたのだ。俺が直接かけるよりよほど高い契約率だったと思う。これでまだ入社五ヶ月目だというのだから恐れ入る。あらためて渡良瀬の優秀さがセンターに轟《とどろ》き、「冷凍美人」という陰口もこの時ばかりは鳴《な》りを潜《ひそ》めた。

意外な活躍を見せたのは我らが不良社員・新横浜太郎《しんよこはまたろう》だった。スキあらばサボろうとするのはいつも通りなのだが、ヤツに回す電話を俺の権限でちょいと操作したのだ。

コールセンターに電話をかけたことがある人なら、繋《つな》がるまで長く待たされた経験が一度ならずあると思う。延々と保留ＢＧＭを聴かされたこともあるだろう。かくいう俺も洗濯機の故障でサポートセンターに電話したとき、十五分も待たされた挙げ句、「その点はこちらではお答えできかねますので、今から申し上げる番号におかけ直し願います」と言われて怒鳴る気力もなくし、新しいのを買ってしまった。これがメーカーの作戦なのだとしたら降伏するしかない。

恥をさらすようだが、八王子センターでもこういうことは起きる。ましてや電話がパンクしてる現状、十分以上待たせてしまうお客さんが続出した。

そういう電話を、すべて新横浜に回したのだ。

「おっでんわありがとうございまぁ～すっ♥　あなたの新横浜太郎と申します♠　……あぁ奥サマ、そう怒鳴らないで♣　美しいお声が台なしです♥　お怒りはごもっとも、しかしまぁボクの話を聞いてください♠　いやぁそれにしてもお美しい♥　声でわかりますよ◆　この電話モニタ機能はついてないのかなぁ残念だなぁ♠」

……とまぁ、こんな感じで、怒りを雲散霧消《うんさんむしょう》させてしまうのだった。おかげでこれだけ電話が鳴ってるにもかかわらず、待たされたことについてのクレームは0。俺史上、最高に新横浜が業務に貢献した一週間だった。

しかし、渡良瀬と新横浜の活躍をもってしても、状況は厳しい。

後半になればなるほど疲弊することを考えれば、今回の百七十件が最大値になる可能性が高い。できればあと二十件、いやせめて十件、貯金を作っておかねばならなかったのだが。

そして二週目、予想は的中した。

契約数はたったの百三十件に留まった。過労や喉《のど》の痛みで体調を崩してしまうオペレーターが四名出たのだ。責めることなどできない。そうならないほうが不思議な状況なのだ。

「…………そうかぁ、…………」

状況を報告したとき、課長はただそれだけを言って机に突っ伏して動かなくなった。一礼し、無言で課長室を出る。扉の向こうからすすり泣く声が聞こえてきた。

——残り一週間で、契約二百件達成。

それはもう、絶望的な数字だ。

※　※　※

土曜日は午後五時で電話の受付が終わるため、残業し放題である。ヤッター。

普段は日中のスキマ時間に片付けている雑務を、残業して行った。休憩室の冷蔵庫を掃除するから飲食物を保管してる人は片付けておいてくださいと張り紙をしたり、ロッカーが空《あ》いたので使いたい人は申し出てくださいというメールを書いたり。これって総務部の仕事じゃないのかと思うが、我が八王子には総務部それ自体が存在しないので、職場環境については現場監督、つまり俺に一任されているのである。土曜の夜、独りぼっちで冷蔵庫の掃除なんかしてると、俺はいったい何屋だという疑問を禁じ得ない。頭がビッグバンしそう。

そんな感じで激務を終えて、命からがら、声もガラガラで帰宅の途についた。

ただいまとマンションのドアを開けるが、返事はなかった。バスルームからシャワーの音が聞こえてくる。我が姫は入浴中のようだ。……そろそろ機嫌、直してくれないかな。最近笑顔を見ていない。自業自得と言えばそれまでだが、あのニコーッとした太陽を拝《おが》まないと体調が悪い。とっておきの林檎《りんご》も買ってあるというのに渡すチャンスがない。避けられている……。そのうち「兄ちゃんの下着は別に洗って！」とか言われようになるのだろうか。うわ悲しい、想像しただけで泣きそう。

リビングで上着を脱いで椅子に掛け、そのまま倒れ込むようにソファへ身を投げ出した。

「…………っ、かれた……」

我ながらひどい声。

明日の日曜を入れて、残り七日間。

プロジェクトの終了が近づくとともに、俺に下される裁きの日も近づいている。むろん最後まで諦めることはしないが……身辺の整理だけはしておかなきゃな。社長にあれだけの啖呵《たんか》を切ったのだから言い逃れはできない。しようとも思わない。責任は誰かが取らねばならないのだから。

処分されるのは俺と課長だけ。そこまでだ。他に累が及ぶのは避けねばならない。入社間もない渡良瀬を罰しようとは六本木も思わないだろうが、問題はアッシだ。あいつは家庭を持ってるし、子供もまだ小さい。だからなんとか…………あ、そうだ、新横浜。あれはちゃんと道連れにしなきゃ……。

処分は減俸？　降格？　それで済めばまだいい。一番ありえるのは「転勤」だろう。疲れた脳みそのなかで人事のサイコロが転がる。何が出るかなっ何が出るかなっチャラララチャラチャラチャラララッ。ガザ地区。略して「ガチ」。せめて日本語が通じる場所ならいいが、あいにく我が社は多国籍企業。戦争中だったり紛争地域だったりしなければ御の字か。

俺のことはいい。

どうせ雑草、どこにでも棲息《せいそく》できる。

彼女のコーチもネットを使えばどうにかなるだろう。

気がかりなのは……。

「――兄ちゃん？」

　声がして、ふっと部屋が明るくなった。

「電気もつけずに、どうしたの？　寝てたの？」

　そう言われて、はじめてリビングの電気をつけていなかったことに気がついた。なんか最近世界が暗いから、明かりを点《とも》すという発想自体がなかった。

　のらりと体を起こすと、湯上がりのしっとり雛菜《ひなな》が立っていた。薄いピンクの、フリルがたっぷりついたひらひらしたパジャマがよく似合っている。去年の夏のボーナスで買ったやつだ。そういえば、今年はまだ何も買ってやってなかったな……。

「雛。こっち来《こ》」

　拒否られるかと思ったが、妹はフローリングをぺたぺたいわせながら駆け寄ってきて、俺の隣――ではなく、腿《もも》の上に座った。濡《ぬ》れたつむじが俺の目の前にある。シャンプーの匂いはやっぱり俺と同じ。なのに、なんでこんないい匂いになるんだろう。

「最近、疲れてるね。おしごと大変？」

「うん……」

「ひどい声。学園祭の時の唯《ゆい》ちゃんみたい」

　さすが血を分けた兄妹、比喩《ひゆ》のチョイスも同じである。

　雛は体をよじってこちらを向き、俺の喉仏を優しくさすり始めた。くすぐったい。こんなことしても喉の嗄れは良くならないと思うのだが……いや、イモウトノチカラで何かがどうにかなるかもしれないので、身を委《ゆだ》ねることにした。

「別にあやまんなくていいよ。兄ちゃんだって男だもん、カノジョくらい欲しいよね」

「ごめんな、雛」

「………」

いや、そのことじゃないんだが。

しかもこいつ、物わかり良さげなこと言いながらまるで納得してねえし。形だけはニッコリ笑顔でいるものの、口の周りが強張《こわば》っていて、眉間《みけん》に可愛いシワが寄ってて、何より喉をさする指に力が……ぐごご、締まる締まる。しっかり根に持ってる！

「兄ちゃん、転勤になるかもしれないんだ」

雛は指を止めて、まじまじと俺の顔を見つめた。

「転勤って、どこに?」

「わからん。日本じゃないかも」

「そうなんだ。まー、英語しゃべれれば問題ないよね。あたし、英語だけは成績落としてないんだ～。外資系に勤める兄を持つイモウトとして！」

今度は俺が雛の顔をまじまじと見てしまった。

「お前、ついてくるつもりか?」

「あたり前川《まえかわ》みくにゃんにゃん」

やはり比喩のチョイスが同じだった。

骨の髄まで、魂まで、俺の妹。

「馬鹿。本当にどこなのかわからないんだぞ。ニューヨークだのパリだのじゃなくて、聞いたこともないような国かもしれないんだ。中学も転校しなきゃいけなくなる。難しい試験を受けて入ったせっかくの中学を……」

「あたしがこっち来たのは兄ちゃんがいるからだもん。兄ちゃんがどっか行くなら、あたしも行く。それだけじゃん。なんも難しいことないやん」

太陽みたいに笑う、我が姫君。

「二人ならどこでも楽しいよ。きっと」

「……そうか」

頬《ほお》が自然とゆるむのを感じた。この感覚、どのくらいぶりだろう。ずっとずっと俺の顔は強張ったままだった気がする。雛の笑顔を前に、プロジェクトも契約ノルマも霞《かす》んでいく。心のなかにでっかい山脈のようにそびえていた葛藤が、塩を振られたナメクジみたいに小さく縮んでいく。……もちろん、消えてなくなりはしない。それでもずいぶん軽くなった。

「本当にどこでもついてこいよ。北極だろうと、南極だろうと」

「まーかして。あっ、でもネットが通じないと嫌かなっ。なんか衛星使ってつなげるやつ、そういうの契約しようよ。ほらこう、ぐいーんと、宇宙からビームがさー。それとあとドローン！　ドローン買おう！　あれがあればどこでもなんでも運べるよーヒャッハー無敵じゃん！」

すっかり気分を出して盛り上がってる妹をほほえましく見つめながら、俺は別のことを考えていた。人間、元気が出れば欲も出てくる。現金なものだ。なんとかしてやろうと勇気が湧《わ》いてくる。

プロジェクト最後の一週間、精一杯足掻《あが》いてやる。

※　※　※

自分の部屋に行き、一本電話をかけるべくスマホを取り出した。

明日のコーチを休みにしてもらうよう彼女に頼むつもりだ。社長が言ってた「俺に会うための念入りな準備」を無駄にさせることを考えると心苦しいが、最期《さいご》まで足掻くと決めた以上、すべての時間と力を注《そそ》ぎ込みたい。

…………。

ふっとした予感があって、電話の前にPCでメールチェックを行った。やっぱりそうだ、一通届いている。差出人はもちろん南里花恋《みなみさとかれん》。件名は「宿題終わりました！」とある。このあいだの「ヒーローをかっこよく」という課題をこなしてきたらしい。

添付されていたファイルには、キャラの設定とプロット、そしてヒーローが登場するシーンと活躍するシーンの実作が記《しる》されていた。

少しだけ読むつもりでファイルを開いて、たちまち引き込まれてしまった。設定の具体性、プロットの斬新さ、そして本文の活力に満ちた描写……すごい。すごい、読ませる。マウスをホイールする指が止まらない。鼻息をふうふう吹いて、時折ため息をついたり、ごくりと唾《つば》を飲み込んだり。傍《はた》から見ればまるでエロ動画でも漁《あさ》っているかのような我が仕草……いや、興奮させるという意味じゃそれ以上だ。そのくらい、見違えるように、面白《おもしろ》くなってる！

何より、弱点が克服されている。

俺が指摘した「ヒロインが思わず恋に落ちてしまうような説得力」が、今回はちゃんと備わっているじゃないか。少なくとも俺の目には「これなら惚《ほ》れる！」と映った。

全部読み終えてから、俺はすぐに電話をかけた。最初の用件などもうどうでもいい。一刻も早く彼女と話したかった。

『わたしですっ！』

またもやワンコールすら鳴らさないうちに電話に出る彼女。メールを送った後、ずーっとスマホの前でしぱしぱ見えないしっぽを振りながら正座してる姿が余裕で思い浮かぶ。ワンコールわんこ。

「面白かった！」

『本当ですか！』

短い言葉だけですべては伝わった。ぎっこんばったん、何やら飛び跳ねる音が聞こえる。またもやベッドのスプリングを酷使しているな。今度は羽毛出すなよ。

「ぐっと良くなってる。驚いたよ。ヒーローがしっかり活躍して、かっこよくなってる。まるで別人みたいだ。信じられない……」

実際、ほとんどキャラが別モノになっている。たいしたアドバイスもできなかったのに、こんなに良くなってしまうとは思わなかった。

「いったいどんな魔法を使ったんだ？」

『え、えへへ。今度はバレちゃう前に言っちゃおうかな……』

モジモジと言いよどむ感じが伝わってくる。やはり何か秘密があるらしい。

『実はこのヒーローのモデルは、槍羽さんなんです』

「えっ？」

『わたしのなかの槍羽さんを、そっくりそのまんま、キャラクターにしてみたんです』

「…………」

俺はスマホをハンズフリーモードにして、もう一度マウスを操りファイルを読んだ。これが、俺？　まさか。この主人公はサラリーマンではあるけど、俺みたいに無茶な仕事を抱えてひぃひぃ言ってない。惨《みじ》めな社畜じゃなくて、もっとスマートだ。設定から性格からスペックに至るまで、似ても似つかないと思うのだが……。

『あっ、もちろん細かい設定は変えてありますよ？　でもイメージはほぼほぼそのままです。花恋のなかの槍羽さんは、こ、こんな風なんですっ、と、いうことで……ええ……』

最後の方はしどろもどろになっていた。このタイミングでようやく恥ずかしさが襲ってきたらしい。感性がやはりどこかズレてる。

「俺はこんなかっこよくねーよ」

そう肩をすくめると、即座に反論が来た。

『か　っ　こ　い　い　で　す　よ　！　』

言葉の意味を認識する前に鼓膜が悲鳴をあげた。割れてる割れてる。声割れてる。スマホのスピーカー性能を凌駕《りょうが》する、力いっぱい目いっぱいの訴えだった。

『槍羽さんはかっこいいです。花恋が今まで見てきた大人のひとのなかで、一番です！　だから、だから……こ、こんなに好きになっちゃった……』

「……」

ひとこともなく、俺は押し黙る。

この二十一世紀生まれは、いったい大人から何本取れば気が済むのか。油断してるとすごい角度から蹴《け》りが飛んできて、心のガードが間に合わない。

「……俺はかっこよくなんかない」

そういうわけなので、子供みたいな反撃しかできなかった。

『いいえ。かっこいいです』

「かっこよくない」

『かっこいいです！』

「かっこよくない！」

『かっ、こ、いい、ですっ！』

ぜいぜいはぁはぁ、互いの荒い息をスピーカー越しに交わし合う。まるでガチで殴り合ったライバル同士のような。「なかなかやるな」「お前の方こそ」みたいな……なんだこれは。

少なくともラブコメじゃないことだけは確かだ。

『そういうわけですからっ！』

と、強引《ごういん》に彼女は路線変更し、

『わたしが面白い小説を書けるように、槍羽さん、これからもかっこよくいてくださいね』

「……ふん」

ここに鏡はないけれど、俺の口元にはきっと「ニヤリ」とした笑みが浮かんでいるに違いなかった。雛がくれた元気とはまた違う性質の気力がふつふつと胸にわいてくる。勇気？やる気？　克己《こっき》？　そのどれでもない、ひさしく俺が忘れていた感覚だった。

強く燃え上がる感情と衝動。

その名を「情熱」という。

『槍羽さん。宿題はクリアってことでいいんですよね？』

「ああ。百点満点中百二十点だ」

『じゃあ、すぐに本編の執筆に入りますね！　だから明日のレッスンは、すみませんっ、お休みさせてくださいっ』

なんと。先手を取られてしまった。

おやすみの挨拶を交わして電話を切ったが、彼女は今夜眠らないに違いない。きっと頭のなかで数々のキャラクターが暴れ回っていることだろう。早く外に出してやらないと頭がパンクする。そう言わんばかりの勢いだった。

「……負けてらんねえ……」

これだから若さは嫌なんだ。

もうとっくに枯《か》れ果てた大人の情熱に、火をつけてしまう。

※　※　※

プロジェクト最後の一週間、その終わりの始まりである日曜朝がやってきた。

寝ぼすけの雛が起き出さないうちに家を出て会社へ向かう。時刻は午前七時五十分。気温はまだ上がっていないが、オレンジ色の朝陽《あさひ》からは猛暑の片鱗《へんりん》が感じられる。暑い一日になりそうだった。

ビル警備員から鍵《かぎ》を受け取り、センターの六階に上がる。今日も一番乗りだ。ブラインドが下ろされた無人の室内に電気を点し、PCを起ち上げる。古いハードディスクがヂヂッと唸《うな》りをあげ、一夜の眠りについていたセンターが蘇《よみがえ》っていく。

ログインの後、デスクトップ上のゴミ箱をダブルクリックする。無数のファイルが放り込まれたままになっている。マウスのホイールを回しながら、目的のファイルを探す。検索をかければ一発なのだが、何故かそういう気にはなれなかった。

「……あった」

プロジェクト開始前に削除したExcelファイル。

この二年間の退職者のなかから、今回協力してくれそうな人を選んだリストだ。

その数、二十名。

「………」

このリストに載せた精鋭に、一週間限定で戻ってきてもらう。往年のオールスター選手を日本シリーズ限定で呼び寄せるようなものだ。多少のブランクがあっても即戦力になってくれるだろう。

一度は捨てた案だ。

こちらの都合で退職者を呼び戻すなんて勝手すぎると、破棄したアイディアだ。

だが、もはや他に方法がない。

残業を捧《ささ》げた。休日を捧げた。ランチタイムを捧げた。妹との団らんを捧げた。眼精疲労とドライアイを捧げた。肩こりを捧げた。何本もの栄養ドリンクと缶コーヒーを捧げた。

俺の持つありったけを、プロジェクトに捧げた。

それでも届かなかった。

今、俺に残された武器は、「人」しかない。

「…………………」

電話に手を伸ばし、プッシュボタンに指をかけたところで動きが止まる。最初のゼロのボタンがどうしても押せない。昨夜振り切ったはずの迷いの尾が再び体にまといつき、重りとなって、俺の動きを鈍くさせていた。

このリストの二十人は、檜羽鋭二の「仕事」そのものといっていい。

十年間勤め上げた人もいる。ほんの数ヶ月しか在籍しなかった人もいる。無遅刻無欠勤で勤務し続けた人もいる。稼ぐだけ稼いで旅に出た人。夢を見つけた人。子供が生まれた人。田舎《いなか》に帰った人。円満に退職した人。本社と大喧嘩の末に辞めた人。一身上の都合としか言わなかった人。二十人の事情。二十人の仕事。二十人の人生……。

たくさんの人間が俺の前に現れ、そして、通り過ぎていった。

「鋭ちゃん」

ふいに名前を呼ばれて振り向くと、ママさんが憂《うれ》いの表情を湛《たた》えて立っていた。

「おはようございます。いつからそこに？」

「ついさっきよお？　近づいても気づかないんだもん。こわーい顔して黙り込んで」

ママさんは俺の隣に来てモニタを覗《のぞ》き込んだ。

「迷ってるのねえ。退職者に声かけるの」

「……お見通しですか」

本当にこの人には敵《かな》わない。歴代コーチの仕事ぶりをつぶさに見てきた人だ、俺の考えてることくらい手に取るようにわかるのだろう。

「悩んで当然でしょお。これで契約達成できなかったら、まずクビだものねえ」

「その覚悟はできています。俺の悩みは、もっとちっちゃいことですよ」

心にためていたもやもやが、言葉となってあふれ出る。

ずっと誰かに聞いてもらいたかったのかもしれない。

「俺はアルカディアをいい会社だなんて思ったことは一度もありません。今まで十七回、辞めようと思いました。だけど実行には移せなかった。日々に追われるうちに、辞めようという気力さえ萎《な》えていく。給料という鎖につながれて、目の前の仕事をこなすだけで精一杯の社畜。それが槍羽鋭二です。だから、辞めていったあいつらがうらやましかった。ねたましかったのかもしれない。夢を持ち、あきらめず、実現しようと旅立っていったあいつらが。……そんな俺に、彼らを呼び戻す資格なんてあるんでしょうかね……」

ママさんはじっと俺の顔を見つめる。

「鋭ちゃんが本当にコーチとして慕《した》われていたのなら、みんな喜んで来てくれると思うわよお。でなけりゃ、誰も来ないでしょうね。これまで自分がやってきた仕事に自信はある？」

「自信……」

目を閉じて、今までのことに思いを巡らせてみる。

コーチに就任してから二年間、めまぐるしい忙しさだった。教育マニュアルを一から作り直した。シフトの組み方をソフト任せにせず自分で根底から考え直し、もっと効率よく運用できないか検討してみた。休憩の取らせ方を工夫してみた。どうすればやる気を出してくれるのか、発破《はっぱ》のかけ方で悩んだりもした。試行錯誤の甲斐《かい》あって成果は上がった。「八王子のエース」などという大それた二つ名までもらってしまった。……だが、果たしてみんなはどう思っていたのだろう？　万人にとって素晴らしいコーチというわけではなかった。力及ばずな部分もたくさんあっただろう。だから二十人も辞めたのだ。

それでも、自分のやってきた仕事に悔《く》いはない。

最善ではないにせよ、全力は尽くしてきた。

だって、それしかできないから。

「あるに決まってるじゃないですか」

目を開けると、ママさんが黙って頷いていた。

「しかし、俺の仕事が正しかったかどうか評価するのは俺じゃありません。今までここで働いてくれていたみんなが、どう判断してるかです」

「それなら鋭ちゃん。答えはもう出ちゃっているわよ」

「……？」

どういう意味か尋《たず》ねようとしたとき、フロアにばたばたと騒がしい足音が響いた。

「せ、先輩！」

渡良瀬だった。ちょうど出勤してきたらしく鞄《かばん》を持ったままだ。あたふたと慌てた様子でドアの方を指さしている。

「先輩っ。あの、あの、みんなが、皆さんがっ！」

言い終わらないうちに大勢の足音が響き、二十名ほどの一団がフロアに姿を現した。今日の早番スタッフではない。しかし、俺がよく知っている人間ばかりだ。この八王子で同じ時間と仕事を共有していた顔ぶれだった。

先頭にいる小柄な女性はゴミ箱の蓋《ふた》を持っていた。休憩室にあるペットボトル用のやつだ。

それを盾みたいに掲げ、顔を隠している。

「……なんの真似《まね》だ、そりゃあ？」

「だ、だってヤリさん、八王子で見かけたらぶん殴るって言ってたから……ぼ、防御……」

ぼそぼそした声がする。

プラスチックの蓋の陰から、長い前髪がサラサラ揺れているのが見える。

「ウメ……お前、どうして」

呼びかけると、デビューのチャンスを摑《つか》んだはずのミュージシャンがひょっこり顔を出した。

「ママさんたちから聞いたんです。ヤリさんがピンチだって。ワタシ……いてもたってもいられなくって」

「バカ野郎！　お前はこんなところにいる暇ないだろう⁉」

ウメは苦笑しながら頭をかいた。

「そこは睡眠時間削れば、なんとかなるかなぁと……。昼はここで働いて、夜は練習ってカンジにすれば。ずっとは無理でも、一週間くらいなら」

「睡眠時間が少ないなんて、自慢にもならねえぞ」

どっとみんなから笑いが起きた。

ウメを押しのけるようにして、他の連中が俺の前に殺到してきた。どいつもこいつも忘れようがない顔だ。

「水臭《みずくさ》いじゃないですか槍羽さん！」

「なんで声かけてくんないの〜？　もう！　アホ羽！」

「逆にショックだよ。ウチらが来ないとでも思った？」

「夏休みで子供はみんなダンナの実家に行ってるんで。今ならフルで働けます」

「俺も今ちょうどニートなんで！　あ、時給は前と同じで頼んますね〜」

俺は椅子から立ち上がって面々の顔を見回した。

常務が連れて行ったあの十七人と比べて、計算のできない甘ちゃんだらけだ。一週間勤務したところで小遣《こづか》い稼ぎにしかならないだろうに、今の生活をいったんストップして来るだけの価値が果たしてあるのか？　どいつもこいつも嬉しそうに集まりやがって！

これじゃあ、悩んでた俺がアホみたいじゃないか……。

ゴミ箱の蓋に隠れたまま、ウメがぼそぼそと言う。

「ワタシたち、辞めた後もＬＩＮＥやってて。『槍羽学級』ってグループ名なんですけどぉ。それで、みんなに連絡して……」

「職場はな、同窓会の宴会場じゃねえんだぞ」

またもや笑いの渦が起きる。この部屋でこんな笑い声を聞くの、ずいぶんひさしぶりな気がする。ずっと鳴り止まない電話でかき消されていたから。

まだ笑いが収まらない連中をかきわけて、今度はアッシが歩み寄ってきた。

「OBやOGにあまりでかい顔されちゃあ困るんすよね。僕ら現役組《げんえきぐみ》の立場がなくなるじゃないすか」

アッシの後ろには現役のパートたちが続いていた。早番はもちろん、今日は遅番のはずのメンバーもいる。

「田島、今日は早出します！」

「藤岡も早出します」

「倉島、二時間残業します。溜《た》まってるメール処理やりますんで、回してください」

「河田も残業しまーす。どーんと三時間ほど！　稼がせてもらいますよー」

パートたちから次々と手が挙がる。

アッシは小さく舌を出していた。一児のパパのくせに、こういうイタズラ小僧みたいな表情が妙に似合っている。

「すいません槍さん。例の残業の件、みんなに話しちゃいました」

現役組の表情は、復帰組と違って一様にムッツリとしていた。軽く怒っている雰囲気だ。

そのなかから、フネさんが代表者として進み出た。

「どうして早く残業しろと言ってくれなかったの、槍羽さん」

お袋が俺を叱《しか》るときそっくりの口調だった。

「……いや、しかしフネさん、あなたは……」

言いよどむ俺に、用紙の束《たば》が突きつけられた。市内のとある大きな病院の名前入りで、「人間ドック成績表」と書かれている。

「言われた通り人間ドックを受けてきました。ほら見てください。血圧がちょっと低い以外は異常ナシでしょう？　これから一週間、はりきって残業しますからね」

俺はひと言もなく、フネさんの得意げな顔を見つめるしかなかった。

ママさんが俺の肩に手を置いて言った。

「これがあんたの仕事の結果よ。鋭ちゃん。六本木で数字だけ見てる人の評価じゃなくて、ウチら現場の評価ってやつよ」

「……」

困惑や感謝や恥ずかしさ、様々な感情で胸がいっぱいになる。

ミッシェルや高屋敷社長にこの気持ちはわからないだろう。あいつらはひと声かければ何百人もの部下を動かせる。何億ものカネを動かせる。たった二十人のパート動員なんて、数のうちに入らない。

だけど、もし彼らが自分の地位や立場を離れたとき、果たして何人集まってくる？　少なくとも俺は絶対に集まらない。辞めたミッシェルを惜しむ声など、六本木ですら聞こえない。

槍羽鋭二の仕事は違う。

——七年間、頑張ってきて良かった。

出世とは無縁でも、エリートの踏み台にされても、辞めないで良かった。

そんな今日の達成感だって、やがては日々の忙しさに押し流されて遠くなっていくだろう。一ヶ月後くらいには、また「辞めたい……」って呟いているだろう。そんなことはわかってる。今までずっとそうだった。

それでも、今日という日に意味はある。

こんな気持ちを味わえるのだから、意味はある。

社畜の日々に、意味はあるのだ。


「ありがとう。みんなの力を借りる」


一礼して、再びＰＣの前に座った。

「復帰組、自分のＩＤは覚えてるか？」

「もちろんです！」

「よし、十分くれ。すぐにログイン権限を付与する。パスワードの再設定は渡良瀬、お前見てやってくれ。できるな？」

「もちろんです！　任せてください！」

渡良瀬の返事は無駄に大きく、隣にいるアッシが耳を塞《ふさ》ぐ真似をするほどだった。年配の女性パートたちもそんな彼女に目を丸くしている。この分なら「冷凍美人」なる悪評はいずれ「熱血美人」という評判に変わるだろう。

「それからアッシ！　新横浜探してこい！　喫煙ルームか五階の男子トイレに必ずいる！　首に縄くくっても連れてきて、椅子に縛《しば》り付けとけ！」

イエッサー、とアッシが駆け出していく。

「現役組はいつも通り受電の準備、早出組は溜まってる申し込み書類の処理を頼む。記入に不備のある案件はどんどん俺に回して、ともかく数をこなすことに集中してくれ。――そんな感じで今日も一日、よろしく！」

ハイ！　と気持ちいい返事がこだまする。

持ち場につく頼もしい仲間たちを眺めながら、胸をよぎったのは、あのネットカフェでの出来事だった。

一人でムキになって本を取ろうとしてたJKに、言い放った台詞。

『こういうときは、大人を頼れ』

わかってなかったのは、俺の方だった。

※　※　※

かくして仕事は回り始めた。

往年の名選手たちが発揮するパフォーマンスはすさまじく、鬼のように鳴り響く電話が次々に処理されていく。独特の名調子で語りかける者、まるで親しい友人と話すような商談を行う者、あらゆる質問に打てば響くような回答を返す者、プロフェッショナルと呼ぶに相応《ふさわ》しい電話対応だ。彼らに比べたら、あの十七人など取るに足らない。「どこに行っても通用する人材」というのは、こいつらのことを言うのだ。

午後一時、ＣＭ攻勢の第一波が終わった後の放棄率はたった二％に留まった。そして契約数は二十件。四時間の実働でこの件数は、俺のパート時代を含めても記憶にない好アベレージだった。これならイケる。残り二百の契約達成が現実的な数字になってきた。

【電話も落ち着いてきました。皆さん少しずつずらして休憩取ってください。順番は共有フォルダに保存してあるので参照願います】

全員にメールを送信してから、のどスプレーでもしようと机の引き出しを開いたとき、スマホにメールの着信があった。差出人の名前は岬《みさき》沙樹。件名ナシで、文面は【ちわーっ。たるき屋でーす。エントランスまで来て来てー?】。たるき屋というのは、沙樹の勤める居酒屋の名前だ。仕事中になんの冗談だよ。

無視すると後が怖いので下まで降りていくと、大きな紙袋を両手に提《さ》げた沙樹が「やっほー」と脳天気な声をかけてきた。

「これ、あたしからの差し入れ～。サンドウィッチとおにぎりと、あと軽くつまめる唐揚げとか肉団子とか、会社のみなさんで食べて?」

食い物のいい匂いがする紙袋を差し出しながら、ニッと笑う。

「雛ちゃんに聞いたよ。なんか修羅場なんだって? だったら体力勝負でしょ。槍羽クンほっとくと平気でご飯抜くし、付き合わされる周りはたまったもんじゃないと思って」

「部下にはちゃんと休憩取らせてるよ」

紙袋を受け取りながら、俺よりずっと低い位置にある笑顔に向かって頭を下げた。

「悪いな沙樹、いつもありがとう」

「なに言っちゃってんの。らしくな～い」

ばんばん肩を叩いてから、急に真面目な顔つきになって幼なじみは言う。

「ねえ、鋭二」

「………なんだよ、急に」

名前で呼ばれるのは何年ぶりだろうか。

沙樹の声で発せられるその響きがひどく懐《なつ》かしい。

「あたしの高校んときの友達ってさ、進学でいっぱい上京してきたけど、みんな地元に帰っちゃった。まだこっちに残ってるのってあんただけなんだよね」

「ああ。俺も同じだ」

「そ。つまりあたしたちは生き残った同志ってわけ」

小さな拳で俺の胸をこづく。

「あたしはもうリーマン辞めちゃったけどさ。あんたはできるだけ踏ん張りなよ」

「……どうしたんだよ、お前こそらしくねえぞ」

いつものさばさばした調子ではない。常に軽く酔っ払ってるような陽性ポジティブ女が、今日は妙にしんみりしている。

しかしそれも一瞬のこと、また軽い口調に戻り、

「でないと、槍羽クンが全校生徒の前で西園寺《さいおんじ》先輩にコクッて一秒でフラれたときのこと、あの渡良瀬って美人ちゃんにバラすから」

「っ⁉　てめえふざけんじゃねえぞコラ！」

中学時代の黒歴史を的確にえぐって来やがる。やっぱりだめだ、こいつに甘い顔を見せたら殺《や》られる。

「あ、それと、差し入れは『たるき屋』からだってちゃんと会社のみなさんに伝えてよ？各種宴会のご用命は、駅西徒歩五分のたるき屋でよろしくお願いしまーすってね！」

しっかり宣伝してから、沙樹は俺の肩を軽く叩いた。

「がんばれよっ、サラリーマン」

「お前もな、自由人」

沙樹と別れてエレベーターに乗り、紙袋の中身を確かめる。俺用に別にされた弁当箱があり、蓋に付箋《ふせん》が貼《は》ってある。「渡良瀬ちゃんの前で食べるように」。なんだか気になって開けてみると、白いご飯の上に桜でんぶで大きなハートマークが描かれていた。

こういう嫌がらせをさせたら天下無双だな、同志よ！

※　※　※

カレンダーが千切《ちぎ》れ飛ぶ勢いで怒濤の日々は過ぎ去り、三週間続いた狂乱のデスマーチは最終楽章を奏《かな》で始める。

ビッグバン・プロジェクト最終日の土曜、営業チームの席だけでは足りず他チームの席まで埋め尽くすという万全の体勢のなか、最後の一日が過ぎ去っていく。

コーチ席のモニタ右上に、契約数がカウンタで表示されるアプリが設置されている。

午後三時時点で、トータルの契約数は四百九十件。

営業時間終了の五時まであと二時間、残りは十件。

決して達成不可能な数字ではないが、確実ともいえない。微妙な数字だ。届いている申し込み書類はすべて処理してしまっているから、あとは電話かインターネットの契約を取るしかない。ここまで来たらもはや運否天賦《うんぷてんぷ》。俺は祈るような気持ちでオペレーターたちの声を聞きながらひたすらメール処理をこなしていた。

――と。

ある異常に気づく。

コーチのみログインできる俺のＰＣでは、全席の電話状況をモニタリングすることができる。今日誰が何本電話を取っているか、前に休憩を取ったのはいつか、そういった情報をすべて把握できるようになっている。

異様な数字がそこに表示されていた。

とあるオペレーターの通話時間が、二時間を超えていたのだ。

八王子センターにおける平均通話時間はおよそ十五分だから、この数字は明らかにおかしい。だが全くありえないわけではない。お客さんからクレームが入って解決できないと、二時間くらい通話が続くことは稀によくある。俺たちが「ハマる」と呼んでいる現象だ。

ハマっているのは、渡良瀬だった。

今日はＰＣが不調のため別席でログインしていて、俺の目が届く範囲にいない。

様子を見るために席を立つ。

ＬＡＮケーブルで椅子に縛り付けられた状態で長い舌を回転させている新横浜の隣に、

渡良瀬が座っている。うつむき加減に「申し訳ありません」と消え入るような声で謝罪を繰り返している。いつもしゃんと伸びている背中が小さく丸まってる。白いハンカチで何度も目頭を押さえるため、メイクが無残に剝《は》がれていた。

あの渡良瀬が、泣かされてるだと……。

「槍羽さん、すみません」

立ちつくす俺に声をかけてきたのは、川嶋寺《かわしまでら》という二十代後半の女性パートだった。入社四年目、正社員採用を目指して頑張っている優秀な女性だが、負けん気の強いところがあり、新卒正社員である渡良瀬とはそりがあわない。「冷凍美人」なるあだ名は彼女が付けたものだろうと俺は見ていた。

「私が苦戦していたクレームを、見かねた渡良瀬さんが代わってくれたんです。でも、それがかえってお客さんの怒りを煽《あお》ってしまったようで……」

渡良瀬ほどのやつが長時間ハマるとは、やっかいな案件に違いなかった。

「どんなお客さんなんだ？　クレームの理由は？」

「五十代男性です。かなりきつい口調で保険料が高いと仰っています。ただ、それだけが理由ではないような気もするんです。その『怒りポイント』がわからなくて」

「それで二時間か……」

クレーム対応の基本は、「顧客への同調」にある。

感情的になってしまっているお客さんに対しては、まずその怒りを理解し、謝罪することが第一歩となる。解決策の提案などはその後のことだ。

つまり「何に対して怒ってるのか」ということを把握するのが重要なのだが、これは口で言うほど簡単ではない。「保険料が高い」というクレームであっても、よくよく話を聞いてみると「言葉遣いが気に入らない」というのが真の理由だったりする。

怒りポイントが見つからなければ、いつまで経《た》ってもクリアできない。

もはや自力で解決不可能なことは渡良瀬もわかっていると思うが、責任感の強い性格からして俺を頼ることができなかったのだろう。

「わかった。ここは任せて、君は業務に戻ってくれ」

川嶋寺を下がらせてから、付箋を取り出してメモを走り書きした。

渡良瀬の肩を叩こうとして、ふと思いとどまる。

ここで後輩に力を貸すことは、果たして彼女のためになるのか？　心を鬼にして自分で解決させるというのも道ではないのか？

……いや、違う。

二時間も粘り続けている渡良瀬の行動は社会人として正しいとは言えない。手に負えないと判断したなら上司に代わるべきだ。涙でぐちゃぐちゃになったその横顔には、ネットカフェで本を取ろうとムキになっていた南里花恋の横顔がぴったり重なる。そして、先週までの俺の顔でもある。だからわかるのだ。

こつん、と。

渡良瀬のつむじに軽く握ったゲンコツを落とす。

振り返った顔の前にメモを突きつける。

【　俺を頼れ！　】

渡良瀬は充血した目を見開いてメモを見つめた。躊躇《ためら》うような上目遣《うわめづか》いで俺を見た後、コクリと小さく頷き、電話に向かってこう告げた。

「申し訳ありませんお客様。私に代わりまして、上席の槍羽が対応させていただきます」

上司が出てくるのは先方も望むところだったようで、すぐに了承された。

電話を保留にした渡良瀬が頭を下げる。

「よろしくお願いします。先輩！」

「任せろ」

コーチ席に戻り、さっそく転送されてきた電話を取る。

「お電話代わりました。コーチの槍羽と申します」

クセの強い関西弁で、ドスのきいた声が受話器から響く。

俺を頼れ!

『おう。兄ちゃんが上司か。ええわ。あの姉ちゃんらじゃ文句言い足りひんかったところや。たっぷり聞いてもらおか』

「かしこまりました。それではまず――」

たちまち火を噴く、俺の当意即妙《とういそくみょう》なトーク。

お客さんの怒りは瞬時に解消され、ニコニコ笑顔になり、契約だけでなく固い友情が電話越しに結ばれた。さすが槍羽鋭二。さす槍。めでたしめでたし。

――なんていうほど、世の中は甘くない。

いやあもう、怒られる怒られる。怒鳴られる怒鳴られる。こんなに怒られたのは入社以来はじめて。中学の修学旅行、友達と旅館を抜け出してゲーセンに「連ジ」をやりに行って先生に見つかったときと同率一位に入る怒られっぷりだった。

お客さんは延々とがなり立てる。

保険料が高い。高い高い。

『娘の保険やけどな、高すぎるわ。こんな額ボッタクリやんけ！　ワシの保険の三倍近いんやぞ⁉　ＣＭでは安い安い連呼しよって、ナメた商売しとったらいてまうぞコラ！』

今回、自動車保険に加入するのは十九歳女性。

保険料は父親、つまりこのお客さんが払うという形になっている。それが高すぎるということだった。娘さんはまだ免許取り立てで初めての保険。この場合の保険料は極めて高額になる。お父さんの怒りも無理からぬことだった。

だが、それだけじゃないはずだ。人はお金のことだけでこんなに怒れない。別の理由が必ず存在する。

探せ。怒りポイントを。

『俺かて好きで文句言うとるわけやない。でもな、ナンボなんでもこの額はないやろ。若いモンは保険に入るなっちゅーとるようなもんやないか！　え？　なんとか言うてみいや！』

辛抱《しんぼう》強くお父さんの話を聞き続けているうちに、俺の脳裏には高屋敷社長のことが浮かんでいた。自分でも理由はわからない。あの爺《じじい》とは物腰も言葉遣いも違う、俺との関係も異なる。しかし、この電話の怒声は、業務命令を下《くだ》したときの社長とどこか似通っている。

理不尽なのは百も承知、それでも言わずにはいられない――。

あれはつまり、孫を案じる祖父の姿だ。

娘と娘婿《むすめむこ》を失い、忘れ形見となった孫を溺愛する男の姿だ。

南里花恋の両親は、事故で亡くなったという。

彼女が小説を書く理由、語ってくれたその言葉が、罵声の海に沈む俺の脳裏に浮かび上がる。

――これが、お前に遺《のこ》してやれるすべてだよ。

亡き親父《おやじ》さんとの絆《きずな》。

父と娘……。

「万一の時、お嬢様に少しでも何かしてあげたいとお考えなんですね」

その言葉の効果は、劇的だった。

唾がこちらまでワープしてきそうなくらい怒鳴っていた声がやみ、沈黙の後、お父さんは掠《かす》れた声を搾《しぼ》り出した。

『……うちの娘な、保険なんかいらん言うのや。そんな高いならいらんて。『お父ちゃんええよ、うちは事故らんから』いうて笑うんや』

「ご心配ですね」

『そうや。……あいつは、俺のすべてやから』

怒りは次第にトーンダウンしていった。

しかし話はここからが本番で、娘がいかに可愛いか、よくできた子か、優しい子か、幼稚園小学校中学高校大学受験に至るまで、様々な思い出が語られた。

俺は頷きと相づちを挟みながら、その話を聞いた。

父親ゆえの独りよがりな部分は確かにあったが、苦にはならなかった。雛菜のことを自慢する俺の親父と同じだったからだ。散々に怒鳴られて叱られたけれど、このお客さんを嫌うことは、俺にはできそうもない。

やがて話の種は尽きた。

ウチでの契約は見送られてしまったけれど（やっぱり世の中、甘くない）、最後に「オヤジの繰り言聞いてくれて、おおきにな」という言葉をもらうことができた。

電話が切れて、ヘッドセットを外して時計を見れば、時計は午後五時を大きく回っていた。対応中のオペレーターはもう誰もいない。退勤時刻はとっくに過ぎているのに、全員が居残って俺の挙動を見守っていた。

モニタの隅にある契約数カウンタを見る。

契約数……五百二件。

「目標、達成だ」

俺はデスクにずるずると突っ伏した。喜びよりも安堵《あんど》の方が大きい。代わりに喜んでくれたのは仲間だった。あちこちで歓喜の声と拍手が巻き起こり、お祭り騒ぎに包まれる。腕組みしてウンウン頷いているママさん、年甲斐もなく周りの仲間とハイタッチしているフネさん、エアギターをかき鳴らしながら嬉しそうに飛び跳ねるウメ、俺と同じくデスクに突っ伏してるアツシ。そして渡良瀬は泣きじゃくってる。顔を覆《おお》ったハンカチがぐしょぐしょだ。その嗚咽《おえつ》する背中をさすっているのは、対立していたはずの川嶋寺だった。それから、それから新横浜は……いねえじゃねえか！　あっブログ更新されてる！　とんこつラーメンバリカタじゃん！

「お疲れ」

力なく拳を突き上げると、大歓声とともに無数の拳が俺に倣《なら》った。

八王子の勝利である。

エピローグ

　プロジェクトが終了した明くる週の月曜日、六本木《ろっぽんぎ》から呼び出しを喰《く》らった。

　八王子《はちおうじ》のみんなは「目標達成を褒《ほ》められるんですね！」という楽観論で送り出してくれたのだが、俺《おれ》は別の理由を予想している。あるいは今日こそが真の最終決戦かもしれなかった。

　受付で名前を告げると、通されたのは人事部でもダイレクト事業本部でもなく、社長室。

　そこで俺を待ち受けていたのは、社長と、もう一人の人物だった。

「や、やぁ、ミスタ槍羽《やりば》」

「ミッシエル常務……」

　習慣でそう呼んでしまったが、すでに常務ではない。

　頬《ほお》に力ない笑みを浮かべて、俺にへつらうような視線を向けてくる。背中を丸めて肩を落とし、肌にもツヤがない。空調が整ってるはずの室内で、ハンカチでしきりに顔を拭《ぬぐ》っていた。

　高屋敷《たかやしき》社長は無言のまま鎮座している。俺たちのやり取りを静観する構えのようだ。

「ミスタ槍羽。今回のこと本当にすまなかった」

　よろよろ歩み寄ると、俺の手を握りながらそんなことを言う。

「ボクはグローバル社に騙《だま》されていたんだ。彼らがボクを引き抜いたのは、ビッグバン・プロジェクトを頓挫《とんざ》させるための陰謀だったんだ。チミの活躍によってプロジェクトが成功すると、すぐにボクを切り捨てた。ひ、ひどい話だと思わないかっ！」

「切り捨て？」

聞き返すと、ミッシェルは口の右端だけをぎこちなく吊《つ》り上《あ》げた。

「グ、グローバル社、クビになっちゃって……。おかげで昨日は三十分しか寝ていない」

最少睡眠時間をまたも更新したようだが、どうでもいい。

「それで、アルカディアに戻ってこようというのですか？」

「グローバル社に復讐してやりたいんだ！　なあミスタ！　チミも腹に据《す》えかねているだろう？　チミが育て上げた新人を引き抜いた奴《やつ》らのやり方、許せないとは思わないかっ」

えらい剣幕で叫ばれたが、まったく心が動かない。

いや、ある意味で感動している。厚顔無恥の生きた見本が目の前にいるのだから。

「わざわざ高い契約金を支払ってまで引き抜いたあなたを、何故そうやすやすと手放したんです。グローバル社は」

俺の質問は当事者でなく、彼の背後で無言を貫くタヌキに向けたものだ。

白い髭《ひげ》に覆《おお》われた口が重々しく開かれる。

「向こうが本当に欲しかった人材は、君だったんだよ。槍羽」

「……私を？」

「より正確を期するなら、君が持つノウハウだ。彼らは来年早々、立川《たちかわ》市に新たなコールセンターを設立するらしい。そのためには優秀な運営者が必要だ。グローバル社は同業他社の人材を詳しく調査した結果、君に白羽の矢を立てたわけだ」

「ですが、私のところにヘッドハントの話なんか来たことありませんよ」

あんたの孫にヘッドバットを食らわせたことはあるけど、なんて言ったら激怒必至。

「ああ。儂《わし》が阻止した」

「社長が？」

「蛇《じゃ》の道は蛇《へび》というだろう。他社のそういう動きはすべて儂の耳にも入ってくる。だが、君を向こうに渡すわけにはいかん。大事な『業務命令』も託《たく》していることだしな」

皮肉のこもった口調だった。俺は表面上それを無視する。

「そこで、儂はミッシェルを身代わりに差し出した。偽情報を流したのだよ。『槍羽コーチのノウハウはすべて彼が授《さず》けたものだ』とね。グローバル社はそれに飛びつきミッシェルを引き抜いた。むろん、彼に現場を回すノウハウはない。それに気づいたグローバル社は即座に切り捨てた。あそこのトップはせっかちだからな」

ミッシェルは傷ついた表情でうつむき、下唇を噛《か》んだ。

社長は言葉を続ける。

「儂に一杯食わされた形になったグローバル社だが、槍羽鋭二《えいじ》の教え子十七名を確保できた。そこの役立たずの契約金をふいにした甲斐《かい》はあったのではないかな」

忌々《いまいま》しげに白髭が震え、棘《とげ》を含んだ眼がミッシェルの背中を刺した。

あの十七名を引き抜かれてしまったのが、唯一、社長の誤算だったということか。

逆にいえば、その他《ほか》はすべて社長の掌《てのひら》の上だったわけだ。

「現場の一コーチの代わりに常務を差し出すなどありえないことです。だからグローバル社も騙されたんでしょうね」

俺は抗議の意志を声に込めた。自分が陰謀劇の駒にされるというのは、気持ちのいいものではない。もし俺が「業務命令」を請け負っていなかったら、社長の選択もまた違ったものになっていたかもしれない。

だが、俺よりもっと哀れな人物がいる。

「お願いします社長、私に、私にリベンジのチャンスを！　なにとぞ、なにとぞ！」

黒檀《こくたん》の机に手をついて、頭を下げ続けるミッシェル。社長はそんな彼を見ようともせず、ふんと鼻を鳴らした。

「槍羽。君は彼をどうしたい？　君に一任しようじゃないか」

ミッシェルは油が切れた機械のような動きで俺を振り返る。真《ま》っ青《さお》になった顔色は、豪奢《ごうしゃ》な金髪とはまるで釣り合わない。いつも自信にみちあふれていた彼の顔にあるのは、弱々しい媚《こ》びの色だけだった。

一歩前に進み出て、ミッシェルと正対する。

あらためてその憔悴《しょうすい》した顔を見つめるが、もう怒りは湧《わ》いてこない。圧倒的な自信と実力を兼ね備えた俊英の落ちぶれっぷりが、むしろ悲しい。俺は常務のこんな姿を見たかったわけじゃないいんだ……。

しかしケジメはつけねばならない。

もう一歩前へ進み出る。ミッシェルの胸に胸をぶつけるように、顔を近づけた。

「常務。あなたは二つの大企業が戯《たわむ》れに行うキャッチボールの球にされたんだ。あなたはそれに気づかず、自分の力で自由に飛び回ってると思い込んでいた。俺のことなんか球拾いくらいにしか思ってなかっただろう？　しかし今、ボールはどちらもキャッチせず、グラウンドを転がってる。誰《だれ》も拾おうとしない。もちろん、俺も拾わない」

ミッシェルの目が大きく見開かれた。

眼球に亀裂が走るみたいにじわじわ充血していく。

「受け取った契約金があれば、当座あんたと家族が暮らすには困らないはずだ。そのあいだに再起を図ればいい。拾われるのを待つんじゃなくて、今度こそ自分の力で飛び回ってみるんだな。……ただし！」

ミッシェルの胸ぐらをつかんでねじり上げる。ひっ、と怯《おび》えた声が漏《も》れた。

「ただし、今度八王子に手出ししたらただじゃおかない。俺はしがない社畜だが、踏みにじられたらやり返す。見下されたら殴り返す。ナメられたら牙《きば》を剝《む》く。虐《しいた》げられたら全力で抗《あらが》う！　その時はとどめを刺してやるから、そう思え！」

ぐ、ぐ、ぐ。

苦悶《くもん》の声が漏れるとともに、口角にぶくぶくと白い泡がたまっていく。床に膝《ひざ》をつき、首を折り曲げるようにうなだれて、動かなくなった。

エリートの敗北。

勝利したはずなのに、うそ寒い虚《むな》しさしか感じない。

仲間たちと目標を達成したときのカタルシスとは、比べものにならなかった。

無職となったミッシェルが退出し、社長と二人きりになった。

この爺《じい》さんがまだ俺に言いたいことがあるのはわかっている。

社長は机の引き出しから一通の封筒を取り出して、机の上を滑らせて寄越した。あの「業務命令」の時とまったく同じシチュエーションだ。

「お借りします」

机上のペーパーナイフで封を切って中身を取り出す。

辞令
所属　八王子カスタマーセンター　営業チーム
役職　オペレーティング・コーチ
氏名　槍羽鋭二

九月一日付をもって、ダイレクト事業本部次長への就任を命ずる。


「……へえ。配置換えですか」

「違う。昇進だ」

わざと間違えたのだが、しっかり訂正してきた。

「かねてより室田《むろた》事業本部長から打診を受けておってな。使える補佐役が欲しいということで君の名を挙げていた。異例の人事ではあるが、プロジェクトの成功を手土産《てみやげ》にするということなら、前例主義の人事部も納得するだろう」

「あの室田《ムロ》さんがね」

サーフィン焼けをした本部長の若々しい顔を思い浮かべる。食えないなあの人も。

……しかし、すごいじゃないか俺。

現場の一コーチから事業本部のナンバー2へ。昇進も昇進、階段をいくつ飛ばしたかわからないくらいの大抜擢《だいばってき》だ。まだ三十前で次長だなんて俺SUGEEEEEE。八王子のキバオウから六本木のチーターへ。給料もきっと上がる。雛菜《ひなな》に林檎《りんご》をたくさん囓《かじ》らせてやれる。もっと広いマンションに引っ越すことだって。

……だけど、それだけだ。

六本木には、誰もいない。

俺がまったく喜んでいないのを見て、社長は眉間《みけん》に皺《しわ》を寄せた。

「槍羽よ。お前はこのアルカディアが腐っていると思うか？」

「…………」

「ミッシェルのような悪党が我が物顔で跳梁《ちょうりょう》し、儂のような妖怪が社長に居座っている。こんな会社を醜いと思うか？　歪《ゆが》んでいると思うか？　だがこれが現実というものだ。違うか？」

俺は無言を貫いた。

社長は自分自身への確認のために言っているだけだ。答えなど求められてない。

「このアルカディアを変えたければ、偉くなるしかない。トップに立つしかない。組織が下から改革されることなどありえんのだ。腐ってると思うなら、変えたいと思うなら、偉くなれ。権力を握れ。――六本木に来い、槍羽！」

最後のそのひとことで、俺の胸は決まった。

両手の指で辞令をつまんで、軽く力をこめて引き裂いていく。びりっ、びりりっ、気持ちの良い音が静寂の室内に響く。真っ二《まぷた》つにしたのをもう一度重ねて引き裂き、さらに引き裂くのを繰り返した。

紙吹雪《かみふぶき》が舞う。

「偉くなったら、ネットカフェに行く暇《ひま》がなくなるじゃないですか」

今度は社長が無言になる番だった。いっさいの表情を消して、机に散らばった白い紙片を見つめている。

「以前、社長は私にこう仰《おっしゃ》いましたね。サラリーマンに人権なんぞあると思うな、と」

「……」

「人権はなくても、魂はあるんです。覚えておいてください」

一礼して踵《きびす》を返し、ドアに向かって歩き出す。

ドアノブに手をかけたところでひとつ思い出し、

「ああそれと――これからもお孫さんとの交際は続けさせていただきますよ。あなたからではなく、彼女自身からの業務命令で」

社長の口元がわずかにほころぶ。

「お前こそ覚えておけ、槍羽。ただの彼氏から婚約者に出世するのは、事業本部次長に出世するよりよっぽど難しいとな」

俺は小さく肩をすくめて首を振る。

「やっぱり、出世なんかするもんじゃないですね」

※　※　※

「先輩！」

正午過ぎに八王子センターの最寄り駅改札をくぐると、見知った顔に声をかけられた。今日は遅番の渡良瀬《わたらせ》が、バッグを肩に担《かつ》ぎ直しながら駆け寄ってくる。ちょうど出勤のタイミングにかち合ったらしい。

……いや、違うか。

俺を待っててくれたんだな、こいつは。

「社長に会った帰りはいつもお前が待っててくれるな。渡良瀬」

「社長と直々《じきじき》にお話しされたんですか⁉」

目の色を変えて身を乗り出してくる。背後を通りがかったサラリーマンがバカップルを見るような視線を向けていったが、気づいた風もない。

「社長がどんなお話を？　まさか……」

「昇進だってよ」

「きゃあ！　おめでとうございます！」

「で、六本木に異動だって」

「………え」

「断ってきたけど」

「えええええええええええええ⁉」

歓喜から絶望へ、そして驚愕《きょうがく》へと至る。

渡良瀬って、実は感情表現豊かなやつだよな……。入ってきた当初はとっつきにくそうと思ったけど、こんな面白《おもしろ》いヤツだったとは。外見で判断するもんじゃないな。人は見た目が一割。

「こ、断ったって、昇進をですか？　異動をですか？」

「両方だよ。だってお前、京王《けいおう》満員線に毎日乗らなきゃいけないんだぜ？　大ダンジョン江戸《えど》線に毎日潜るんだぜ？　そんな拷問《ごうもん》受けてられっか」

ぼやきながら早足で歩く。二、三歩遅れて渡良瀬がついてくる。カツカツと歩道のアスファルトを叩《たた》くローファーの音が刻まれる。

「いいんですか？　昇進を断るなんて」

「そーいうのはお前に任すから。俺のぶんまで出世してくれよ渡良瀬。さっさと本部長くらいになって、俺の給料上げてくれ」

足音が止《や》んだ。

振り返ると、渡良瀬が思い詰めた顔でこちらを見ていた。

「……どうすれば、いいですか？」

「ん？」

「どうすれば、先輩の隣を歩けるようになりますか？」

立ち止まった渡良瀬にせき止められ、人の流れが一瞬止まる。本当に一瞬だけだ。すぐに俺たちを邪魔そうに避け、歩き去って行く。

熱に浮かされたような渡良瀬の顔に視線を射込《いこ》み、その真意を観察する。

真剣な告白ならば、真剣に返事をしなくてはならない。

たとえそれが、相手の望む答えではなくとも。

「……渡良瀬」

問いただす意味もこめて名前を呼ぶと、渡良瀬はびくりとして後ずさった。我に返ったような表情を見せた後、頬をみるみる真っ赤《まか》に染めてうつむいた。

「あ、え、ええと、その、と、隣を歩くというのは、別にそういう意味ではなくって。もののたとえいうか、だからっ、……し、仕事ができるようになりたいんですっ！　先輩みたいに！」

告白は渡良瀬の方から逸《そ》れていった。

社会人として、それは正しい行為だ。仕事ができるようになりたいのならなおのこと。

俺たちがいるのはモラトリアムに肩まで浸《つ》かった学園《せかい》じゃない。シビアな現実しか存在しない社会《せかい》だから。

——だけど。

だけど、あいつなら。

あいつなら「どうすればいいか」なんて絶対聞かない。気がつけば、ちゃっかり隣で笑ってる。俺の都合なんかおかまいなしで、きっとそうする。

渡良瀬とは性格の違いなのか、あるいは九十年代とゼロ年代の世代差なのか……。

だから、俺はこう答える。

「そうだな。まずは休日、ネットカフェに行くところからかな」

「……ね、カフェ？」

渡良瀬はぽかんと口を開け、途方に暮れたようにそのまま固まってしまった。

後輩に背中を向けて、俺は歩き出す。

「帰るぞ。八人の王子が棲《す》まう我らがホームへ」

ひさしのついた歩道から出ると、南中した太陽が直上から照りつけてくる。今日はまた一段と暑いな。灼熱地獄《しゃくねつじごく》。早く冷房の効いた室内に入りたい。まあ、そしたら次は電話地獄が待ち受けているわけだが。

今日は秋の新人採用についての打ち合わせを課長とやって、それから更改《こうかい》チームや損調《そんちょう》と部署間コーチ会議。合間を縫《ぬ》ってスタッフの質問に答えつつ、ああ、俺から電話しなきゃいけないクレーム案件があるんだった。クレカの決済を取り間違えたっていうやっかいなやつ。うー、頭痛え……んん？　シフト表作成の締め切り、今日じゃなかったっけ？

今度は五歩くらい遅れてローファーの足音が続く。

「あの、ネットカフェってどういう意味ですか？　先輩、待ってくださいっ。ねえっ！」

「いいや、待たない」

待っているのは、お仕事です。

※　※　※

仕事の山に埋もれているあいだに、八月も終わりに近づいた。

中高生だった頃、この時期は宿題に埋もれていて、この世の地獄だなんて思ってたものだが……「夏休み」があるだけマシなんだなと思い知る二十九歳の夏。ほんと、十代の俺に言ってやりたいよ。「ここからが本当の地獄だ」ってな。

いっぽう、現役高校生である彼女は、明日からもう二学期なのだという。最近は夏休み終わるの早いんだな。学校のシステムも細かく変わっている。俺が小学校の頃なんて、土曜日はまだ「半ドン」があったし……半ドン、彼女には言っても通じない言葉だな。

その彼女は、いま、俺の隣を歩いている。

夏休みが終わる前にどうしても二人で出かけたいとせがまれ、緑の木々に囲まれた並木道を散歩している。例の長編ラブコメの執筆に詰まってしまったらしく、「二人でデートするシーンがどうしても書けませんっ。あー、これは実際に体験してみるしかないですねぇ。ぐふふ」とかなんとか。本当にちゃっかりしてるというか、なんというか。

とはいえ。

名門私立女子高校の制服姿で隣を歩く彼女は、やっぱりとびきり可愛《かわい》くて、すれ違う人々の注目を独り占めしてしまうのだが。

彼女を連れ歩く俺への視線は厳しいけど、だんだん麻痺《まひ》してきた。じろじろ見られても冷や汗が出なくなった。やばいなあ……。こうやって安全装置がひとつひとつ外れていくのか。淫行《いんこう》で捕まるメカニズムってこうなってるんだな。慣れほど怖いものはない。

「学校は明日からなのに、なんで制服なんだ？」

「作品のなかで着ている設定なんです。……制服、嫌いでした？」

「別に。不思議に思っただけだ」

私服なら多少「ＪＫを連れ歩いてる感」が軽減されるかもしれないが、焼け石に水だ。どちらを着ていても彼女は中高生にしか見えない。除く、ブラウスのふくらみ。

「ところで、槍羽さん。どうしてこんな遠い公園に来たんですか？」

不思議そうに尋《たず》ねる彼女は、スキあらば俺の手を握ろうとしてくる。俺はさりげなくかわす。着いてから延々、こんな攻防戦を繰り広げている。

「俺やお前の知り合いに会わないためさ」

わざわざレンタカーを借りて、三十分かけてこの緑地公園にやって来た。多摩《たま》中央公園での失態を繰り返すつもりはない。しかし、そのせいで余計な金が出ていった。やっぱりカノジョとかいらないな、コストがかかりすぎる。

ふう、と彼女は悩ましげなため息をつき、

「現実でも小説でも、恋するって大変ですね」

「そういうことだ」

「でもでも、もっとたくさん経験を積めば上手《うま》くなれると思うんです。……す、好きな人と、いっぱい思い出を作っていければ……ね？」

はにかむように微笑《ほほえ》んだ彼女の顔に、不覚にも見とれた。そのスキに手を握られてしまい、ぎゅっ、と恋人つなぎの形で拘束される。「もう放しませんっ♪」そんな風に目が笑っている。

「もっと、わたしにいろいろ教えてください。コーチ」

「………………」

なんだか、着々と攻略されていってる気がする。

大プロジェクトを乗り切ったコーチが、彼女の前じゃカタなしだ。

「あんまり調子に乗るなよ、花恋《かれん》」

空《あ》いてるほうの手で、ぺしんとデコピンしてやった。

すると彼女は痛がる風もなく、大きく目を見開いて足を止めた。

「……はじめて、名前で呼んでくれましたね」

「そうだったか？」

呼び方なんて気にしたことなかったので、過剰なリアクションに戸惑《とまど》う。

「そうですよ。はじめてですっ。花恋って、花恋って呼んでくれました！　槍羽さんが、花恋のことを花恋って！」

彼女の喜びようはすさまじく、「花恋」「花恋」と俺の口調を真似《まね》ながらぴょんぴょんと跳びはねている。もちろん手は繋《つな》いだままだ。おかげで腕が千切《ちぎ》れそう。

………………。

でも、ま。今日くらいはいいか。

プロジェクトで疲れ切っていた俺に活を入れてくれたのは、彼女の小説だった。めげそうになったとき、まだまだ頑張ろうと思えたのは、もっと頑張ってるやつが近くにいたからだ。

十四歳も年下の少女に助けられるというのも締まらないが……。

「ありがとうな。花恋」

「？　何がですか？」

「なんでもないよ」

首を振ると、彼女は追及してこなかった。

それより名前で呼ばれたことの方が大事《おおごと》のようで、

「ふふふ。また花恋って呼んでもらっちゃいました。このままいくと『好きだ』って言ってもらえる日も近いかもっ」

「滅茶苦茶遠いわ」

「絶対、言わせてみせるもんっ♪」

ぎゅっ、と俺の腕を引き寄せて胸に抱きしめる。柑橘《かんきつ》系の爽《さわ》やかな香りとともにふくらみが押しつけられて……こいつ、絶対わかっててやってるよなあ！　自分の武器を最大限に使ってやがる。ああもう、ムニムニしやがって！

「槍羽さんと出会ってから、花恋の周りには『はじめて』がいっぱいです。げんこつもはじめて。男のひとを好きになったのもはじめて。小説読まれちゃったのもはじめて。……だから、責任取ってくださいね？」

「…………」

……怖え。

この会話、他人に聞かれたら通報確実。

十五歳の未成年から「責任取れ」とか言われる事案が、まさか俺の人生で発生するなんて。

三十の大台を目の前にして、まったく……。

「そうそう上手く事が運ぶと思うなよ。夢も恋も甘くないってことを教えてやる」

「はいっ！　よろしくお願いします！」


そんなやり取りをしながら、ふと思う。

この奇妙な関係に名前をつけるとしたら、なんだろうか。

恋人じゃない。

友人とも違う。

知人と呼ぶには深入りしすぎた。

近いのは教師と生徒だろうが、先生なんて俺のガラじゃない。

では師匠と弟子？　……はん、もっとガラじゃないね。

ならば。
ありのまま、飾らずに、そのまま呼ぶほかないだろう。

29とＪＫ。

あとがき

二十九歳の社会人が、女子高校生に、攻略されていくラブコメ。

この作品のコンセプトを表すなら、とても単純な、そのひとことになります。

日々を生きるのに精一杯な現代人に、恋愛なんかしているヒマはありません。社会人であろうと学生であろうと同じです。世の中、そこまで恋愛中心にできていない。

本作の主人公・槍羽鋭二《やりばえいじ》もそう考える一人です。

だから彼は、ＪＫを即座に、シビアに、振ってしまいます。

それでも、なついた子犬みたいにじゃれてきて、尽くして、尽くして、泣いたり、甘えたり、叱《しか》られたり、それでも尽くしたり――と、全力で「彼女」にして欲しいと願う。

そんなＪＫが、本作のヒロインです。

男からすればうらやましい状況、というべきでしょうか？

しかし、彼女の愛を受け入れることは、社会的立場を失うことを意味します。

年の差。
職業、身分の違い。
青少年保護育成条例。

これら強大な壁の数々を、打ち破ることができるのか。
見守っていただければ幸いです。

担当のサト氏。本企画を通していただき、感謝しています。Yan-Yamさん。本作のコンセプトを完璧に表したカバー、素晴らしいです。編集部、営業部の皆様、無茶を聞いていただいたデザイナー様にも感謝を。ありがとうございます。

現在、ビッグガンガンにて、漫画「小5な彼女とオトナの愛」を連載中です。小5女子が大人を攻略するラブコメ。作画は「俺修羅愛《おれしゅらあい》」の睦茸《むつたけ》さんです。ぜひご一読ください。
それでは今回はこの辺で。お読みいただき、ありがとうございました。

ファンレター、作品の
ご感想をお待ちしています

〈あて先〉

〒106－0032
東京都港区六本木2－4－5
ＳＢクリエイティブ（株）
GA文庫編集部 気付

「裕時悠示先生」係
「Yan-Yam先生」係

本書に関するご意見・ご感想は
右の QR コードよりお寄せください。

※アクセスの際に発生する通信費等はご負担ください。

https://ga.sbcr.jp/

29とJK
～業務命令で女子高生と付き合うハメになった～

発　行　　2016年6月30日　初版第一刷発行
　　　　　2019年5月1日　　　第七刷発行
著　者　　裕時悠示
発行人　　小川 淳

発行所　　SBクリエイティブ株式会社
　〒106－0032
　東京都港区六本木2－4－5
　電話　03－5549－1201
　　　　03－5549－1167（編集）

装　丁　　柊椋（I.S.W DESIGNING）

印刷・製本　中央精版印刷株式会社

ISBN978-4-7973-8753-7
Printed in Japan　　GA文庫

それは、
「書く」魔法。
進化しました！
第12回 GA文庫大賞
GA文庫では10代～20代のライトノベル読者に向けた
魅力あふれるエンターテインメント作品を募集します！
イラスト／紅緒